琼 瑶

作 品 大 全 集

烟雨蒙蒙

琼瑶

著

作家出版社

琼瑶，本名陈喆，作家、编剧、作词人、影视制作人。原籍湖南衡阳，1938年生于四川成都，1949年随父母由大陆赴台生活。16岁时以笔名心如发表小说《云影》，25岁时出版首部长篇小说《窗外》。多年来笔耕不辍，代表作包括《烟雨蒙蒙》《几度夕阳红》《彩云飞》《海鸥飞处》《心有千千结》《一帘幽梦》《在水一方》《我是一片云》《庭院深深》等。

多部作品先后改编成为电影及电视剧，琼瑶也因此步入影视产业。《六个梦》系列、《梅花三弄》系列、《还珠格格》系列等，影响至深，成为几代读者与观众共同的记忆。

琼瑶以流畅优美的文笔，编织了众多曲折动人的故事。其作品以对于梦的憧憬和爱的执着，与大众流行文化紧密结合，风靡半个多世纪，成为华文世界中极重要的文学经典。

我为爱而生，我为爱而写

文字里度过多少春夏秋冬

文字里留下多少青春浪漫

人世间虽然没有天长地久

故事里火花燃烧爱也依旧

琼瑶

第一章

又到了这可厌的日子，吃过了晚饭，我闷闷地坐在窗前的椅子里，望着窗外那绵绵密密的细雨。屋檐下垂着的电线上，挂着一串水珠，晶莹而透明，像一条珍珠项链。在那围墙旁边的芭蕉树上，水滴正从那阔大的叶片上滚下来，一滴又一滴，单调而持续地滚落在泥地上。围墙外面，一盏街灯在细雨里高高地站着，漠然地放射着它那昏黄的光线，那么地孤高和骄傲，好像全世界的事与它无关似的。本来嘛，世界上的事与它又有什么关系呢？我叹了口气，从椅子里站了起来，无论如何，我该去办自己的事了。

"依萍，你还没有去吗？"

妈从厨房里跑了出来，她刚刚洗过碗，手上的水还没有擦干，那条蓝色滚白边的围裙也还系在她的腰上。

"我就要去了。"我无可奈何地说，在屋角里找寻我的雨伞。

"到了'那边'，不要和他们起冲突才好，告诉你爸爸，房租不能再拖了，我们已经欠了两个月……"

"我知道，不管用什么方法，我把钱要来就是了！"我说，仍然在找寻我的伞。

"你的伞在壁橱里。"妈说，从壁橱里拿出了我的伞，交给了我，又望了望天，低声地说，"早一点回来，如果拿到了钱，就坐三轮车回来吧！雨要下大了。"

我拿着伞，走下榻榻米，坐在玄关的地板上，穿上我那双晴雨两用的皮鞋。事实上，我没有第二双皮鞋，这双皮鞋还是去年我高中毕业时，妈买给我的，到现在已整整穿了一年半了，巷口那个修皮鞋的老头，不知道帮这双鞋打过多少次掌，缝过多少次线，每次我提着它去找那老头时，他总会看了看，然后摇摇头说："还是这双吗？快没有的修了。"现在，这双鞋的鞋面和鞋底又绽开了线，下雨天一走起路来，泥水全跑了进去，每跨一步就"咕叽"一声，但我是再也不好意思提了它去找那老头了。好在"那边"的房子是磨石子地的，不需要脱鞋子，我也可以不必顾虑那双泥脚是否能见人了。

妈把我送到大门口，扶着门，站在雨地里，看着我走远。我走了几步，妈在后面叫："依萍！"

我回过头去，妈低低地说："不要和他们发脾气哦！"

我点点头，继续向前走了一段路，回过头去，妈还站在那儿，瘦瘦小小的身子显得那么怯弱和孤独，街灯把她那苍白的脸染成了淡黄色。我对她挥了挥手，她转过身子，隐进门里去了。我看着大门关好，才重新转过头，把大衣的领子竖了起来，在冷风中微微瑟缩了一下，握紧伞柄，向前面走去。

从家里到"那边"，路并不远，但也不太近，走起来差不多要半小时，因为这段路没有公共汽车可通，所以我每次都是徒步走去。幸好每个月都只要去一次。当然，这是指顺利的时候，如果不顺利，去的那天没拿到钱，那也可能要再去两三次。天气很冷，风吹到脸上都和刀子一样锋利，这条和平东路虽然是柏油路面，但走了没有多远，泥水就都钻进了鞋里，每踩一步，一股泥水就从鞋缝里跑出来，同时，另一股泥水又钻了进去。冷气从脚心里一直传到心脏，仿佛整个的人都浸在冷水里一般。一辆汽车从我身边飞驰而过，刚巧路面有一个大坑，溅起了许多的泥点，在我跳开以前，所有的泥点都已落在我特意换上的、我最好的那条绿裙子上了。我用手拂了拂头发，雨下大了，伞上有一个小洞，无论我怎样转动伞柄，雨水不是从洞中漏进我的脖子里，就是滴在我的面颊上。风卷起了我的裙角，雨水逐渐浸湿了它，于是，它开始安静地贴在我的腿上，沿着我的小腿，把水送进我的鞋子里。我咬了咬嘴唇，开始计算我该问那个被我称作"父亲"的人索取钱的数目——八百块钱生活费，一千块钱房租，一共一千八百，干脆再问他多要几百，作为我们母女添置冬衣的费用，看样子，我这双鞋子也无法再拖过这个雨季了。

　　转了一个弯，沿着新生南路走到信义路口，再转一个弯，我停在那两扇红漆大门前面了。那门是新近油漆的，还带着一股油漆味道，门的两边各有一盏小灯，使门上挂着的"陆寓"的金色牌子更加醒目。我伸手撤了撤电铃，对那"陆寓"两个字狠狠地看了一眼：陆寓！这是姓陆的人的家！这是陆振华的家！那么，我该是属于这门内的人呢，还是属于这门外的人呢？

门开了，开门的是下女阿兰，有两个露在嘴唇外面的金门牙和一对凸出的金鱼眼睛。她撑着把花阳伞，缩着头，显然对我这雨夜的"访客"不太欢迎，望了望我打湿的衣服，她一面关门，一面没话找话地说了句："雨下大啦！小姐没坐车来？"

废话！哪一次我是坐车来的呢？我皱皱眉问："老爷在不在家？"

"在！"阿兰点了点头，向里面走去。

我沿着院子中间的水泥路走，这院子相当大，水泥路的两边都种着花，有茶花和台湾特产的扶桑花，现在正是茶花盛开的时候，一朵朵白色的花朵在夜色中依然显得清晰。一缕淡淡的花香传了过来。我深深地吸了一口气，是桂花！台湾桂花开的季节特别长，妈就最喜欢桂花，但，在我们家里却只有几棵美人蕉。走到玻璃门外面，我在鞋垫上擦了擦鞋子，收了雨伞，把伞放在玻璃门外的屋檐下，然后推开门走了进去。一股扑面而来的暖气使我全身酥松，客厅中正燃着一盆可爱的火，整个房里温暖如春。收音机开得很响，正在播送着美国热门音乐，那粗犷的乐声里带着几分狂野的热情，在那儿喧嚣着，呼叫着。梦萍——我那异母的妹妹，雪姨和爸的小女儿——正斜靠在收音机旁的沙发里，她穿着件大红色的套头毛衣，一条紧而瘦的牛仔裤，使她丰满的身材显得更加引人注目。一件银灰色的短大衣，随随便便地披在她的肩膀上，满头乱七八糟的短发，蓬松地覆在耳际额前。一副标准的太妹装束，但是很美，她像她的母亲，也和她母亲一样充满了诱惑。那对大眼睛和长睫毛全是雪姨的再版，但那挺直的鼻子却像透了爸。她正舒适地靠在沙发中，两只脚也曲起来放在沙发上，却用脚趾在打着拍子，两只红缎子的绣花拖鞋，一只在沙发的扶手上，另一只却在收音机上面。她嘴里嚼着口香糖，膝上放着本美国的电影杂志，摇头晃脑地听着音乐。看到了我，她不经心地对我点了个头，一面扬着声音对里面喊："妈，依萍来了！"

我在一张长沙发上坐了下来，小心地把我湿了的裙子拉开，让它不至于弄湿了椅垫，一面把我湿淋淋的脚藏了一些到椅子背后去。一种微妙的虚荣心理和自尊心，使我不愿让梦萍她们看出我那种狼狈的情形。但她似乎并不关心我，只专心地倾听着收音机里的音乐。我整理了一下头发，这才发现我那仅有十岁的小弟弟尔杰正像个幽灵般待在墙角里，倚着一辆崭新的兰陵牌脚踏车，一只脚踩在脚踏上，一只手扶着车把，冷冷地望着我。他那对小而鬼祟的眼睛，把我从头到脚仔细地看了一遍，我那双凄惨的脚当然也不会逃过他的视线。然后，他抬起眼睛，盯着我的脸看，好像我的脸上有什么让他特别感兴趣的东西。他并没有和我打招呼，我也不屑于理他。他是雪姨的小儿子，爸五十八岁那年才生了他，所以，他和梦萍足足相差了七岁。也由于他是爸爸老年时得的儿子，因此特别得宠。但，他却实在不是惹人喜爱的孩子，我记得爸曾经夸过口："我陆振华的孩子一定个个漂亮！"

这句话倒是真的，我记忆中的兄弟姐妹，不论哪一个"母亲"生的，倒都真的个个漂亮。拿妈来说吧，她只生过两个孩子，我和我的姐姐心萍。心萍生来就出奇地美，十五六岁就风靡了整个南京城。小时她很得爸爸的宠爱，爸经常称她作"我的小美人儿"，带她出席大宴会，带她骑马。每次，爸的马车里，她戴着大草帽，爸拿着马鞭，从南京的大马路上呼叱而过，总引得路人全体驻足注视。可是，她却并不长寿，十七岁那年死于肺病。死后听说还有个青年军官，每天到她坟上去献一束花，直到我们离开南京，那军官还没有停止献花。这是一个很罗曼蒂克的故事，我记得我小时候很被这个故事感动。一直幻想我死的时候，也有这么个青年军官来为我献花。心萍死的那一年，我才只有十岁。后来，虽然有许多人抚着我的头对妈说："你瞧，依萍越长越像她姐姐了，又是一个美人坯子。"

但，我却深深明白，我是没有办法和心萍媲美的。心萍的美丽，还不止于她的外表，她举止安详，待人温柔婉转，绝不像我这样毛焦火辣。在我的记忆中，心萍该算姐妹里最美的一个——这是指我所知道的兄弟姐妹中，因为，爸爸到底有过多少女人，是谁也无法测知的。因此，他到底有多少儿女，恐怕连他自己都弄不清楚——除了心萍，像留在大陆的若萍、念萍、又萍、爱萍，也都是出名的美。兄弟里该以五哥尔康最漂亮，现在在美国，听说已经娶了个黄头发的妻子，而且有了三个孩子了。至于雪姨所生的四个孩子，老大尔豪，虽然赶不上尔康，却也相差无几。第二个如萍，比我大四岁，今年已经二十四岁，虽谈不上美丽，但也过得去。十七岁的梦萍，又是被公认的小美人，只是美得有一点野气。至于我这小弟弟尔杰呢？我真不知道怎么描写他好，他并不是很丑，只是天生给人一种不愉快感。眼睛细小，眼皮浮肿，眼光阴沉。人中和下巴都很短，显得脸也特别短。嘴唇原长得很好，他却经常喜欢用舌头抵住上嘴唇，仿佛他缺了两个门牙，而必须用舌头去掩饰似的。加上他的皮肤反常地白，看起来很像一个肺病第三期的小老头，可是他的精力却非常旺盛。在这个家里，仗着父母的宠爱，他一直是个小霸王。

收音机里，一首歌曲播送完了，接着是播音员的声音。他报告了一个英文歌名，然后又报出一连串点唱的人名，什么"××街××号××先生点给××小姐"之类。梦萍把头靠在椅背上，小心地倾听着。尔杰在他的角落里，对他的姐姐很感兴趣地望了一眼，接着又悄悄地翻了翻白眼，开始把脚踏车上的铃按得丁零丁零地响，一面拼命踏着脚踏，让车轮不住地发出"嚓嚓"的声音。梦萍忽地把杂志摔到地上，大声地对尔杰嚷着说："你这个捣蛋鬼，把车子推到后面去，再弄出声音来，小心我揍你！"

尔杰对他姐姐伸了伸舌头，满不在乎地按着车铃说："你敢！男朋友没有点歌给你听，你就找我发脾气！呸！不要脸！你敢碰我，我告诉爸爸去！"

"你再按铃，看我敢不敢打你！"梦萍叫着说，示威地看着她弟弟，一面从地上捡起那本杂志，把它卷成一卷捏在手上，作势要丢过去打尔杰。尔杰再度翻白眼，把头抬得高高的，怡然自得地用舌头去舔他的鼻子，可惜舌头太短，始终在嘴唇上面打着圈儿。一面却死命地按着车铃，铃声响亮而清脆，带着几分挑衅的味道。梦萍跳了起来，高举着那卷杂志，嚷着说："你再按！你再按！"

"按了，又怎么样？"一串铃声丁零当啷地滚了出来，尔杰高抬的脸上浮起一个得意的笑。"啪"的一声，那卷画报对着尔杰的头飞了过去，不偏不斜地落在尔杰的鼻尖上。铃声戛然而止，尔杰对准他姐姐冲了过去，一把扯住了梦萍的毛衣，拼命用头在梦萍的肚子上撞着，同时拉开了嗓门，用惊人的大声哭叫了起来："爸爸！妈！看梦萍打我！哇！哇！哇！"

那哭声是如此洪亮，以至于收音机里的鼓声、喇叭声、歌唱声都被压了下去。如果雪姨不及时从里屋跑出来，我真不知道房子会不会被他的声音震倒。雪姨向他们姐弟跑了过去，一把拉住尔杰，对着梦萍的脸打了一巴掌，骂着说："你是姐姐，不让着他，还和他打架，羞不羞？你足足比他大着七岁啦！再欺侮他当心你爸来收拾你！"

"小七岁又有什么了不起？你们都向着他，今天给他买这个，明天给他买那个，我要的尼龙衬裙到今天还没有买，他倒先有了车子了！一条衬裙不过三四百块，他的一辆车子就花了四千多！……"梦萍双手叉着腰，恨恨地嚷。

"住嘴！你穷叫些什么？就欠让你爸揍一顿！"

雪姨大声叱责着，梦萍愤愤地对沙发旁边的小茶几踢了一脚，然后一屁股坐在沙发上，泄愤地把收音机的声音播大了一倍，立刻，满房间都充满了那狂野的歌声了。雪姨揽过尔杰来，用手摸摸他的脑袋，安慰地说："打了哪里？不痛吧？"

尔杰一面嚷着痛，一面不住地抽噎着，但眼睛里却一滴眼泪都没有。雪姨转过身来，似乎刚刚才发现我，做出一副惊讶的样子来说："什么时候来的？你妈好吧？"

"好。"我暗中咬了咬牙，心里充满了不自在。雪姨拉着尔杰，在沙发里坐下来，不住地揉着尔杰的头，虽然尔杰挨打的地方并不在头上，但他似乎也无意于更正这点，任由他母亲揉着，一面不停地呜咽，用那对无泪的眼睛悄悄地在室内窥视着。"爸在家吧？"我忍不住地问，真想快点办完事，可以回到我们那个简陋的小房子里去，那儿没有豪华的设备，没有炉火，没有沙发，但我在那儿可以自由自在地呼吸。妈一定已经在等着我了，自从去年夏天，我因为取不到钱和雪姨发生冲突之后，每次我到这儿来，妈都要捏着一把汗。可怜的妈妈，就算为了她，我也得尽量忍耐。

"振华！依萍来啦！"雪姨并不答复我，却对着后面的房子叫了一声。她的年龄应该和妈差不多，也该有四十六七了，可是她却一点都不显老，如果她和妈站在一起，别人一定会认为妈比她大上十岁二十岁，其实，她的大儿子尔豪比我还要大五岁呢！她的皮肤白皙而细致，虽然年龄大了，依然一点都不起皱纹，也一点都不干燥。她很会装扮自己，脸上永远搽得红红白白的，但并不显得过火，再加上她原有一对水汪汪的眼睛，流盼生春，别有一种风韵，这种风韵，是许多年轻人身上都找不出来的。她身材纤长苗条，却丰满匀称，既不像一般中年妇人那样发胖，也没有像妈那样枯瘦干瘪。当然，她一直过着好日子，不像妈那样日日流泪。

爸从里面屋子里出来了，穿着一件驼绒袍子，头上戴着顶小小的绒线帽，嘴里衔着他那年代古老的烟斗。他皱着眉头，用严肃的眼光冷冷地看了我一眼。我虽然不喜欢他，但依然不能不站起身来，对他恭敬地叫了声爸爸。他不耐地对我挥了挥手，似乎看出我这恭敬的态度并不由衷，而叫我免掉这套虚文。我心中颇不高兴，无奈而愤恨地坐了回去，爸眉头皱得更紧了，回过头去对梦萍大声嚷："把收音机关掉！"

梦萍扭了扭腰，噘起了嘴，不情愿地关掉了收音机，室内马上安静了许多。

爸在雪姨身边坐了下来，望着尔杰说："又怎么回事了？"

"和梦萍打架了嘛！"雪姨说，尔杰乘机把呜咽的声音加大了一倍。

爸没有说话，只阴沉地用眼光扫了梦萍一眼。梦萍努着嘴，有点胆怯地垂下了眼睛，嘴里低低地叽咕了一句："买了辆新车子就那么神气！"

爸再扫了梦萍一眼，梦萍把头缩进大衣领子底下，不出声了。爸转过头来对着我，眼光锐利而森冷，脸上的肌肉绷得紧紧的，一点笑容都没有，好像法官问案似的："怎么样？你妈的身体好一点没有？"

亏你还记得她！我想。却不能不柔声地回答："还是老样子，常常头痛。"

"有病，还是治好的好。"爸说，轻描淡写地。

治好的好，钱呢？为了每个月来拿八百块钱生活费，我已经如此低声下气地来乞讨了。我沉默着没有说话，爸取下烟斗来，在茶几上的烟灰碟子里敲着烟灰，雪姨立即接过了烟斗，打开烟叶罐子，仔细地装上烟丝，再用打火机点燃了，自己吸了吸，然后递给爸。爸接了过来，深深地吸了两口，似乎颇为满足地靠进了沙发里，微微地眯起了眼睛，在这一瞬间，他看起来几乎是温和而慈祥的，两道生得很低的眉毛舒展了。眼睛里那抹严厉而有点冷酷的寒光也消失了。我窃幸我来的时候还不错，或者，我能达到我的目的，除生活费和房租外，能再多拿一笔！

一条白色的小狮子狗——蓓蓓——从后面跑进了客厅，一面拼命摇着它那短短的、多毛的小尾巴。跟在它后面的，是它年轻的女主人如萍。如萍是雪姨的大女儿，比我大四岁，一个腼腆而没有个性的少女，和她的妹妹梦萍比起来，她是很失色的。她没有梦萍美，更没有梦萍活泼，许多时候，她显得柔弱无能，她从不敢和生人谈话，如果勉强她谈，她就会说出许多不得体的话来。她也永远不会打扮自己，好像无论什么服装穿到她身上，都穿不整齐利落似的。而且她对于服装的配色，简直是个低能。拿现在来说吧，她上身是件葱绿色的小棉袄，下身却是条茄紫色的西服裤，脖子上系着条彩花围巾，猛一出现，真像个京戏里的花旦！不过，不管如萍是怎样的腼腆无能，她却是这个家庭里我唯一不讨厌的人物，因为她有雪姨她们缺少的一点东西——善良。再加上，她是这个家庭里唯一对我没有敌意或轻视的人。看见了我，她对我笑了笑，又有点畏缩地看了爸一眼，仿佛爸会骂她似的。然后她轻声说："啊，你们都在这里！"又对我微笑着说："我不知道你来了，我在后面睡觉，天真冷……怎么，依萍，你还穿裙子吗？要我就不行，太冷。"她在我身边坐了下来，慵懒地打了个哈欠，她的手正好按在我湿了的裙子上，立即惊异地叫了起来："你的裙子湿了，到里面去换一条我的吧！"

"不用了！我就要回去了！"我说。

蓓蓓摇着尾巴走了过来，用它的头摩擦着我的腿，我摸了摸它，它立刻把两只前爪放在我的膝上，它的毛太长了，以至于眼睛都被毛遮住了。它从毛中间，用那对乌黑的眼珠望着我，我拂开它眼前的毛，望着那骨碌碌转着的黑眼珠，我多渴望也有这样一条可爱的小狗！

"蓓蓓，过来！"雪姨喊了一声，小狗马上跳下我的膝头，走到雪姨的身边去。雪姨用手抚摸着它的毛，一面低低地，像是无意似的说："看！才洗过澡，又碰了一身泥！"

我望了雪姨一眼，心中浮起一股轻蔑的情绪，这个女人只会用这种明显而不深刻的句子来讽刺我，事实上，她使我受的伤害远比她所暴露的肤浅来得少。她正是那种最浅薄最小气的女人，我没有说话。爸在沙发椅中，安闲地吸着烟斗，烟雾不断地从他那大鼻孔里喷出来，他的鼻子挺而直，正正地放在脸中间。据说爸在年轻时是非常漂亮的，现在，他的脸变长了，眉毛和头发都已花白，但这仍然没有减少他的威严。他的皮肤是黑褐色的，当年在东北，像他这样肤色的人并不多，因此，这肤色成为他的标志，一般人都称他作"黑豹陆振华"。那时他正是不可一世的风云人物，一个大军阀，提起"黑豹陆振华"，可以使许多人闻名丧胆。可是，现在"黑豹"老了，往日的威风和权势都已成过去，他也只能坐在沙发中吸吸烟斗了。但，他的肤色仍然是黑褐色的，年老没有改变他的肤色，也没有改变他暴躁易怒的脾气，我常想，如果现在让他重上战场的话，或者他也能和年轻时一样骁勇善战。他坐在沙发里，脸对着我和如萍，我下意识地觉得，他正在暗中打量着我，似乎要在我身上搜寻着什么。我有些不安，因为我正在考虑如何向他开口要钱，这是我到这儿来的唯一原因。"爸，"我终于开口了，"妈要我来问问，这个月的钱是不是可以拿了？还有房租，我们已经欠了两个月。"

爸从眯着的眼睛里望着我，两道低而浓的眉毛微微地蹙了一下，嘴边掠过一抹冷冷的微笑，好像在嘲笑什么。不过，只一刹那间，这抹微笑就消失了，没有等我说完，他回过头去对雪姨说："雪琴，她们的钱是不是准备好了？"接着，他又转过头来看着我，眼睛张大了，眼光锐利地盯在我的脸上说："我想，假如不是为了拿钱，你大概也不会到这儿来的吧？"

我咬了咬嘴唇，沉默地看了爸一眼，心里十分气愤，他希望什么呢？我和他的关系，除了金钱之外，又还剩下什么呢？当然，除非为了拿钱，我是不会来的，也没有人会欢迎我来的，而这种局面，难道是我造成的吗？他凭什么问我这句话呢？他又有什么资格问我这句话呢？

雪姨抿着嘴角，似笑非笑地看看我，对如萍说："如萍，去把我抽屉里那八百块钱拿来！"

如萍站起身来，到里面去拿钱了。我却吃了一惊，八百块！这和我们需要的相差得太远了！

"哦，爸，"我急急地说，"我们该了两个月房租，是无论如何不能再拖了，而且，我们也需要置一点冬衣，天气一天比一天冷，又快过阴历年了，妈只有一件几年前做的丝绒袍子，每天都冻得鼻子红红的，我……我也急需添置一些衣服……如果爸不太困难的话，最好能多给我们一点！"我一口气地说着，为我自己乞求的声调而脸红。

"你想要多少呢？"爸眯着眼睛问。

"两千五百块！"我鼓足勇气说，事实上，我从没有向爸一口气要求过这么多。

"依萍，你大概有男朋友了吧？"雪姨突然插进来说，仍然抿着嘴角，微微地含着笑。

我愣了一下，一时实在无法明白她是什么意思。她轻轻地笑了声说："有了男朋友，也就爱起漂亮来了，像如萍呀，一年到头穿着那件破棉袄，也没有说一声要再做一件。本来，这年头添件衣服也不简单，当家的就有当家的苦。这儿不像你妈，只有你一个女儿，手上又有那么点体己钱，爱怎么打扮你就怎么打扮你，这里有四个孩子呢！如萍年纪大一点，只好吃点亏，就没衣服穿了，好在她没男朋友，也不在乎，我们如萍就是这么好脾气。"我静静地望了她一会儿，我深深了解到一点，对于一个不值得你骂的人，最好不要轻易骂他。有的时候，眼光会比言语更刺人。果然，她在我的眼光下瑟缩了，那个微笑迅速地消失，取而代之的，是一层愤怒的红潮。

看到已经收到了预期的效果，我调回眼光望着爸，爸的脸上有一种冷淡的、不愉快的表情。"可以吗？"我问。

"你好像认为我拿出两千五百块钱是很方便的事似的。"爸说，抬起眼睛看了我一眼。

"我并不认为这样，不过，如果你能给尔杰买一辆全新的兰陵牌脚踏车的话，应该也不会太困难拿出两千五百块钱给我们！"话不经考虑地从我嘴里溜了出来，立刻，我知道我犯了个大错误，爸的眉头可怕地紧蹙了起来，从他凶恶而凌厉的眼神里，我明白今天是绝对拿不到那笔钱了。

"我想我有权利支配我的钱。"爸冷冷地说，"你还没有资格来指责我呢。我愿意给谁买东西就给谁买，没有人能干涉我！"雪姨白皙的脸上重新漾出了笑容，尔杰也忘记了继续他的呜咽。

"哦，爸，"我咽了一口口水，想挽回我所犯的错误，"我们不能再不付房租了，如果这个月付不出来，我们就要被赶出去，爸，你总不能让我们没有地方住吧？"

"这个月我的手头很紧，没有多余的钱了，你先拿八百块去给你妈，其他的到过年前再来拿！"爸说，喷出一口浓厚的烟雾。

"我们等不到过年了！"我有点急，心里有一股火在迅速地燃烧起来，"除非我和妈勒紧裤带不吃饭！"

"不管怎样，"爸严厉地说，浓黑的眉毛皱拢在一起，低低地压在眼睛上面，显出一种恶狠狠的味道，"我现在没有多余的钱，只有八百块，你们应该省着用，母女两个，能用多少钱呢？你们要那么多钱做什么？"

雪姨忽然笑了一声，斜睨着眼睛望着我说："你妈那儿不是有许多首饰吗？是不是准备留着给你作嫁妆？这许多年来，你妈也给你攒下一些钱了吧？你妈向来会过日子，不像我，天天要靠卖东西来维持！"

我狠狠地盯了雪姨一眼，我奇怪爸竟会看不出她的无知和贪婪！我勉强压抑着自己沸腾的情绪和即将爆发的坏脾气，只冷冷地说了一句："我可没有如萍和梦萍那样的好福气，如果家里还有东西可以卖的话，我也不会到这儿来让爸为难了！"

"哦，好厉害的一张嘴！"雪姨说，仍然笑吟吟的，"怪不得你妈要让你来拿钱呢！说得这么可怜，如果你爸没钱给你，倒好像是你爸爸在虐待你们似的！"

如萍从里面房里出来了，拿了一沓钞票交给雪姨，就依然坐在我的身边，我本来不讨厌她的，但现在也对她生出一种说不出的厌恶之感，尤其看到她手上那个蓝宝石戒指，映着灯光反射着一条条紫色的光线时，多么华丽和富贵！而我正在为区区几百块钱房租而奋斗着。

雪姨把钱交给了爸爸，似笑非笑地说："振华，你给她吧，看样子她好像并不想要呢！"

"你到底要不要呢？"爸不耐地问，带着点威胁的意味。

"爸，你不能多给一点吗？最起码，再给我一千块钱付房租好不好？"我忍着一肚子的火，竭力婉转地说，我了解我今天是必须拿到钱回家的，家里有一百项用度在等钱。

"告诉你，"爸紧绷着脸，厉声地说，"你再多说也没用，你要就把这八百块钱拿去，你不要就算了，我没有时间和你泡蘑菇！"

"爸，"我咽了一口泪水，尽力抑制着自己，"没有付房租的钱，我们就没有地方住了，你是我的父亲，我才来向你伸手呀！"

"父亲？"爸抬高了声音说，"父亲也不是你的债主！就是讨债的也不能像你这样不讲理！没有钱难道还能变魔术一样变出来？八百块钱，你到底要不要？不要就趁早滚出去！我没时间听你啰嗦！你和你妈一样生就这份啰嗦脾气，简直讨厌！"

我从沙发上猛地站了起来，血液涌进了我的脑袋里，我积压了许久的愤怒在一刹那间爆发了，我凶狠地望着我面前的这个人，这个我称作父亲的人！理智离开了我，我再也约束不住自己的舌头："我并不是来向你讨饭的！抚养我是你的责任，假如当初在哈尔滨的时候，你不利用你的权势强娶了妈，那也不会有我们这两个讨厌的人了。如果你不生下我来，对你对我，倒都是一种幸运呢！"

我的声音喊得意外地高，那些话像倒水一般从我嘴里不受控制地倾了出来，连我自己都觉得惊异，我居然有这样的胆量去顶撞我的父亲——这个从没有人敢于顶撞的人。爸的背脊挺直了，他取下了嘴边的烟斗，把手里的钱放在小茶几上，锐利的眼睛里像要冒出火来，紧紧地盯着我的脸。这对眼睛使我想起他的绰号"黑豹陆振华"。是的，这是一只豹子，一只豹子的眼睛，一只豹子的神情！他的两道浓眉在眉心打了一个结，嘴唇闭得紧紧的，呼吸从他大鼻孔里沉重地发出声音来。有好一阵子，他直直地盯着我不说话。他那已经干枯却依然有力的手握紧了沙发的扶手，一条条的青筋在手背上突出来，我知道我已经引起了他的脾气，凭我的经验，我知道什么事会发生了，我触怒了一只凶狠的豹子！

"你的话是什么意思？"爸望着我问，声音低沉而有力。

我感到如萍在轻轻地拉我的衣角，暗示我想办法转圜。我看到梦萍紧张地缩在沙发中，诧异地瞪着我。我有些瑟缩了，爸又以惊人的大声对我吼了一句："说！你是什么意思？"

我一震，突然看到雪姨靠在沙发里，脸上依然带着她那可恶的微笑，尔杰张大了嘴倚在她的怀里。愤怒重新统治了我，我忘了恐惧，忘了我面前的人曾是个杀人如儿戏的大军阀，忘了母亲在我临行前的叮咛，忘了一切！只觉得满腔要发泄的话在向外冲，我昂起头，不顾一切地大叫了起来："我没有什么意思，我只是投错了胎，做了陆振华的女儿！如果我投生在别的家庭里，也不至于像现在这样伸着手向我父亲乞讨一口饭吃！连禽兽尚懂得照顾它们的孩子，我是有父亲等于没父亲！爸爸，你的人性呢？就算你对我没感情，妈总是你爱过的，是你千方百计抢来的，你现在就一点都不……"

爸从沙发里站起来，烟斗从他身上滑到地上。他紧紧地盯着我的脸，那对豹子一样的眼睛里燃烧着一股残忍的光芒，由于愤怒，他的脸可怕地歪曲着，额上的青筋在不住地跳动，他向我一步步地走了过来。

"你是什么人？敢这样对我说话？"爸大吼着，"我活到六十八岁，还从没有人敢教训我！尔杰，去给我拿条绳子来！"

我本能地向后退了一步，但，沙发椅子挡住了我，我只好站在那儿。尔杰兴奋得眼珠突出了眼眶，立即快得像一支箭一样去找绳子了。我不知爸要把我怎么样，捆起我来还是勒死我？我开始感到几分恐惧，坐在沙发里的如萍正浑身发着抖，抖得沙发椅子都震动了，这影响了我的勇气，但是，愤怒使我无法运用思想，而时间也不允许我逃脱了。尔杰已飞快地拿了一条粗绳子跑了出来，爸接过绳子，向我迫近，看到他握着绳子走过来，我狂怒地说："你不能碰我！你也没有资格碰我！这许多年来，你等于已经把我和妈驱逐出你的家庭了，你从没有尽过做父亲的责任，你也没有权利管教我……"

"是吗？"爸从齿缝中说，把绳子在他手上绕了三四圈，然后举得高高的，嚷着说，"看我能不能碰你！"

一面嚷着，他的绳子对着我的头挥了下来，如萍慌忙跳了起来，躲到她妹妹梦萍那儿去了。我本能地一歪身子，这一鞭正好抽在我背上，由于我穿着短大衣，这一鞭并没有打痛我，但我心中的怒潮却淹没了一切，我高声地、尽我的力量大声嚷了起来：

"你是个魔鬼！一个没有人性的魔鬼！你可以打我，因为我没有反抗能力，但我会记住的，我要报复你！你会后悔的！你会受到天谴！会受到报应……"

"你报复吧！我今天就打死你！"爸说，他的鞭子下得又狠又急，像雨点一样落在我的头上和身上，我左右地闪避仍抵不过爸的迅速，有好几鞭子抽在我的脸上，由于痛，更由于愤怒，眼泪涌出我的眼眶，我拼命地叫骂，自己都不知道在骂些什么。终于，爸打够了，住了手，把绳子丢在地上，冷冷地望着我说："不教训你一下，你永远不知道谁是你的父亲！"

我拂了拂散乱的头发，抬起头来，直望着爸说："我有父亲吗？我还不如没有父亲！"

爸坐进了沙发，从地上拾起了他掉下去的烟斗，深深地看了我一眼。他的愤怒显然已经过去了。从茶几上拿起了那八百块钱，他递给我，用近乎平静的声调说："先把这八百块钱拿回去，明天晚上再来拿一千五去缴房租和做衣服！"

怎么，他竟然慷慨起来了？如果我理智一点，或者骨头软一点，用一顿打换来两千三百元也不错，但我生来是倔强任性的！我接过了钱，望着爸和雪姨，雪姨还在笑，笑得那么怡然自得！

我昂了一下头，朗声说："从今天起，我不再是陆振华的女儿！"我望着爸，冷笑着说，"你错了，两千三百元换不掉仇恨，我再也不要你们陆家的钱了！我轻视你，轻视你们每一个人！不过，我要报复的！现在，把你们这个臭钱拿回去！"说着，我举起手里的钞票，用力对着雪姨那张笑脸扔过去。当这些钞票在雪姨脸上散开来落在地上时，我是那么高兴，我终于把她那一脸的笑摔掉了！我回转了身子，不再望他们一眼，就冲出了玻璃门。在院子里，我一头撞到了刚从外面回来的尔豪身上，我猛力地推开了他，就跑到大门外面去了。

当我置身在门外的大雨中，才发现我在狂怒之中，竟忘记把雨伞带出来，为了避免再走进那个大门，我不愿回去拿。靠在墙上，我想到等我带钱回去的妈妈和她那一句亲切而凄凉的话："如果拿到了钱，就坐三轮车回来吧！"我的鼻子一阵酸，眼泪就不受限制地滚了下来。于是，我听到门里面尔豪在问："怎么回事？我刚刚碰到依萍，她像一只野兽一样冲出去！""管她呢！她本来就是只野兽嘛！"是雪姨尖锐而愤怒的声音，接着又在大叫着，"阿兰！阿兰！拿拖把来拖地！每次她来都泥狗似的弄得一地泥！"

我站在那两扇红门前面，郑重地对自己立下了一个誓言："从今以后，我要不择手段，报复这栋房子里的每一个人！"

翻起了外套的领子，我在大雨中向家里走去，雨水湿透了我的衣服和头发。

第二章

　　我对着镜子，把我齐肩的头发梳整齐了，扎上一条绿色的缎带，再淡淡地施了一层脂粉，妈说我这样打扮看起来最文静，而我就需要给人一个文静的感觉。这已经是我谋职的第五天了，与其说是谋职，不如说是到处乱撞，拿着一大沓剪报，满街奔波，上下公共汽车，淋着雨，各处碰钉子！今天也不会有结果的，我明明知道，却不能不去尝试。我手中有今天报上新刊登的几个人事栏的启事。第一则，是个私人医院要征求一个护士。第二则，是个默默无闻的杂志社，要一个助理编辑。第三则，是个××公司，征求若干名貌端体健的未婚女职员。

　　一切结束停当，大门"呀"的一声被拉开了，妈急急忙忙地跑上榻榻米，手里提着把油纸伞，苍白的脸上浮着个勉强的微笑。"哦，依萍，我到郑太太那儿给你借了把伞来，不要再冒着雨跑吧，弄出病来就更麻烦了！你的鞋子已经修好了……巷口那老头说，修鞋的钱以后再算吧。他……真是个好人呢！"

我看了妈一眼，她的脸色白得不大对头，我忍不住问："妈，你没有不舒服吧？"

"哦，没有，我很好。"妈说，努力地微笑了一下，笑得有点可怜，我猜想，她的头痛病一定又犯了。她在床前榻榻米上铺着的一张虎皮上坐了下来，这张虎皮是从北方带出来的，当初一共有七张，现在只剩一张了。妈常常坐在这张虎皮上做些针线，寒流一来，妈的冬衣不够，就裹着这张虎皮坐在椅子里，把虎皮的两只前爪交叉地围在脖子上。在我们这简陋的两间小房子里，只有从这张虎皮上，可以看出我们以前有过的那段奢华富贵的生活。

"妈，我或者可以借到一点钱，中午不要等我回来吃饭，晚上也一样。我想到方瑜那儿去想想办法。"方瑜是我中学时的同学，也是我的好朋友。

妈妈望着我，好半天才说："只怕借了钱也还不起。"

"只要我找到事就好了。"我说，"唉，真该一毕业就去学点打字速记的玩意儿，也免得无一技之长，高中文凭又没人看得起。"我拿了油纸伞，走到玄关去穿鞋子，门外的天空是灰暗的，无边无际的细雨轻飘飘地洒着，屋檐下单调地滴着水。妈又跟到门口来，看着我走出门，又走来帮我关大门，等我走到了巷子里，她才吞吞吐吐地说了一句："能早点回来，还是早点回来吧！"

我瞅了妈一眼，匆匆地点点头，撑开了伞，向前面走去。研究了一下路线，应该先到那个私人医院，地址是南昌街的一个巷子里，为了珍惜我口袋中仅有的那四块钱，我连公共汽车都不想坐，就徒步向南昌街走去。到了南昌街，又找了半天，才找到那个巷子，又黑又暗又狭窄，满地泥泞，我的心就冷了一半。在那个巷子中七转八转，弄了满腿的泥，终于找到了那个医院，是一座二层楼的木板房子，破破烂烂的，门口歪歪地挂着一个招牌，我走近一看，上面写的是：

福安医院——留日博士林××

专治：花柳、淋病、下疳、阳痿、早泄

旁边还贴着个红条子，上面像小学生的书法般歪歪倒倒地写着几个字："招见习护士一名，能吃苦耐劳者，学历不拘。"我深深吸了口冷气，连进去的勇气都没有，立即掉转身子走回头路，这第一个机会，就算是完蛋了！把这张剪报找出来丢进路边的垃圾箱里，再从泥泞中穿出巷子，看看手表，已将近十一点了。现在，只有再去试试另外那两个地方了，先到那个杂志社，地址在杭州南路，干脆还是安步当车走去。到了杭州南路，又是七转八转，这杂志社也在一个巷子里，也是个木造楼房，门口的牌子上写着五个龙飞凤舞的字：

东南杂志社

老实说，我就从没看过什么东南杂志，但，这五个字却写得蛮有气派，或者是个新成立的杂志社也说不定。我摸摸头发，整整衣裳，上前去敲了敲门。事实上，那扇门根本就开着，门里是一间大约四个半榻榻米大的房间，房里塞着一张大书桌和一张教室用的小书桌，已经把整个房间塞得满满的了。在那大书桌前面，坐了一个三十几岁的年轻男人，穿着件皮夹克，叼着香烟，看着报纸，一股悠闲劲儿。听到我敲门的声音，他抬起头来，看看我，怀疑地问："找谁？"

"请问，"我说，"这里是不是需要一个助理编辑？"

"哦，是的，是的，"他慌忙站起身来，一迭连声说，"请进，请进。"我走了进去，他示意要我在那张小书桌前坐下，拿出一张稿纸和一支原子笔给我，说："请先写一个自传。"

我没有料到还有这样一招，也只得提起笔来，把籍贯、年龄、姓名、学历等写了一遍，不到五分钟，就草草地结束了这份自传。那男人把我的自传拿过去，煞有介事地看了一遍，点点头说："不错，不错，陆小姐对文艺工作有兴趣吗？"

"还好。"我说，其实，我对文艺的兴趣远没有对音乐和绘画高。

"嗯，"那男人沉吟了半响，从抽屉里拿出几份刊物来，递给我说，"我们这刊物主要是以小说为主，就像这几份这样，你可以先看看。"

我接过来一看，原来是三份模仿香港虹霓出版社出版的小说报，刊名为《现代新小说报》。第一份用很糟的印刷红红绿绿地印着一个半裸的女人，小说的题目是《魔女》。我翻了翻，里面也有许多插图，看样子也是模仿高宝的画，几乎可以和高宝的乱真。第二份小说的题目是《粉红色的周末》，第三份是《寂寞今宵》。不用看内容，我也可以猜到里面写些什么了。每份的后面，还堂而皇之地印着"东南杂志社出版"的字样。

那男人对我笑笑，说："我们现在就以出小说报为主，陆小姐如果有兴趣，我们欢迎你来加入。至于工作呢，主要就是收集这些小说。坦白说，天下文章一大抄，这几份的故事都是我在二十几年前的旧杂志和报纸里翻出来的，把人名地名改一改，再加入一些香艳刺激的东西，就成为一篇新的了。至于插图呢，多数都是从香港小说报和外国画报中剪下来的。所以我们的工作，是以收集和剪辑为主，如果陆小姐自己能写，当然更好了，写这种故事不要什么技巧，只要曲折离奇、香艳刺激就行了，现在一般人就吃这一套，我们这刊物销路还挺不错呢！"

他自说自话了一大堆，居然面有得色，对于抄袭前人的东西及偷取别人的插图，好像还很沾沾自喜。怪不得我觉得那些插图像透了高宝的画，原来就是偷人家的！我生平最看不起这种文艺败类，站起身来，我急于想走，那人还在絮絮不停："我们这杂志一切草创，待遇吗？暂定两百元一个月，每个月要出四本小说报……"

"好，"我打断了他，"谢谢您，这工作对于我来说不大合适，对不起，你们还是另外录取别人吧！"

说完，我匆匆忙忙地走出了这伟大的"东南杂志社"，那男人错愕地站着，大有不解之态。走出了巷子，我把手里那三份刊物丢进了垃圾箱，长长地吐了口气。好，三个机会已经去掉了两个，现在剩下的只有那个××公司了。看看表，已将近一点了，在一家台湾小馆子里吃了两块钱一碗的面，就算结束了我的午餐。然后，搭上公共汽车，在西门町下车，依址找到了那个××公司。

这是坐落在衡阳路的一座楼房，下面是家商行，并没有××公司的招牌，我对了半天，号码没有错，只得走进去询问那个女店员，女店员立即点点头，指示我从楼梯上楼去。我上了楼，眼前忽然一亮，这是间装修得很华丽的办事处，里面有垂地的绒窗帘和漂亮的长沙发，还有三张漆得很亮的书桌。现在，屋里已经有了七八个打扮得十分艳丽的少女，在那儿等待着。

靠门口的一张桌子旁，坐着一个年轻的办事员，看到了我，他问："应征的？"

"是的。"我点点头。

"请先登记一下。"他递给我一张卡片，上面印着姓名、籍贯、年龄各栏，我依照各栏填好了，那职员把它和一大沓卡片放在一起，指指沙发说："你先等一等，我们经理还没来，等我们经理来了要问话。"所谓问话，大概就是口试，我依言在长沙发上坐了下来。一面百无聊赖地打量着另外那七八个应征的人，真是燕瘦环肥，各有千秋，不过，大都浓妆艳抹得十分粗俗。我这一等，足足等了将近两小时，到下午四点钟，室内又添了六七个人，那位经理才姗姗而来。

这经理是个矮矮胖胖的中年人，穿着大衣，围着围巾，进门后还在喊冷。那职员恭恭敬敬地站了起来，把一沓卡片交给他，他接过卡片，取下了围巾，满脖子都是肥肉，倒是个标准的脑满肠肥的生意人。他抬起眼睛来，对室内所有的人，一个一个看过去。这对眼睛居然十分锐利，那些女孩子们随着他的眼光，都不由自主地搔首弄姿起来。他的眼光停在我的身上了，把我从上到下看了一遍，然后指着我说："你！先过来，其余的人等一等！"

我不明白为什么他不按秩序而先叫我，他在中间的书桌前坐了下来，我走过去，发现他十分注意我走路的姿态。当我站在他面前，他用那对权威性的眼睛在我脸上逡巡了一个够，然后问："你叫什么名字？"

"陆依萍。"

他在那沓卡片中找出我的那一张，问："是这张吗？"

"是的。"

他仔细地看了一遍，问："高中毕业？"

"嗯。"我应了一声。

他点点头，看样子很满意，又望了我一会儿，他突然说："请你把短外套脱掉。"

我一愣，这算什么玩意儿？但是我依然照他的话脱掉了短外套，我里面穿的是一件黑色套头毛衣。他瞟了我一眼，就用红笔在我那张卡片上打了个记号，对我微笑着说："陆小姐，你已经录取了，下星期一起，到这儿来先受一个礼拜的训练。待遇你不用担心，每个月收入总在两三千元以上。"

我又一愣，这样就算录取了？既不考试也没有测验的问题，两三千元一月，这是什么工作？我呆了一呆，问："我能请问工作的性质是什么吗？"

"你不知道？"他问。

"不是招请女职员吗？"我说。

"是的，也可说是女职员，"他说，"事实是这样，大概阴历年前，我们在成都路的蓝天舞厅就要开幕……"

"哦，"我倒抽了一口冷气，"你们是在招请舞女。"

"嗯，"那经理很世故地微笑着，"你不要以为舞女的职业就低了，其实，舞女的工作是很清白很正经的……"

"可是，"我昂着头说，"我不做舞女，对不起！"

我转身就向门外走，那经理叫住了我："等一下，陆小姐。"他上上下下看看我，"你再考虑一下，我们这儿凡是录取的小姐，都可以先借支两千元，等以后工作时再分期扣还。你先回去想想，我们保留你的名额，如果你改变意思想来，随时可以到这儿来通知我们。"

"谢谢您。"我说，点了一下头，毫不考虑就走下了楼梯。先借两千元，真不错！他大概看出我急需钱，但是我再需要钱也不能沦为舞女！

下了楼，走出商行的大门，站在热闹的衡阳街上，望着那些食品店高悬的年货广告和那些服装店百货店张挂的年关大廉价的红布条，以及街上熙熙攘攘、忙忙碌碌的人群，心中不禁涌起一阵酸楚。是的，快过年了，房东在催着我们缴房租，而家里已无隔宿之粮，我能再空着手回家吗？一日的奔波，又是毫无结果，前面一大堆等着钱来解决的问题，我怎么办？

搭上公共汽车，我到了方瑜家里。方瑜和我在学校中是最要好的，我们同是东北人，也同样有东北人的高个子，每学期排位子，我们总是坐在一块儿。她爱美术，我爱音乐，还都同样是小说迷。为了争论一本小说，我们可以吵得面红耳赤，几天不说话，事情一过又和好如初。同学们称我们为"哼哈二将"。高中毕业，她考上师大艺术系，跨进了大学的门槛。我呢？考上了东海大学中文系，因为学费太高，而我，也不可能把妈一个人留在台北，自己到台中去读书。所以，考上等于没考上，决定在家念书，第二年再考。第二年报考的第一志愿是师大音乐系，术科考试就一塌糊涂，我不会钢琴，只能考声乐，但我的歌喉虽自认不错，却没受过专门训练，结果是一败涂地！学科也考得乱七八糟，放榜后竟录取到台中静宜英专，比上次更糟，也等于没考上。所以，方瑜进了大学，我却至今还在混时间，前途是一片茫茫。

方瑜的父亲是个中学教员，家境十分清苦，全赖她父亲兼课及教补习班来勉强维持，每天从早忙到晚。方瑜有两个弟弟一个妹妹，她是老大，一家六口，食指浩繁。家中没有请下女，全是由她母亲一手包办家务，也够劳累了。但，他们一家人都有北方人特有的热情、率直和正义感。所以，虽然他们很苦，我相信他们依然是唯一能帮助我的人。

方瑜的家在中和乡，公家配给的宿舍，一家六口挤在三间六席大的房子里，台风季节还要受淹水威胁。方瑜和她妹妹共用一间房子，她妹妹刚读小学二年级。

我敲了门，很侥幸，方瑜在家，而且是她自己给我开的门。看到了我，她叫了起来："陆依萍，是你呀，我正在猜你已经死掉了呢！"

"喂，客气点，一见面就咒人，怎么回事？"我说。

"这么久都不来找我！"

"你还不是没有来找我！"

"我忙嘛，要学期考了，你知道。"

跟着方瑜走上榻榻米，方伯母正在厨房里做晚饭，我到厨房门口去招呼了一声，方伯母马上留我吃晚饭，我正有一肚子话要和方瑜谈，就一口答应了。方伯伯还没有回家，我和方瑜走进她的房间里，方瑜把纸门拉上，在榻榻米上盘膝一坐，把我也拉到地上坐着，压低声音说："我有话要和你谈。"

"我也有话要和你谈。"我说。

"你先说。"

"不，你先说。"我说。

"那么，告诉你，糟透了，"她皱着眉说，"我爱上了一个男孩子。"

"哈，"我笑了起来，"恭喜恭喜。"

"你慢点恭喜，你根本没把我的话听清楚。"

"你不是说你爱上了一个男孩子吗？恋爱，那么美丽的事，还不值得恭喜？"我说。

"我爱上了一个男孩子，"她把眉头皱得更紧了，"并没有说他也爱上了我呀！"

"什么？"我打量着她，她长得虽不算很美，但眼睛很亮鼻子很直，有几分像西方人，应该是属于容易让男孩子倾心的那一种类型。如果说她会单方面爱上一个男人，实在让我不大相信。我知道她在学校中，追求的人不计其数，而她也是极难动情的，这件事倒有点耐人寻味了。"真的吗？"我问，"他竟然没有爱上你？"

"完全真的，"她正正经经地说，"非但没有爱上我，他连注意都不注意我。"

"哦？他是谁？"

"我们系里四年级的高才生，我们画石膏像的时候，教授常叫他来帮我们改画。"

"形容一下，这是怎样的一个人？"我问。

"长得一点都不漂亮！"

"哦？"

"满头乱发，横眉竖目。"

"哦？"

"胡子不刮，衣衫不整。"

"哦？"

"脾气暴躁，动不动就暴跳如雷，毫无耐心！"

"哦？"我禁不住也皱起了眉头。

"可是，天才洋溢，思想敏捷，骨高气傲，与众不同……"

"好了！好了！"我说，"你是真爱上了他？"

"糟就糟在太真了。"

"那么，引起他注意你呀。"我抬头看看窗外，皱皱眉想出了一个主意，"喏，找个机会和他吵一架，他叫你也叫，他跳你也跳，他凶你也凶，把他压下去，他就会对你刮目相看了。"

"没有用。"方瑜毫无生气地说。

"怎么没有用？难道你试过？"

"没试过，我知道没有用。"

"你怎么知道？"

"因为……"方瑜慢吞吞地说，"他早已有了爱人了！"

"哦，我的天！"我叹口气，"那么，你是毫无希望了？"

"是的，毫无希望。"

"连夺爱的希望都没有？"

"没有！"

"别那么泄气，他的那个爱人是怎么样一个人？"

"我同班同学，娇小玲珑，怯生生的，娇滴滴的，碰一碰就要伤心流泪，弱不禁风，标准的林黛玉型！可是很美，很温柔。"

"哦，你那个横眉竖目、暴跳如雷的男孩子就爱上了这个小林黛玉？"

"是的，他在她面前眉毛也横不起来了，眼睛也竖不起来，她一流泪，他就连手脚都不知道放到哪儿去才好。"

"噢，"我又笑了起来，"这叫作一物有一制。"

"你不为我流泪，还在那儿笑！"方瑜撇撇嘴说。

"我对你只有两个字的忠告，"我说，"赶快抛开这件事，就当作没遇到这个人！"

"别说了，"方瑜打断了我，"你这几个字的忠告等于没说。"她脸上有种困扰的神情，叹了口长气。

"真的这么痴情？"我怀疑地问，审视着她。

"是嘛，你还不信？"她生气地说，接着甩甩头，从榻榻米上站起来，突然对我咧嘴一笑，"说你的吧！是不是也坠入情网了，假如你也害了单相思，我们才真是'哼哈二将'了。"

"别鬼扯了！"我蹙着眉说。

"那么，是什么事？"

我把黑毛衣的高领子翻下来，在我脖子上，有一道清楚的红痕，是爸爸留下的鞭痕。

方瑜呆了呆，就跪在榻榻米上，用手摸了摸那道伤痕，问："怎么弄的？"

"我那个黑豹父亲的成绩。"

"他打你？"她问，"为什么？"

"钱！"

"钱？拿到没有？"

我摇摇头，说："你想我还会再要他的钱？"

"那么——"

"那么，我只有一句话了，方瑜，借我一点钱，你能拿出多少，就给我多少！"

方瑜看看我，说："你等一下！"她站起来匆匆地跑到厨房里去找她母亲了，没多久，她回到屋里来，把一沓钞票塞在我手里，说："这里是两百块，你先拿着，明天我到学校里找同学再借借看，借到了明天晚上给你送去！"

"方瑜！"

"别讲了，依萍。"

"我知道你们很苦，"我说，"过年前我一定设法把这笔钱还你们！"

"不要说还，好像我们的感情只值两百块，"方瑜不屑地转开头说，"讲讲看，怎么发生的？"

我把到"那边"取钱的事仔细地讲了一遍，然后我咬着牙说："方瑜！我会报复他们的，你看着吧！"

方瑜用手抱着膝，凝视着我，一句话也没说。她是能深切了解我的。在方家吃了晚餐，又和方瑜谈了一下谋职的经过，怕妈妈在家里焦急，不敢待太久，告别出来的时候，方伯母扶着门对我说："以后你有困难，尽管到我们家来。"

"谢谢您，伯母！"我说，感到鼻子里酸酸的，我原有一个富有的父亲，可是，我却在向贫苦的方家告贷！走出了方家，搭公共汽车回到家里，已经九点多钟了。

妈果然已担了半天心了。"怎么回来这么晚？没遇到什么坏人吧？急死人了。"

"没有，"我说，"到方瑜那儿谈了一会儿。"

上了榻榻米，我把两百元交给了妈妈。

"哪儿来的？"妈妈问。

"向方瑜借的。"

"方家——"妈犹豫地说，"不是很苦吗？"

"是的，在金钱方面很贫穷，在人情方面却很富有。和我那个父亲正相反。"

"那——我们怎么好用他们的钱呢？"

"用了再说吧，反正我要想办法还的。"

我洗了一个热水澡，用那张虎皮把全身一裹，坐在椅子里，在外面吹了一天冷风，家里竟如此温暖！妈一定要把她的热水袋让给我，捧着热水袋，裹着虎皮，一天的疲劳似乎消失了一大半。我把谋职的经过告诉了妈，说起舞女那工作时，妈立即说："无论如何不行，我宁可讨饭，也不愿意让你做舞女！"

"妈，你放心吧，"我说，"我自己也不会愿意去做舞女的。"

沉默了一会儿，妈说："今天周老太太又来了。"

周老太太是我们的房东，我皱着眉头说："她为什么逼得那么紧？我们又不是有钱不付！"

"这也不能怪她，"妈说，"你想，她有一大家子的人要吃饭，还不是等着我们的房租过日子。说起来周老太太还真是个好人，这两年，房子都涨价了，我们住的这两间房子，如果租给别人，总可以租到一千、八百一个月，租给我们她还是只收五百块钱，她也真算帮我们忙了。只是，唉！"妈叹了口气，又说，"今天她来，说得好恳切，说不是她不近情理，只因为年关到了，她儿子又病了一场，实在需要钱……"

我默默不语，妈妈用手按了按额角，我坐正身子说："妈，你头痛的病是不是又犯了？"

"没有呀！"妈慌忙把手拿了下来，我望着她，不由自主地闭上眼睛。

"妈，"我转开头说，"我实在不会办事。我还是不应该跟爸爸闹翻的。"

"别说了，依萍，"妈说，用手摸摸我的脖子，红着眼圈说："他不应该打你，看在那么多年我和他的夫妻情分上，也不该打你。"说着，她突然想起什么来说，"忘记告诉你，今年早上尔豪来了一趟。"

"尔豪？！他来做什么？"我问。

"他说，你爸爸叫你今天晚上去一趟。"

"哼！"我冷笑了一声，"大概越想越气，要再打我一顿！"

"我想不是，"妈沉思地说，"或者他有一点后悔。"

"后悔？"我笑了起来，"妈，你认为爸会后悔？他这一生曾经对他做的任何一件事后悔过吗？后悔这两个字和爸是没有缘分的！"

我站起来，走到我的屋里，打开书桌上的台灯，开始记日记，记日记是我几年来不间断的一个习惯。我把今日谋职的经过概略地记了，最后，我写下几句话：

生活越困苦，命运越坎坷，我应该越坚强！我现在的责任不止于要奉养妈妈，还有雪姨那一群人的仇恨等着我去报复。凡有志者，决不会忘记他曾受过的耻辱！我要报仇的——不择任何手段！

第二天，我又度过了没有结果的奔波的一日，当黄昏时分，我疲倦不堪地回到家里时，懊丧使我几乎无力举步。任何事情，想象起来都简单，做起来却如此困难，没想到我想找一个能糊口的工作都找不到。进了门，我倒在椅子里，禁不住长长地叹了口气。

"还没有找到工作？"妈妈问。

"没有。"

妈不说话，我发现妈显得又苍老又衰弱，脸色白得像张纸，嘴唇毫无血色。

我说："妈，明天去买十块钱猪肝，煮碗汤喝。"

"可是——"妈望了我一眼，怯怯地说，"我把那两百块钱给周老太太了。"

"什么？"我跳了起来，因为我知道家里除了这两百元和我带走的十元之外，是一毛钱都没有的，而且，早上我走时，连米缸里都是空的，"你全给了她？"

"嗯。"

"那么，你今天吃的是什么？"

妈把头转开，默默不语。然后，她走到床边去，慢慢地把地上那张虎皮卷起来，我追过去，摇着她的手臂说："妈妈，你难道一天没有吃东西？"

"你知道，"妈妈轻轻说，"我的胃不好，根本就不想吃东西。"

"哦！"我叫了一声，双腿一软，在地上坐了下来，把我的头埋在裙子里，眼泪夺眶而出，"哦，妈妈，哦，妈妈。"我叫着，一面痛哭着。

"依萍，"妈妈摸着我的头发说，"真的，我一点也不饿呀！别哭！去把这张虎皮卖掉。"

我从地上跳了起来，激动地说："妈，不用卖虎皮，我马上就去弄两千块钱回来！"

说着，我向大门外面跑去，妈追过来，一把拉住我的衣服，口吃地问："你，你，你到哪里去弄？"

"那个××公司！"我说，"他说我随时可以去！"

妈死命地拉住了我的衣服，她向来是怯弱而柔顺的，这时竟显出一种反常的坚强，她的脸色更加苍白，黑眼睛睁得大大地盯着我，急急地说："我不许你去！我决不让你做舞女！"

"妈，"我急于要冲出去，"做舞女并不下贱，这也是职业的一种，只要我洁身自爱，做舞女又有什么关系？"

"不行！"妈拉得更紧了，"依萍，你不知道，人不能稍微陷低一级，只要一陷下去，就会一直往下陷，然后永无翻身的希望！以前在哈尔滨，我亲眼目睹那些白俄的女孩子，原出身于高贵的家庭，有最好的教养，只为了生活而做舞女，由舞女再变成高等娼妓，然后一直沦落下去，弄到最悲惨的境地，一生就完了。依萍，你决不能去，伴舞并不可怕，可怕的是那灯红酒绿的环境和酒色财气的熏染，日子一久，它会改变你的气质，你再想爬高就难如登天了，你会跟着那酒色堕落下去，无法自拔！依萍，不行！绝对不行！"

"可是，妈妈，我们要钱呀！"

"我宁可饿死，也不放你去做舞女！"妈妈坚决地说，眼睛里含满了眼泪，"我宁愿去向你爸爸要钱，也不愿你去做舞女！"

"我宁愿做舞女，也不去向爸爸要钱！"我叫着说，坐在玄关的地板上。用手蒙住脸，哭了起来。妈妈也靠在门框上抹眼泪。就在我们母女相对啜泣的时候，外面有人敲门了。我擦掉眼泪，整理了一下衣服，到院子里去开门。

门外是方瑜，她匆匆地塞了几张钞票到我手里说："这里只有七十块，你先拿去用着，我再想办法。没时间和你多谈，我明天要考试，要赶回去念书！"说完，她对我笑笑，挥挥手就急急忙忙地走了。

我目送她走远，关上房门，走上榻榻米，对那七十元发了好一阵呆，七十元，这分量多重呀！把钱交给了妈，我说："方瑜送来的，我们再挨两天看看吧！"

两天过去了，我的工作依然没有着落。第三天傍晚回家，妈一开门就对我说："今天如萍来过了。"

"她来干什么？"我诧异地说，"要想参观参观我们的生活吗？"

"依萍，不要以仇恨的眼光去看任何人！"妈说，"是你爸爸叫她来的！"

"爸叫她来干吗？"

"你爸叫她送来三千块钱!"

"三千块钱?"我愕然地问,"为什么?"

"我也不知道,"妈说,"如萍说是爸叫她拿来给我们过年和缴房租用的。"

"可是,"我不解地说,"为什么他突然要给我们钱了?"

"我想,"妈犹豫地说,"大概他觉得上次做得太过分了。"

我咬着嘴唇沉思了一会儿,昂了一下头说:"妈,把那三千块钱给我,我要退还给他们!我发过誓不用他们的钱,他知道我们活不下去,现在又来施舍我们。妈,我不能接受他们的施舍!"

"唉!"妈叹了口长气,默默不语地站着,半天之后,才低低地说,"可是,我们是需要钱的。"

"无论怎么需要钱,我不用他的钱!"我叫着说。

"不用他的钱,用方瑜的吗?"妈妈仍然轻声地说着,像是在自语,"让方瑜那样清苦的人家来周济我们?为了借钱给我们,他们可能要每天缩减菜钱,这样,你就能安心了吗?而你爸爸,他对我们是有责任和义务的!"

"妈妈!"我喊,"你不要想说服我!"我咬咬嘴唇,意志已经开始动摇起来。为了武装自己的信念,我咬着牙说,"你不要让我去接受施舍,人总得有几根傲骨!"

"傲骨!"妈妈点点头,凝视着我说,"傲骨是不能吃的。现实比什么都残忍!"

"妈妈!"我摇摇头,"你要勉强我去接受这笔钱吗?如果我接受了,我就要永远在这笔钱的压力下抬不起头来!"

妈沉默了。然后,她一语不发地走到桌子旁边,从抽屉里拿出一个纸包来递给我，我接过纸包，那三千元是厚厚的一沓，握在手中沉甸甸的。我抓紧了纸包，望着妈苍白而不健康的脸和弱不禁风的单薄的身子，我的意志又动摇了。三千元！三千元可以救我们的急，三千元在"爸爸"眼里并不是一个大数字……我矛盾得厉害，现实和自尊在我脑中迅速地交战，我几乎决定留下这笔钱了。但，想起爸爸的鞭子，想起我曾说过的豪语，我甩了甩头，毅然地走向门口。

到"那边"的这段路变得很漫长了，我走走停停，三千元仿佛是个炙手的东西，在我手中和心里烧灼着。停在"陆寓"的红门前面，我彷徨地望着那块金色的牌子，按门铃吗？退还这三千元？不顾妈妈的苍白憔悴，只为了维持我可怜的自尊？我深思着，心底的犹豫更加厉害。终于，我还是按了门铃。

走进客厅，爸正靠在沙发里抽烟斗，雪姨在给尔杰用手工纸折飞机。看到我进去，他们似乎都愣了一下。我走过去，把那三千元放在爸身边的茶几上，一句话也没说，就掉转身子，准备出去。爸在我身后叫："依萍！站住！"

我本能地站住了，爸的语气中仍然具有权威性的力量，似乎是不容反抗的。转回身子，我望着爸，爸从嘴里取出了烟斗，眯起眼睛注视我。他在研究我吗？我忍耐着不说话，他沉默了很久，才用十分冷静的声调说："你的傲气是够了！"

我仍然不说话，只静静地瞪着他。他用烟斗指指沙发，命令地说："坐下来！"我没有坐，挺立在那儿。我在和自己生气，为什么我不能掉头就走，还要站在这里听他说话？爸的烟斗又塞回了嘴里，衔着烟斗，他点点头说："依萍，把钱拿回去！"

我咬住嘴唇，内心又剧烈地交战起来，爸的态度是奇怪的，在他一贯的命令态度的后面，仿佛还隐藏着什么，使他的语气中带出一种温和的鼓励。看到我继续沉默，他坐正了身子，心平气和地说："依萍，再固执下去，你不是傲气，而是愚昧了。愚昧可以造成许多错误，你应该运用一下思想，不该再感情用事了。现在，把钱拿回去！"他又在命令我了。我望望钱，又望望爸。愚昧，是吗？或者有一点。钱，在陆振华眼里算什么呢？可是，对我和妈，却有太多的用处，太多，太多……我定定地望着爸，心里七上八下地转着念头，拿走这笔钱？不拿这笔钱？但是，爸为什么对我转变了态度？他也动了怜悯之念和同情之心？还是另有别的因素？在我的犹豫中，雪姨按捺不住了，她把身子凑了过来，以她一向所有的冷嘲热讽的态度说："振华，何必呢？别人又不领情，倒好像你在求她收这笔钱了。"

我把眼光调到雪姨的脸上，这吝啬贪婪、浅薄无知的女人！她希望我不收这笔钱吗？当然，如果我从此不收爸的钱，她才开心呢！愚昧，不是吗？有钱送到我的手上，我竟然不收，而让妈妈在家里饿肚子。愚昧，不是吗？我凝视着那包钱，心志动摇。爸站起身来了，拿了那包钱，他递在我面前说："给你妈妈治治病！"

我愣了愣，就下意识地伸手接过了钱。雪姨又发出了一串轻笑，说："不是不要吗？怎么又拿了？"

我木然地转过身子，握着钱，向房门外面走。耻辱的感觉使我每根血管都沸腾着，但是，我不再愚昧了，不再傻了，我要从爸的手里接受金钱，最起码，我不愁衣食，才能计划别的。为什么我不收爸的钱呢？为什么我要饿着肚子，让雪姨觉得开心呢？走到了院子里，爸在后面喊："依萍！"

我回头，爸注视着我，深思地说："经常到这边来走走，把你的傲气收一收，总之，一家人还是一家人！"

是吗？是一家人吗？爸为什么要讲这一句话？难道他真懊悔了对我的鞭打？还是——他把我从废墟中发掘出来了，又重新想认我这个女儿？我望着他，不能从他的脸上获得答案，但他眼睛里有一种新的、属于感情类的东西，我不想再研究了，人是复杂而又矛盾的动物。

走出了"陆寓"，我心境迷茫而沉重，那包钱压着我，我觉得无法呼吸和透气。现实、自尊、傲气……多么错综紊乱的人生：钱在我手里，现实的问题解决了，自尊和傲气呢？我总要在一方面被压迫着吗？

阴云又在天边堆积起来了，快下雨了。

第三章

　　我又恢复了和"那边"来往，事实上，我到"那边"去的次数反而比以前勤得多。我逐渐发现，我和爸中间展开了一层微妙的关系，爸变得十分注意我，他常常悄悄地研究我，冷冷地衡量我。而我呢，也时时在窥探着他，防备着他，因为我不知道他对我到底是怎么回事。我们之间仿佛在玩着捉迷藏的游戏，时刻戒备着对方。有时，我一连一星期不到"那边"去，爸就要派如萍或尔豪来找我去，对于我的要求，他变得非常慷慨。自从那次挨打之后，我对他早就没有了恭敬和畏惧，我开始习惯于顶撞他，而我发觉，每当我顶撞他的时候，他都始而愤怒，继则平静，然后他会眯起眼睛望着我，在他无表情的脸上，我可以领悟到一种奇异的感情。于是，我慢慢地明白，我的存在已经莫名其妙地引起了爸爸的重视。跟着爸对我态度的转变同时而来的，是雪姨的恼怒和惊恐，她显然有些怕我了，对我的敌意也越来越厉害，有时甚至不能控制地口出恶言。可是，她怕爸爸。只要爸爸用凌厉的眼光对她一转，她就要短掉半截。她不再敢惹我了，而我却时时在思索如何报复她。我恨她，比恨任何一个人都厉害！刚到台湾的时候，她用种种卑鄙的办法使爸厌恶妈妈，而妈妈生来就怯弱沉默，又不会伺候爸爸，所有的委屈都压在心里，弄得面黄肌瘦，憔悴不堪。爸对女人的感情一向建筑在色上，色衰则爱弛。终于，妈受不了雪姨尖酸刻薄的冷嘲热讽，爸也看厌了妈愁眉深锁的"寡妇面孔"，于是，我们被迫搬了出来，从豪华的住宅中被驱逐到这两小间屋子里来。没有下女，没有带出一点值钱的东西。妈妈夜夜饮泣，我夜夜凝视着窗外的星空发誓："我要复仇！"而今，我和雪姨间的仇恨是一天比一天尖锐化了。

　　我又有一星期没有到"那边"去了。早上，如萍来告诉我，爸要我去玩。这两天，如萍似乎有点变化，她是个藏不住任何秘密的人，有几次，她仿佛想告诉我什么，又羞涩地咽了回去。但她脸上有一种焕发的光辉和喜悦。或者，她在恋爱了，事实上，她今年已经二十四岁，由于腼腆和畏羞，她始终没有男朋友。尔豪在台大念电机系，曾经好几次给她介绍男朋友，但全都失败了。我想不出，除了恋爱还会有什么事让她如此容光焕发？但，我也怀疑她是不是真有能力抓住一个男孩子？晚上，我稍微修饰了一下，最近，我做了许多新衣服（爱美大概是女孩子的天性，我虽自认洒脱，在这一点上，却依然不能免俗），这些衣服都是用爸爸给的钱做的。穿了件黑毛衣，黑羊毛窄裙，头发上系一条红缎带，套上件新买的深红色长毛女大衣，揽镜自照，也颇沾沾自喜。我喜欢用素色打扮，却用鲜艳的颜色点缀，这使我看起来不太飞扬浮躁。穿戴好了，我向妈妈说了再见，依然散着步走到

"那边"。

才走进院子，我就觉得今晚的情形有点反常，客厅里灯烛辉煌。这客厅原有一盏落地台灯、两盏壁灯和一盏大吊灯，平常都只开那盏吊灯，而现在，所有的灯都亮着，客厅中人影纷乱，似乎在大宴宾客。我诧异地走进客厅，一眼看过去，客厅中确实有很多人，但全是家里的人——爸爸、雪姨、如萍、梦萍、尔豪、尔杰，在这些人之间，坐着唯一一个陌生人。从雪姨的巴结紧张来看，这个陌生人显然是个贵客。何况，这种全家出动的接待，在陆家简直是绝无仅有的事！

我好奇地打量着这个客人，他很年轻，大概只有二十五六岁，穿着一身咖啡色的西装，服装很整洁，却并不考究，长得不算漂亮，不过，眼睛沉着含蓄，五官端正清秀，很有几分书卷气。他仰靠在沙发里，显得颇为安详自如，又带着种男孩子所特有的马虎和随便劲儿，给人一种亲切随和的感觉。人有两种，一种是一目了然可以看出他的深度的，另一种却耐人细看、耐人咀嚼，他应该属于后一种。

随着我的注视，他从沙发椅中站起来，困惑地看我。爸走过来，拍拍我的肩膀说："依萍，这位是何书桓，尔豪的同学！"一面对那位何书桓说："这是我另外一个女儿，陆依萍！"

我对这位何书桓点了点头，笑笑，不明白尔豪的一个同学何以会引起全家的重视。何书桓眼睛里掠过一抹更深的怀疑，显然他也在奇怪我这"另外一个女儿"是哪里来的。我脱掉长大衣，挂在门边的衣钩上，然后找了一个何书桓对面的座位坐下来。何书桓对我微笑了一下，说："我再自我介绍一下，何书桓，人可何，读书的书，齐桓公的桓。"

我笑了，真的，他不再说一遍的话，我还真的不知道他的名字是哪三个字。坐定后，我才看到桌上放着瓜子和糖果，如萍和雪姨坐在一张沙发椅子里。雪姨对于我的到来明显地露出不快的表情，如萍则羞答答地红着脸，把两只手合拢着放在两条腿之间，头俯得低低的。她今天显然是特别装扮过，搽了口红和胭脂，头发新做成许多大卷卷，穿了一件大红杂金线的毛衣和酱红色的裤子，活像个洋娃娃！我顿时明白了！他们又在给如萍介绍男朋友了，看样子，这位何书桓并不像第一次来，参照如萍最近的神态来看，他们大概已经进行得差不多了。我抓了一把瓜子，自顾自地嗑了起来，梦萍在我身边看电影杂志，我也歪过头去看。雪姨咳了一声，说话了，是对何书桓说："书桓，你已经答应教如萍英文了哦？从下星期一就开始，怎样？"原来雪姨已经直呼他的名字了，那么，这进展似乎够快的，因为我确定一个月前如萍还不认识这位何书桓呢！抬起头来，我看了雪姨一眼，雪姨的表情是热望的、渴切的，一目了然她多么想促成这件事。我再看看何书桓，他正微笑着，一种含蓄而耐人寻味的笑。

"别定得太呆板，我有时间就来，怎样？"

"一言为定！"雪姨说。

"书桓，"尔豪拍拍何书桓的肩膀，笑着说，"别答应得太早，如萍笨得很，将来一定要让你伤透脑筋！"

"是吗？"何书桓靠进沙发里，把一个橘子掰成两半，把一半递给尔豪，一面望了如萍一眼说，"我不相信。"

如萍的头已经低得不能再低了，从我进来到现在，她始终没开过口，两只手一直放在腿中间，一股憨态。这时，我清楚地看到雪姨在如萍的腿上捏了一下，显然是要她说几句话。于是，如萍惊慌地抬起头来，仓促地看了何书桓一眼，脸涨得更红了，口吃地、嗫嚅地找出一句与这题目毫无关系的话来："何……何先生，你……爱看小说吗？"

雪姨皱了皱眉头，尔豪把脸转向一边。何书桓也错愕了一下，但他立即很温和地看看如萍，温和得就像在鼓励一个受惊的孩子，他微笑地说："是的，很爱看。你也爱看吗？"

"是……是的。"如萍说，大胆地望了何书桓一眼。

"你喜欢看哪一类的小说？"何书桓继续温柔地说，"我家里有许多小说，我有藏书癖，假如你爱看小说，我相信，只要你说得出名字来，我都有。"

"嗯，"如萍被鼓励了，吞吞吐吐的，但却振作得多了，虽然仍红着脸，却终于敢正面对着何书桓了，"我……我……比较喜欢看社会言情小说，像冯玉奇啦，刘云若啦，这些人的小说。还……还有武侠小说也很好看，最近新出版好多武侠小说，都很好看。"

"嗯，"何书桓锁了锁眉，"真抱歉，你喜欢看的这两种书我都没有。"他的表情有些尴尬，也有些难堪，我想他是在代如萍难堪。雪姨却在一边高兴地笑着。"不过，"他又微笑着说，"如果你有兴趣看点翻译小说，我那儿倒多得很。"

我的心痒了起来，何书桓一提到他有丰富的藏书，我就浑身兴奋了起来，爱看小说，是我的大毛病，一卷在握，我可以废寝忘食。这时，听到他又说有翻译小说，我就再也按捺不住了。

"喂，何先生，"我插进去说，"假如你有翻译小说，我倒想向你借几本。"

何书桓转过头来望着我，他的眼光在我脸上迅速地盘旋了一圈，然后点点头说："当然可以，你想要哪几本？"

这倒把我问住了，因为一般名著已经差不多全看了。于是，我说："不知道你有哪些书是我没看过的。"

他笑了，露出两排很漂亮的白牙齿。"这个，"他笑着说，"我也不知道！"

我也笑了。我的话多傻！

"这样吧，"他说，"说说你喜欢的作家。"

"屠格涅夫、苏德曼、马克·吐温、托尔斯泰……哦，差不多每位作家的我都喜欢！"

"不见得吧，你说的都是过去的一些作家，你似乎并不喜欢现代作家的东西，像萨洛扬、托马斯·曼、福克纳等人。"

"是的，我喜欢看能吸引我看下去的东西，不喜欢看那些看了半天还看不懂的东西。"

他嘴边又浮起那个深沉而含蓄的微笑，我凝视他，想看出他有没有嘲弄的意味。但是，没有，他显得坦然，很真挚。"你看了屠格涅夫一些什么书？"

"《贵族之家》《烟》《罗亭》《春潮》。"我思索着说。

"那么我那儿还有一本《前夜》和一本《猎人日记》是你没看过的，可以借给你。苏德曼的小说我有两本，《忧愁夫人》和《猫桥》，哪一本你没看过？"

"《猫桥》。"我说，"好不好看？"

"哦，"他把眉毛挑得高高的，"足以让你看得不想睡觉，不想吃饭！"

"啊哈！"我欢呼了一声，迫不及待地说，"你什么时候借给我？"

"你什么时候要？"

"立刻！"我冲口而出地说。马上感到有点不好意思，这算什么，难道叫人家马上回去给我拿书吗？于是，我不由自主地笑了笑，补了一句："过两天也没关系！"

"我会尽快借给你！"他笑着说，"最好有工夫你到我家里去选，爱看什么拿什么！我那儿是应有尽有！"

"也包括那些现代作家的？"我问。

"也包括！不过，那些多半是原文版本。确实，他们的小说比较费解，但是他们也有他们的道理，他们的描写是完全写实派……"

"我不同意你，"我说，"一本好小说要能抓住读者的情感和兴趣，使读者愿意从头看到尾，像现在那些新派小说，一味长篇地描写、刻画，固然他们写得很好很深刻，但是未见得能唤起读者的共鸣。我们看小说，多半都是用来消遣，并不是用来当工作做，是不是？"

"怎么讲？"他问。

"那些现代文艺，你必须去研究它，要不然你是无法了解的，我是个爱看小说的人，并不爱研究小说。"

他又笑了，兴高采烈地说："小说'看'得太多，不会腻吗？也该有几本'研究'的东西。你看过《异乡人》吗？"

"看了。"

"喜不喜欢?"

"说不出来,我觉得这书所写的人物和我们的背景一切都不同,我不大了解作者笔下那个人物。"

"对了,"他深思地说,"就是这句话,有时候,背景和思想的不同,会使我们无法接受他们所写的,但不能因为我们无法接受,就抹杀那些作品的价值。我也不大看得懂那些东西,但是我还是喜欢看,也喜欢研究,有时候,我觉得那些东西也有它的分量。"

"你是个作家?"我突然问。

"不!我从不写东西,不过我是学文的!"他笑着说。

"喂,别只顾着说话,吃点糖!"雪姨突然把一个糖盘子递到何书桓手里说。同时,回过头来,她对我恶狠狠地看了一眼。我愣了一下,立即明白她瞪我的原因,她一定以为我是故意插进来破坏如萍的。她那狠毒的一瞥使我冒火,我瞟了那个像小羔羊般无能的如萍一眼,暗想如果我要把何书桓从她手里抢过来,一定不会是件太困难的事!假如我把何书桓抢过来了,雪姨不知道会气成什么样子!这思想使我兴奋。我看看何书桓,他也正凝视着我,看到我看他,他拿着糖盘子说:"爱吃什么糖?我猜一猜,巧克力?"

我点头,他抛了两块巧克力糖到我身上来,我接住了,对他微微一笑。他眼睛立即飘过一抹雾似的眩惑的表情,愣愣地看了我好一会儿。

"你——"他继续望着我说,"是不是也学文?"

"我什么都不学！"我懊恼地说，不能进大学是我的隐痛。

"你在什么学校？"他又问。

"家里蹲大学！"我说。

他眨眨眼睛，有点困惑，然后笑笑，没说话，低下头去剥一块糖。

沉默已久的爸爸突然望着我说："依萍，你愿意暑假再考一次吗？"

我看了爸一眼，爸吸了口烟，静静地说："如果你想念大学，要补习的话，我可以给你请老师补习！"

我没说话，爸也不再提，尔杰赖在他母亲怀里，包办了面前一盘子的糖，又闹着要吃橘子，雪姨板着脸在生闷气，尔杰闹得显然不是时候，雪姨猛地打了他一巴掌："不要脸的东西，没你的份儿了，你还瞎闹什么！"

爸皱皱眉，我又待了一会儿，觉得没什么意思了，站起身来说："爸，我要回去了！"

爸看着我，问："要钱吗？"

我想了一下："暂时不要！"

"你可以去打听打听，"爸说，"你们的房东多少钱肯卖那栋房子？如果不贵的话，买下来免得为房租麻烦！"

我有些意外地点点头，雪姨的脸色更加难看了。我望了何书桓一眼，正想向他说再见，他却忽然跳了起来说："伯父，伯母，我也告辞了！"

"不！"雪姨叫了起来，"书桓，你再坐坐，我还有话要和你谈！"

何书桓犹豫了一下，说："改天我再来，今天太晚了！"

我向门口走去，何书桓也跟了过来，爸站在玻璃门口，望着我们走出大门，我回头再看了一眼，雪姨脸色铁青地立着。我甩了一下头，看看身边的何书桓，一个荒谬的念头迅速地抓住了我，几秒钟内就在我脑中酝酿成熟。于是，我定下了报复雪姨的第一步——我要把何书桓抢过来！

外面很冷，我裹紧了大衣，何书桓站在我身边，也穿着大衣，这时候，我才发现他的个子很高大。他望着我微笑，轻声说："你住在哪里？"

"和平东路。"

"真巧，"他说，"我也住在和平东路。"

"和平东路哪里？"我问。

"安东街。"

"那么我们同路。"我愉快地说。

他招手要叫三轮车，我从没有和男人坐过三轮车，觉得有点别扭，立即反对说："对不起，我习惯于走回去！"

"那么，我陪你走。"我们向前走去，他从口袋里拿出一条羊毛围巾，把它绕在我的脖子上，我对他笑笑，没说话。忽然间，我心中掠过一丝异样的感觉，奇怪，我和他不过是第一次见面，但我感到我们好像早已认识好多年了。

默默地走了一段，他说："你有个很复杂的家庭？"

"我是陆振华的女儿！"我说，耸了耸肩，"你难道不知道陆振华的家庭？"

他叹了口气。

为什么？为了我吗？

"你和你母亲住在一起？"他问。

"是的。"

"还有别人吗？"

"没有，我们就是母女两个。"

他不语。又走了一段，我说："我猜你有一个很好的家庭，而且很富有。"

"为什么？"

我不愿说我的猜测是因为雪姨对他刮目相看，只说："凭你的外表！"

"我的外表？"他很惊奇，"我的外表说明我家里有钱？"

"还有，你的藏书。"

"藏书？那只是兴趣，就算我穷得讨饭，我也照样要拿每一块钱去买书的。"

我摇头。"不会的，"我说，"如果你穷到房东天天来讨债，米缸里没有一粒米，那时候你就不会想到书，你只能想怎样可以吃饱肚子，可以应付债主，可以穿得暖和！"

他侧过头来，深深地注视我。

"我不敢相信你会有过贫穷的经验。"他说。

"是吗？"我说，有点愤激，"一个月前的一天，我出去向同学借了两百元，第二天，我出门去谋事，晚上回家，发现我母亲把两百元给了房东，她自己却一天没吃饭……"我突然住了嘴，为什么要说这些？为什么我要把这些事告诉这个陌生人？他在街灯下注视我，他的眼睛里有着惊异和惶惑。

"真的?"他问。

"也没有什么,"我笑笑,"现在爸又管我了,我也再来接受他的施舍,告诉你,贫穷比傲气强!现实比什么都可怕!而屈服于贫穷,压制住傲气去接受施舍,就是人生最可悲的事了!"他静静地凝视我。风很大,街上的人很稀少,这是个难得的晴天,天上有疏疏落落的星星和一弯眉月。我们都把手插在大衣口袋里,慢慢地向前走,好半天,他都没有说话,我也默默不语。这样,我们一直走到我的家门口,我站住,说:"到了,这儿就是我的家,要进来坐吗?"

他停住,仍然望着我,然后摇摇头,轻声说:"不了,太晚了!"

"那么,再见!"我说。

他不动,我猜他想提出约会或下次见面的时间,我等着他开口。可是,好久他都没说话。最后,他对我点点头,轻声说:"好,再见!"我有些失望,看看他那高大的背影在路灯的照射下移远了,我莫名其妙地吐出一口气,敲了敲门。直到走进屋内,我才发现我竟忘了把那条围巾还给他。

深夜,我坐在我的书桌前面打开了日记本,记下了下面的一段话:

> 今晚我在"那边"见着了如萍的男朋友,一个不使
> 人讨厌的男孩子。雪姨卑躬屈节,竭尽巴结之能事,令
> 人作呕。如萍晕晕陶陶,显然已坠情网。这使我产生兴
> 趣,如果我把这个男孩子抢到手,对雪姨和如萍的打击

一定不轻！是的，我要把他抢过来，这是轻而易举的事，因为我猜他对我的印象不坏。这将是我对雪姨复仇的第一步！只是，我这样做可能会使何书桓成为一个牺牲者，但是，老天在上，我顾不了那么多了！

抛开了笔，我灭了灯，上床睡觉。我们这两间小屋，靠外的一间是妈睡，我睡里面一间，平常我们家里也不会有客人，所以也无所谓客厅了。有时，我会挤到妈妈床上去同睡，但妈有失眠的毛病，常彻夜翻腾，弄得我也睡不好，所以她总不要我和她同睡。可是，这夜，我竟莫名其妙地失眠了，睁着眼睛，望着黑暗的天花板，了无睡意。在床上翻腾了大半夜，心里像塞着一团乱糟糟的东西，既把握不住是什么，也分解不开来。

闹了大半夜，才要迷糊入睡，忽然感到有人摸索着走到我床前来，我又醒了，是妈妈，我问："干什么，妈？"

"我听到你翻来覆去，是不是生病了？"妈坐在我的床沿上，伸手来摸我的额角。

我说："没有，妈，就是睡不着。"

"为什么？"妈问。

"不知为什么。"天很冷，妈从热被窝里爬出来，披着小棉袄，冻得直打哆嗦。我推着妈说："去睡吧，妈，我没有什么。"

可是，妈没有移动，她的手仍然放在我的额头上，坐了片刻，她才轻声说："依萍，你很不快乐？"

"没有呀，妈。"我说。

妈低低地叹息了一声。

"我知道，依萍，"她说，"你很不快乐，你心里充满了仇恨和愤怒，你不平静，不安宁。依萍，这是上一代的过失，你要快乐起来，我要你快乐，要你一生幸福，要你不受苦，不受折磨。但是，依萍，我自觉我没有力量可以保障你，我从小就太懦弱，这毁了我一生。依萍，你是个坚强的孩子，但愿你能创造你自己的幸福。"

"哦，妈妈。"我把手从被窝里伸出来，抱住妈妈的腰，把面颊贴在她的背上。

"依萍，"妈继续说，"我要告诉你一句话：得饶人处且饶人！无论做什么事情，你必须先获得你自己内心的平静，那么，你就会快乐了。现在，好好睡吧！"她把我的手塞回被窝里，把棉被四周给我压好了，又摸索着走回她自己的屋子里。

我听着妈妈上了床，我更睡不着了。是的，妈妈太懦弱，所以受了一辈子的气，而我是决不会放过他们的！我的哲学是：以牙还牙，以眼还眼！别人所加诸我的，我必加诸别人！

天快亮时，我终于睡着了。可是，好像并没有睡多久，我听到有人谈话的声音，我醒了。天已大亮，阳光一直照到我的床前，是个难得的好天！我伸个懒腰，又听到说话声，在外间屋里。我注意到通外间屋的纸门是拉起来的，再侧耳听，原来是何书桓的声音！我匆匆跳下床，看看手表，已经九点半了，脱下睡衣，换了衣服，蓬松着头发，把纸门拉开一条缝，伸出头去说："何先生，对不起，请再等一等！"

"没关系，吵了你睡觉了！"何书桓说。

"我早该起床了！"我说，到厨房里去梳洗了一番，然后走出来，何书桓正在和妈谈天气，谈雨季。我看看何书桓，笑着说："我还没有给你介绍！"

"不必了，"何书桓说，"我已经自我介绍过了！"

妈站起来说："依萍，你陪何先生坐坐吧，我要去菜场了！"她又对何书桓说："何先生，今天中午在我们这里吃饭！"

"不！不！"何书桓说，"我中午还有事！"

妈也不坚持，提着菜篮走了。我到屋里把何书桓那条围巾拿了出来，递给他说："还你的围巾，昨天晚上忘了！"

"我可不是来要围巾的。"他笑着说，指指茶几上，我才发现那儿放着一大沓书，"看看，是不是都没看过？"

我高兴得眉飞色舞起来，立即冲过去，迫不及待地一本本看过去，一共六本，书名是《前夜》《猎人日记》《猫桥》《七重天》《葛莱齐拉》和一本杰克·伦敦的《马丁·伊登》。面对着这么一大堆书，我禁不住做了个深呼吸，叫着说："真好！"

"都没看过？"何书桓问。

我抽出《葛莱齐拉》来："这本看过了！"

"德莱塞的小说喜欢吗？我本来想给你拿一本德莱塞的来！"他说。

"我看过德莱塞的一本《嘉莉妹妹》。"我说。

"我那儿还有一本《珍妮姑娘》，是他早期的作品。我认为不在《嘉莉妹妹》之下。"他举起那本《葛莱齐拉》问，"喜欢这本书吗？一般年轻人都会爱这本书的！"

"散文诗的意味太重，"我说，"描写得太多，有点温吞吞，可是，写少年人写得很好。我最欣赏的小说是艾米莉·勃朗特的那本《呼啸山庄》。"

"为什么？"

"那本书里写感情和仇恨都够味，强烈得可爱，我欣赏那种疯狂的爱情！"

"可是，那本书比较过火，刻画一个人应该像一个人，不该像鬼！"

"你指那个男主角希斯克利夫？可是，我就欣赏他的个性！"

"包括后半本那种残忍的报复举动？"他问，"包括他娶伊莎贝拉，再施以虐待，包括他把凯瑟琳的女儿弄给他那个要死的儿子？这个人应该是个疯子！哪里是个人？"

"但是，他是被仇恨所带大的，一个生长在仇恨中的人。你就不能不去体会他的内心……"忽然，我住了口，心中突然涌起一股冷气，不禁激灵灵地打了个冷战。

他诧异地看看我，问："怎么了？"

"没什么。"我说，跑到窗户前，望着外面耀眼的阳光，高兴地说："太阳真好，使人想旅行。"

"我们就去旅行，怎样？"他问。

我眯起一只眼睛来看看他，微笑着低声说："别忘了，你中午还有事！"

他大笑，站起来说："任何事都去他的吧！来，想想看，我们到哪里去？碧潭？乌来？银河洞？观音山？仙公庙？阳明山？"

"对！"我叫，"到阳明山赏樱花去！"

妈买菜回来后，我告诉了妈，就和何书桓走出了家门。我还没吃早饭，在巷口的豆浆店吃了一碗咸豆浆、一套烧饼油条。然后，何书桓招手想叫住一辆计程车，我阻止了他，望着他笑了笑说："虽然你很有钱，但是也不必如此摆阔，我不习惯太贵族化的郊游，假若真有意思去玩，我们搭公共汽车到台北站，再搭公路局车到阳明山！你现在是和平民去玩，只好平民化一点！"

他望着我，脸上浮起一个困惑的表情，接着他微笑着说："我并没有叫计程车出游的习惯，我曾经和你姐姐妹妹出去玩过几次，每次你那位妹妹总是招手叫计程车，所以，我以为……"他耸耸肩，"这是你们陆家的习惯！"

"你是说如萍和梦萍？"我说，也学他的样子耸了耸肩，"如萍和梦萍跟我不同，她们是高贵些，我属于另一阶层。"

"你们都是陆振华的女儿！"

"但不是一个母亲！"我凶狠狠地说。

"是的，"他深思地说，"你们确实属于两个阶层，你属于心灵派，她们属于物质派！"

我站定，望着他，他也深思地看着我，他眼底有一点东西使我怦然心动。公共汽车来了，他拉着我的手上了车，这是我第一次和男人拉手。阳明山到处都是人，满山遍野开满了樱花，也布满了游人，既嘈杂又零乱！孩子们山上山下乱跑，草地上全是果皮纸屑，尽管到处竖着"勿攀折花木"的牌子，但手持一束樱花的人却大有人在。我们跟着人潮向公园的方向走，我叹了口气说："假如我是樱花，一定讨厌透了人类！"

"怎么？"他说，"是不是人类把花木的钟灵秀气全弄得混浊了？"

"不错，上帝创造的每一样东西都可爱，只有一样东西最丑恶……"

"人类！"他说。

我们相视而笑。

他说："真可惜，我们偏就属于这丑恶的一种！"

"假如上帝任你选择，不必要一定是人，那么你愿意是什么东西？"我问。

他思索了一下，说："是石头。"

"为什么？"

"石头最坚强，最稳固，不怕风吹日晒雨淋！"

"可是，怕人类！人类会把你敲碎磨光用来铺路造屋！"

"那么，你愿意是什么呢？"

我也思索了一下说："是一株小草！"

"为什么？"

"野火烧不尽，春风吹又生！"

"但是，人类可以把你连根挖去呀。"

我为之语塞。

他说："所以，没有一样东西不怕人，除非是……"他停住了。

"是什么？"我问。

"台风！"他说。

我们大笑了起来，愉快的气氛在我们中间蔓延。在一块草地上，我们坐了下来，他告诉我他的家世。果然，他有一个很富有而且很有声望的父亲，原来他父亲是个政界及教育界的名人，怪不得雪姨对他那么重视！他是个独生子，有个姐姐，已经出嫁。他说完了，问我："谈你的吧，你妈妈怎么会嫁给你爸爸？"

"强行纳聘！"我说。

"就这四个字？"

"我所知道的就这么多，妈从没提过，这还是我听别人说起的。"

他看看我，转开了话题。我们谈了许许多多东西，天文地理，日月星辰，小说诗词，山水人物。我们大声笑，大声争执……时光在笑闹的愉快的情绪下十分容易消逝，太阳落山后，我们才尽兴地回到喧嚣的台北。然后，他带我到万华去逛夜市，我们笑着欣赏那些摊贩和顾客争价钱，笑着跟人潮滚动，笑着吃遍每一个小吃摊子。最后他送我到家门口，夜正美好地张着，巷子里很寂静，我靠在门上，问："再进去坐坐？"

"不。"他用一只手支在围墙的水泥柱子上，若有所思地望着我的脸，好半天，才轻轻说，"好愉快的一天。"

我笑笑。

"下一次？"他问。

我轻轻地拍拍门："这里不为你关门。"

他继续审视我，一段沉默之后，他说："你大方得奇怪。"

"我学不会搭架子，真糟糕，是不是？"

他笑了，低回地说："再见！"

"再见！"我说。但他仍然支着柱子站在那儿。我敲了门，他还站着，听到妈走来开门了，他还站着。

开门了，他对妈行礼问好，我对他笑着抛下一声"再见"，把大门在他的眼睛前面合拢，他微笑而深思的脸庞在门缝中消失。我回身走进玄关，妈妈默默地跟了过来。走上榻榻米，妈不同意地说:"刚刚认识,就玩得这么晚!"

我揽住妈妈的脖子,为了留给妈妈这寂寞的一天而衷心歉然。吻了吻妈妈,我说:"妈,我很开心,我是个胜利者。"

"胜利?"妈茫然地说,"在哪一方面?"

"各方面!"我说。脱下大衣,抛在榻榻米上,打开日记本,匆匆地写下几句话:

> 一切那么顺利,我已经轻而易举地获得了如萍的男友,我将含着笑来听他们哭!

我太疲倦了,倒在床上,我望着窗外的夜空思索。在我心底,荡漾着一种我不解的情绪,使我惶惑,也使我迷失。带着这份复杂而微妙的心境,我睡着了。

第四章

阴历年过去了。一个很平静的年，年三十晚上，我和妈静静相偎。大年初一，我在"那边"度过。然后，接连来了两个大寒流，把许多人都逼在房里。可是寒流没有锁住我，穿着厚厚的毛衣，呵着冻僵了的手，我在山边水畔尽兴嬉戏，伴着我的是，那个充满了活力的青年——何书桓。我们的友谊在激增着，激增得让我自己紧张眩惑。

这天我去看方瑜，她正躲在她的小斗室里作画，一个大画架塞了半间屋子，她穿着一件白围裙——这是她的工作服，上面染满了各种各样的油彩。她的头发凌乱，脸色苍白，看来情绪不佳。看到了我，她动也不动，依然在把油彩往画布上涂抹，只说了一句："坐下来，依萍，参观参观我画画！"

画布上是一张标准的抽象派的画，灰褐色和深蓝色成了主体，东一块西一块地堆积着，像夏日骤雨前的天空。我伸着脖子研究了半天，也不明白这画的是什么，终于忍不住问："这是什么？"

"这画的题目是：爱情！"她闷闷地说，用一支大号画笔猛然在那堆灰褐暗蓝的色泽上，甩上一笔鲜红，油彩流了下来，像血。

我耸耸肩说："题目不对，应该说是'方瑜的爱情'！"

她丢掉了画笔，把围裙解下来，抛在床上，然后拉着我在床沿上坐下来，拍拍我的膝盖说："怎么，你的那位何先生如何？"

"没有什么，"我说，"我正在俘虏他，你别以为我在恋爱，我只是想抓住他，目的是打击雪姨和如萍。我是不会轻易恋爱的！"

"是吗？"方瑜看看我，"依萍，别玩火，太危险！何书桓凭什么该做你报复别人的牺牲者？"

"我顾不了那么多，算他倒霉吧！"

方瑜盯了我一眼。"我不喜欢你这种口气！"她说。

"怎么，你又道学气起来了？"

"我不主张玩弄感情，你可以用别的办法报复，你这样做对何书桓太残忍！"

"你知道，"我逼近方瑜说，"目前我活着的唯一原因是报仇！别的我全管不了！"

"好吧！"她说，"我看着你怎么进行！"

我们闷闷地坐了一会儿，各想各的心事。然后，我觉得没什么意思，就起身告辞。

方瑜送我到门口，我说："你那位横眉竖眼的男孩子怎样？"

"他生活在我的心底，而我的心呢？正压在冰山底下，为他冷藏着，等他来融解冰山。"

"够诗意!"我说,"你学画学错了,该学文学!"

她笑笑说:"我送你一段!"我们从中和乡的大路向大桥走,本来我可以在桥的这边搭五路车。但,我向来喜欢在桥上散步,就和方瑜走上了桥,沿着桥边的栏杆,我们缓缓地走着。方瑜很沉默,好半天才轻声说:"依萍,有一天我会从这桥上跳下去!"

"什么话?"我说,"你怎么了?"

"依萍,我真要发狂了!你不知道,你不了解!"

我望着她,她靠在一根柱子上,站了一会儿,突然间又笑了起来:"得了,别谈了!再见吧!"

她转身就往回走,我怜悯地看着她的背影,想追上去安慰她。可是,猛然间,我的视线被从中和乡开往台北市的一辆小包车吸引住了,我的心跳了起来,血液加快了运行,瞪大眼睛,我紧紧地盯住这辆车子。

桥上的车辆很挤,这正是下班的时间,这辆黑色的小轿车貌不惊人地夹在一大堆车辆中,向前缓慢地移动。司机座上,是个瘦瘦的中年男人,在这男人旁边,却赫然是浓妆艳抹的雪姨!那男人一只手扶在方向盘上,另一只手却扶在雪姨的腰上,雪姨把头倾向他,正在叙说什么,看样子十分亲密。车子从我身边滑过去,雪姨没有发现我。我追上去,想再衡量一下我所看到的情况,车子已开过了桥,戛然地停在公共汽车站前。雪姨下了车,我慌忙匿身在桥墩后面,一面继续窥探着他们。那个男人也下了车,当他转身的那一刹那,我看清了他的面貌:一张瘦削的脸,一点都不讨人喜欢,细小的眼睛和短短的下巴。在这一瞥之间,我觉得这人非常地面熟,却又想不出在哪儿见过,他和雪姨讲了几句话，我距离太远，当然一句话都听不见。然后，雪姨叫了一辆三轮车，那男人却跨上了小包车，开回中和乡了，当车子再经过我面前的时候，我下意识地记下了这辆车子的号码。

雪姨的三轮车已经走远了，我在路边站了一下，决定到"那边"去看看情况，于是，我也叫了一辆三轮车，直奔信义路。到了"那边"，客厅里，爸正靠在沙发中抽烟斗，尔杰坐在小茶几边写生字，爸不时眯着眼睛去看尔杰写字，一面寥落地打着呵欠。看到我进来，他眼睛亮了一下，很高兴地说："来来，依萍，坐在我这儿！"

我走过去，坐到爸身边，爸在烟灰缸里敲着烟灰，同时用枯瘦的手指在烟罐里掏出烟丝。我望着他额上的皱纹和胡子，突然心中掠过一丝怜悯的情绪。爸爸老了，不但老，而且寂寞。那些叱咤风云的往事都已烟消云散，在这时候，我方能体会出一个英雄的暮年是比一个平常人的暮年更加可悲。他看着我，嘴边浮起一个近乎慈祥的微笑，问："妈妈好不好？"

"好。"我泛泛地说，刚刚从心底涌起的那股温柔的情绪又在一瞬之间消失了。这句话提醒了我根植在心里的那股仇恨，这个老人曾利用他的权柄，轻易地攫获一个女孩子，玩够了，又将她和她的女儿一起赶开！妈妈的憔悴，妈妈的眼泪，妈妈那种无尽的忧伤是为了什么？望着面前这张脸，我真恨他剥夺了妈妈的青春和欢笑！而他，还在这儿虚情假意地问妈妈好不好。

"看了病没有？"爸爸再问。

"医生说是神经衰弱。"我很简短地回答，一面向里面伸伸头，想看看雪姨回来没有。

蓓蓓跑出来了，大概刚在院子里打过滚，满身湿淋淋的污泥，我抓住它脖子上的小铃，逗着它玩。爸爸忽然兴致勃勃地说："来，依萍，我们给蓓蓓洗个澡！"

我诧异地看看爸爸，给小狗洗澡？这怎么是爸爸的工作呢？但是爸的兴致很高，他站起身来，高声叫阿兰给小狗倒洗澡水，我也只得带着满腔的不解，跟着爸向后面走。尔杰无法安心做功课了，他昂着头说："我也去！"

"你不要去！你做功课！"爸爸说。

尔杰把下巴一抬，任性地说："不嘛！我也要给小狗洗澡！"

我看看尔杰，他那抬下巴的动作，在我脑中唤起了一线灵感。天哪！这细小的眼睛，短短的下巴，我脑中立即浮起刚刚在桥边所见的那张脸来。一瞬间，我呆住了，望着尔杰奔向后面的瘦小的身子，我努力搜索着另一张脸的记忆，瘦削的脸，短下巴，是吗？真是这样吗？我真不敢相信我所猜测的！雪姨会做出这种事来吗？雪姨敢在爸爸的眼前玩花样，我完全被震慑住了，想想看，多可怕！如果尔杰是雪姨和另一个男人的儿子！

"依萍，快来！"爸爸的声音惊醒我。我跑到后面院子里，在水泥地上，爸和尔杰正按着蓓蓓，给它洗澡。爸爸还叼着烟斗，一面用肥皂在蓓蓓身上抹，他抬头看看我，示意我也加入，我身不由己地蹲下去，也用刷子刷起蓓蓓来。尔杰弄得小狗一直在叫，他不住恶作剧地扯着它的毛，看到小狗躲避他，他就得意地咯咯地笑。我无法克制自己不去研究他，越看越加深了怀疑，他没有陆家的高鼻子，也没有陆家所特有的浓眉大眼，他浑身没有一点点陆家的特性！那么，他真的不是陆家的人？爸爸显得少有的高兴，他热心地刷洗着蓓蓓那多毛的小尾巴，热心得像个孩子，我对他的怜悯又涌了上来，我看出他是太空虚了。"黑豹陆振华"，一度使人闻名丧胆的人物，现在在这儿伛偻着背脊给小狗洗澡，往日的威风正在爸身上退缩消逝，一天又一天，爸爸是真的老了。

给小狗洗完澡，我们回到客厅里，经过如萍的房间时，我伸头进去喊了一声。如萍正蓬着头蜷缩在床上，看一本武侠小说。听到我喊她，她对我勉强地笑了笑，从床上爬了起来，她身上那件小棉袄揉得皱皱的，长裤也全是褶痕。披上一件短外套，她走了出来。我注意到她脸色十分苍白，关于我和何书桓，我不知道她知道了几分，大概她知道得并不多。事实上，我和何书桓的感情也正在最微妙的阶段，所谓微妙，是指正停留在友谊的最高潮，而尚未走进恋爱的圈子。我明白，只要我有一点小小的鼓励，何书桓会立刻冲破这道关口，但我对自己所导演的这幕戏，已经有假戏真做的危险，尽管我用"报复"的大前提武装自己，但我心底惶惑得厉害，也为了这个，我竟又下意识地想逃避他，这种复杂的情绪，是我所不敢分析也无法分析清楚的。

如萍跟着我到客厅中，蓓蓓缩在沙发上发抖，我说："我们刚刚给蓓蓓洗了个澡。"

如萍意兴阑珊地笑笑，显得心不在焉。我注视着她，这才惊异爱情在一个女孩子身上的影响力是如此之大，短短的一个月，她看来既消瘦又苍白，而且心神不属。我知道何书桓仍然常到这儿来，也守信在给如萍补习英文，看样子，如萍在何书桓身上是一无所获，反而坠入了爱情的网里而无法自拔了。

大约在晚饭前，雪姨回来了。我仔细地审视她，她显得平静自如，丝毫没有慌乱紧张的样子。我不禁佩服她的掩饰功夫。望了我一眼，她不在意地点点头，对爸爸说："今天手气不好，输了一点！"

　　爸看来对雪姨的输赢毫不关心，我深深地望望雪姨，那么，她是以打牌为借口出去的，我知道雪姨经常要出去"打牌"，"手气"也从没有好过。是真打牌，还是假打牌？

　　我留在"那边"吃晚饭，饭后，爸一直问我有没有意思考大学，并问我要不要聘家庭教师。我回答不要家庭教师，大学还是要再考一次。正谈着，何书桓来了。我才想起今晚是他给如萍补习的日子，怪不得如萍这样心魂不定。

　　看到了我，何书桓对我绽开了一个毫无保留的微笑，高兴地说："你猜我今天下午在哪里？"

　　"我怎么知道！"

　　"在你家，等了你一个下午，和你母亲一起吃的晚饭！"何书桓毫不掩饰地说，我想他是有意说给大家听的，看样子，他对于"朋友"的这一阶段不满了，而急于想再进一步。因而，他故意在大家面前暴露出"追求"的真相。

　　如萍的脸色变白了，雪姨也一脸的不自在，看到她们的表情我觉得开心。何书桓在沙发中坐了下来，雪姨以她那对锐利的眼睛，不住地打量着何书桓，又悄悄地打量着我，显然在怀疑我们友谊进展的程度。然后，她对何书桓绽开一个近乎谄媚的笑，柔声说："要喝咖啡还是红茶？"接着，又自己代他回答说："我看还是煮点咖啡吧！来，书桓，坐到这边来一点，靠近火，看你冷得那副样子!"她指示的位子是如萍身边的沙发。我明白,她在竭力施展她的笼络手段,带着个不经意的笑,我冷眼看何书桓如何应付。

何书桓只是淡淡地笑了一下,说:"没关系,我一点都不冷。"说着,他在我身边坐了下来。雪姨脸上的不自在加深了,她眯起眼睛来看了我一眼,就走到里面去了。这儿,何书桓立即和爸爸攀谈了起来,爸爸在问他有没有一本军事上的书,何书桓说没有。由此,何书桓问起当时中国军阀混战的详情及前因后果,这提起了爸爸的兴趣,近来,我难得看到他如此高兴,他大加分析和叙述。我对这些历史的陈迹毫无兴趣,听着他们什么直军奉军的使我很不耐,但,何书桓却热心和爸爸争论,他反对爸爸偏激的论调,坚持军阀混战拖垮了中国。爸有些激怒,说何书桓是个"乳臭未干"的"小子",妄想论天下大事。可是,当雪姨端出咖啡来,打断了他们的争论的时候,我看到爸爸眼睛里闪着光,用很有兴味的眼光打量着这个"乳臭未干"的"小子"。雪姨端出咖啡来,叨何书桓的光,我也分到一杯。雪姨才坐定,尔杰就钻进她怀里,扭股糖似的在雪姨身上乱揉,问雪姨要钱买东西。

我又不由自主地去观察尔杰,越看越狐疑,也越肯定我所猜测的。我记得我看到那个男人时,曾有熟悉的感觉,现在,我找到为什么会觉得熟悉的原因了!遗传真是生物界一件奇妙的事,尔杰简直是那瘦削男人的再版,本来嘛,陆家的孩子个个漂亮,尔杰却与生俱来的有种猥琐相。哦,如果真的这样,爸爸是多么倒霉!他一向宠爱着这个老年得来的儿子!我冷冷地望着雪姨,想在她脸上找出破绽，可是，她一定是个作假的老手，她看来那样自然，那样安详自如。但，我不会信任她了，我无法抹杀掉我亲眼看到的事实，这是件邪恶的事，我由心底对这事感到难受和恶心，却又有种朦胧的兴奋，只因为把雪姨和邪恶联想在一起，竟变成了一个整体，仿佛二者是无法分割的。那么，如果我能掌握住她邪恶的证据，对我不是更有利吗？

雪姨正在热心地和何书桓谈话，殷勤得反常。一面又在推如萍，示意如萍说话，如萍则乞怜地看看雪姨，又畏怯地望望何书桓，一副可怜巴巴的样子。于是，雪姨采取了断然的举动，对何书桓说："我看，你今天到如萍房里去给她上课吧，客厅里人太多了！如萍，你带书桓去，我去叫阿兰给你们准备一点消夜！"

如萍涨红了脸，结结巴巴地说："我房里还……还……没收拾哩！"

我想起如萍房里的凌乱相，和那搭在床头上的奶罩三角裤，就不禁暗中失笑。雪姨却毫不考虑地说："那有什么关系，书桓又不是外人！"

好亲热的口气！我看看书桓，对他那种无奈而失措的表情很觉有趣。

终于，何书桓对如萍说："你上次那首朗费罗的诗背出来没有？"

如萍的脸更红了，笨拙地用手擦着裤管，吞吞吐吐地说："还……还……还没有。"

"那么，"何书桓轻松地耸耸肩，像解决了一个难题，"等你先背出这首诗我们再接着上课吧，今天就暂停一次好了，慢慢来，不用急。"

如萍眨眨眼睛，依然红着脸，像个孩子般把一块小手帕在手上绕来绕去。雪姨狠狠地捏了如萍一把，如萍痛得几乎叫了起来，皱紧眉头，噘着嘴，愣愣地坐着。雪姨还想挽回，急急地说："我看还是照常上课吧，那首诗等下次再背好了！"

"这样不大好，"何书桓说，"会把进度弄乱了！"

"我说，"爸爸突然插进来说，"如萍的英文念和不念也没什么分别，不学也罢！"说着，他用烟斗指指我说："要念还不如让依萍念，可以念出点名堂来！"他看看何书桓说："你给我把依萍的功课补补吧，她想考大学呢！"

爸爸的口吻有他一贯的命令味道，可是，何书桓却很得意地看了看我，神采飞扬地说："我十分高兴给依萍补课，我会尽力而为！"

我瞪了何书桓一眼，他竟直呼起我的名字来了！但，我心里却有种恍恍惚惚的喜悦之感。

"告诉我，"爸爸对何书桓说，"你们大学里教你们些什么？我那个宝贝儿子尔豪念了三年电机系，回家问他学了些什么，他就对我叽里咕噜地说上一大串洋文，然后又是直流交流、串联并联的什么玩意儿，说得我一个字也听不懂，好像他已经学了好高深的学问。可是，家里的电灯坏了，让他修修他都修不好！"何书桓笑了起来，我也笑了起来。可是，雪姨却很不高兴地转开了头。

何书桓说："有时学的理论上的东西，在实际上并没有用。"

"那么，学它做什么？"爸爸问。

"学了它，可以应用在更高深的发明和创造上。"

爸爸轻蔑地把烟斗在烟灰缸上敲着，抬抬眉毛说："我可看不出我那个宝贝儿子能有这种发明创造的本领！不过，他倒有花钱的本领！"

雪姨坐不住了，她站起身来，自言自语地说："咖啡都冷了，早知道都不喝就不煮了。"

"你学什么的？"爸爸问何书桓。

"外文。"

"嘿，"爸爸哼了一声，不大同意，"时髦玩意儿！"

何书桓看着爸爸，微笑着说："英文现在已经成为世界性的语言，生在今日今时，我们不能不学会它。可是，也不能有崇外心理，最好是，把外文学得很好，然后吸收外国人的学问，帮助自己的国家，我们不能否认，我们比人家落后，这是很痛心的！"

爸审视着他，眯着眼睛说："书桓，你该学政治！"

"我没有野心。"何书桓笑着说。

"可是，"爸爸用烟斗敲敲何书桓的手臂说，"野心是一件很可爱的东西，它能帮助你成功！"

"也是一件很可怕的东西，很可能带给你灭亡！"何书桓说。

爸爸深思地望着何书桓，然后点点头，深沉地说："野心虽没有，进取心不可无，书桓，你行！"

这是我第一次听到爸爸直接赞扬一个人。何书桓看起来很得意，他偷偷地看了我一眼，对我眉飞色舞地笑笑。这种笑，比他那原有的深沉含蓄的笑更使我动心，我发现，我是真的爱上他了。又坐了一会儿，爸爸和何书桓越谈越投机，雪姨却越来越不耐，如萍则越待越无精打采了。我看看表，已将近十点，于是，站起身来准备回家，爸爸也站起身来说："书桓，帮我把依萍送回家去，这孩子就喜欢走黑路！"

我看了爸一眼，爸最近对我似乎过分关怀了，可惜我并不领他的情。何书桓高兴地向雪姨和如萍告别，如萍结巴地说了声再见，就向她自己的房里溜去，在她转身的那一刹那，我注意到她眼睛里闪着泪光。雪姨十分勉强地把我们送到门口，仍然企图作一番努力："书桓，别忘了后天晚上来给如萍上课哦！"

"好的，伯母。"何书桓恭敬地说。

我已经站到大门外面了，爸爸突然叫住了我："依萍，等一下！"

我站住，疑问地望着爸爸。

爸爸转头对雪姨说："雪琴，拿一千块钱来给依萍！"

雪姨呆住了，半天才说："可是……"

"去拿来吧，别多说了！"爸爸不耐地说。

我很奇怪，我并没有问爸爸要钱，这也不是他该付我们生活费的时间，好好的为什么要给我一千块钱？但是，有钱总是好的。雪姨取来了钱，爸爸把它交给我说："拿去用吧，用完了说一声。"

我莫名其妙地收了钱，和何书桓走了出去，雪姨那对仇恨的眼睛一直死瞪着我。为了气气她，我在退出去的一瞬间，抛给了她一个胜利的笑。看到她脸色转青，我又联想到川端桥头汽车中那一幕，我皱皱眉，接着又笑了。

"你笑什么？"我身边的何书桓问。

"没什么。"我说，竖起了大衣的领子。

"冷吗？"他问，靠近了我。

"不。"我轻轻说，也向他贴近了一些。

"还好没下雨。"他说。

我看看天，虽然没下雨，天上是漆黑的一团，没有月亮，也没有星星。夜风很冷，我的面颊已经冰冷了。

"你从不记得戴围巾。"何书桓说，又用老方法，把他的围巾缠在我的脖子上，然后，他的手从我肩上滑到我的腰际，就停在那儿不动了。我本能地痉挛了一下，接着，有股朦胧的喜悦由心中升起，温暖地包围了我。于是，我任由他揽住我的腰。我们默默地向前走着。

"依萍。"半天后，他低柔地叫我。

"什么？"

"对你爸爸好一点。"他轻声说。

"怎么？"我震动了一下。

"他十分寂寞，而且，他十分爱你！"

"哼！"我冷笑了一声，"他并不爱我，我是个被逐出门的女儿！"

"别这么说，他爱你，我看得出来。依萍，他是个老人，你要对他原谅些，看到他竭力讨你欢心，而你总是冷冰冰的，使人难过。"

"你什么都不懂！别瞎操心！"我有些生气。

"好，就不谈这些，你们这个家庭太复杂，我也真的不能了解。"何书桓说。

迎面来了一辆自行车，以高速度冲了过来，我们让在路边，车灯很亮，车上是个穿着大红外套的少女，车垫提得很高，像一阵旋风般从我们身边"唰"的一声掠过去。我目送那车子消失在黑暗里，耸耸肩说："是梦萍，她快变成个十足的太妹了！"

何书桓没有说话，我们又继续向前面走。走了一段，我试探地说："你觉得如萍怎么样？"

"没有怎么样，很善良，很规矩。"他说，望着我，显然在猜测我问这句话的意思。

"你没看出雪姨的意思吗？"我单刀直入地问。

"什么意思？"他装傻。

"你别装糊涂了，你难道看不出来？如萍爱上了你，雪姨也很中意你呢！"

"是吗？"他问，紧紧地盯着我。

"我为你想，"我故意冷静而严肃地说，"这场婚事非常理想，论家世，我们陆家也配得过你们何家。论人品，如萍婉转温柔，脾气又好，是个标准的贤妻良母型，娶了她是幸福无穷。论才华，如萍才气虽不高，可是总算中上等，何况女子只要能持家，能循规蹈矩，能相夫教子，就很够了……"我们已经走到了我的家门口，我停在门边，继续说下去，"如萍有许多美德，虽然出生在富有的家庭，却没有一点奢华气息，又不像梦萍那样浪漫，对一个男人来说，这种类型是最好的……"

他把手支在门上，静静地望着我，冷冷地说："说完了没有？"

"还有，如萍……"

我底下的话还没有说出来，他就突然吻住了我。他把我拉进他的怀里，嘴唇紧贴着我的。由于事先我丝毫没有防备到他这一手，不禁大吃了一惊。接着，就像有一股热流直冲进了我的头脑里和身体里，我的心不受控制地猛跳了起来，脑子中顿时混乱了。他的手紧紧地抱着我，他的身子贴着我，这种令人心慌意乱的压迫使我窒息。我听得到他的心跳，那么沉重，那么猛烈，那么狂野。模模糊糊的，我觉得我在回吻他，我觉得自己的呼吸急促，我已不能分析，不能思想，在这一刻，天地万物，全已变成混沌一片。

"依萍！"他低低地叫我。

我被从一个遥远的、不可知的世界里拉回来。最初看到的，是他那对雾似的眼睛。

"依萍。"他再喊，凝视着我。

我不能说话，心里仍然是恍恍惚惚的。他摸摸我的下巴，尝试着对我微笑。我也想对他笑，但我笑不出来，我的心激荡着、飘浮着，悠悠然地晃荡在另一个世界里。他注视我，蹙着眉，然后深吸了口气说："依萍，我等待这一天已经很久了。"

他的话在我心中又引起一阵巨大震动，他的脸距离我那么近，使我无法呼吸，于是，我急急忙忙地打开门，一面对他抛下一声慌张的"再见"！

我推他，要他走，但他仍然站着注视我。门开了，我闪了进去，立即把门碰上。妈妈不解地望着我说："怎么回事，依萍？"

"没什么。"我心慌意乱地说，跑上了榻榻米，走进房里，一直冲到梳妆台前面，镜子里反映出我绯红的脸和燃烧着的眼睛，我把手压在心脏上，慢慢地坐进椅子里。我的手碰到了他的围巾上的穗子，我缓缓地把围巾解了下来，这是条米色的羊毛围巾，上面角上有红丝线刺绣的"书桓"两个字。望着这两个字，我又陷进了飘忽的境界里。

这晚，我的日记上只有寥寥的几个字：

> 我战胜了如萍和雪姨，我获得了何书桓的心，但我
> 自己很迷乱。

我猜，我是真的爱上何书桓了，在我的复仇计划里，这是滑出轨道的一节车厢，我原不准备对他动真情的，可是，当情感一发生，就再也无法阻遏了。这天深夜，我辗转反侧，不能成眠。妈妈也在床上翻身，于是，我溜下了床，跑到妈妈房里，钻进了妈妈的被窝。

妈妈用手抚摸我的面颊，轻轻地问我："你和何书桓恋爱了吗？"

"恐怕是的。"我说。

妈妈抱住我，低声说："老天保佑你，依萍，你会得到幸福的。"

"妈妈，你曾经恋爱过吗？"我问。

妈妈默然，好半天都没说话，于是我又问："妈妈，你到底怎么嫁给爸爸的？"

妈妈又沉默了好半天，然后慢慢地说："那一年，我刚满二十岁，在哈尔滨。"她停顿了一下，叹了口气，"人生，一切都是偶然和缘分。那天，我到我姨妈家里去玩，下午四点钟左右，

从姨妈家里回家，如果我早走一步或晚走一步，都没事了，我却选定了那时候回家，真是太凑巧了。我刚走到大街上，就看到行人在向街边上回避，同时灰尘蔽天，一队马队从街上横冲直撞地跑来。慌忙中，我闪身躲在一个天主教堂的穹门底下，一面好奇地望着那马队。马队领头的人就是你爸爸，他已经从我面前跑过去了，却又引回马来，停在教堂前面，高高在上地注视着我，他的随从也都停了下来。那时我紧张得连气都不敢出，他却什么话都没说，只俯身对他的副官讲了几句话，就鞭马而去，他的随从们也跟着走了。我满怀不安地回到家里，什么事都没发生，我也以为没事了。可是，第二天，一队穿着军装的人抬了口箱子往我家客厅里一放说，陆振华已经聘定我为他的姨太太！"

"就这样，你就嫁给了爸爸？"我问。

"是的，就这样。"妈妈轻声说，虽然在黑暗里，我仍然可以看到她凄凉的微笑，"抬箱子来的第二天，花轿就上了门，我在爹娘的号哭声中上了轿，一直哭到新房里……"

她忽然停住了，我追着问："后来怎样？"

"后来？"妈妈又微笑了一下，"后来我就成了陆振华的姨太太，生活豪华奢侈，吃的、穿的、戴的全是最好的，独自住一栋洋房，五六个丫头伺候着……"

"那时爸爸很爱你？"我问。

"是的，很爱。是一段黄金时期……"妈妈幽幽地叹了口长气，"那时你爸爸很漂亮，多情的时候也很温柔，骑着马，穿上军装，是那么威武，那么神气，大家都说我是有福了。但，在我怀心萍的时候，你爸爸又弄了一个戏子，就是雪琴。心萍出世第二年，雪琴也生了尔豪，这以后，你父亲起码又弄了十个女人，但他都没有长性，单单对我和雪琴，另眼看待。心萍长得很美，有一阵时间，你爸爸不抛开我，大概就是因为喜欢心萍。心萍死了，你爸爸哭得十分伤心，那是我第一次看到他流泪。叨心萍之福，我居然能跟着你爸爸到台湾……有的时候，我觉得你爸爸也不是很无情的……"

我疲倦了，打了个哈欠，我睡意蒙眬地说："我反对你，妈，爸爸是个无情的人！他能赶出我们母女两个，就是无情。"

"这不能全怪你爸爸，世界上没有真正无情的人，也没有完全的坏人，你现在不懂，将来会明白的。拿你爸爸待心萍来说，就不能说他无情，心萍病重的时候，你爸爸不管多忙，都会到她床前陪她说一段话……"妈又在叹气，"看到你爸爸和心萍相依偎，让人流泪。心萍的娇柔怯弱和你爸爸的任性倔强，是那么不同，但他们父女感情却那么好。当医生宣布心萍无救时，你爸爸差点把医生掐死，他用枪威胁医生……"

我又打了个哈欠。"他能这样对心萍，才是奇迹呢！"我说。

"我和你爸爸做了这么多年的夫妻，我至今还一点都不了解你父亲，可是，我断定他不是个无情的人，非但不是个无情的人，还是个感情很强烈的人。他不同于凡人，你就不能用普通的眼光去衡量他。"

"当他打我的时候，我可看不出他的感情在哪里，我觉得他像个没有人性的野兽。"我说，翻了一个身，浓厚的睡意爬上了我的眼帘。

"依萍，我为你担心。"妈妈在说，但她的声音好像距离我很遥远，我实在太困了。"一顿鞭打并不很严重，为什么你要让仇恨一直埋在你的心底？这样下去，你永远不会获得平安和快乐……"我模模糊糊地应了一句，应的是什么，连我自己都不知道。妈妈的声音飘了过来："依萍，我受的苦比你多，我心灵上的担子比你重，你要学习容忍和原谅，我愿意看到你欢笑，不愿看到你流泪，你明白我的话吗？"

"嗯。"我哼了一声，合上了眼睛。隔了好久，我又模模糊糊地听到妈妈在说话，我只听到片片段段的，好像是："依萍，你刚刚问我有没有恋爱过？是的，我爱过一个人……真真正正的爱……漂亮……英俊……任何一个女人都会爱他……这么许多年我一直无法把他从心中驱除……"

妈妈好像说了很多很多，但她的话离我越来越远，越来越听不见了，我的眼睛已经再也睁不开，终于，我放弃去捕捉妈妈的音浪，而让自己沉进了睡梦之中。

第五章

　　天气渐渐地暖和了，三月，是台湾气候中最可爱的时期，北部细雨霏微的雨季已经过去了，阳光整日灿烂地照射着。我也和这天气一样，觉得浑身有散发不完的活力。我没有开始准备考大学，第一，没心情，一拿起书本，我就会意乱情迷。第二，没时间，我忙于和何书桓见面，出游，几乎连复仇的事都忘记了。生平第一次，我才真正了解了什么叫"恋爱"。以前，我以为恋爱只是两心相悦，现在才明白岂止是两心相悦，简直是一种可以烧化人的东西。那些狂热的情愫好像在身体中每个毛孔里奔窜，使人紧张，使人迷乱。

　　何书桓依然一星期到"那边"去三次，给如萍补英文。为了这个，我十分不高兴，我希望他停止给如萍补课，这样就可以多分一些时间给我。但他很固执，认为当初既然允诺了，现在就不能食言。这天晚上又是他给如萍补课的日子，我在家中百无聊赖地陪妈妈谈天。谈着谈着，我的心飞向了"那边"，飞向了何书桓和如萍之间，我坐不住了，似乎有什么预感使我不安，我在室内烦躁地走来走去，终于，我决定到"那边"去看看。抓了一件毛衣，我匆匆地和妈妈说了再见，顾不得又把一个寂寞的晚上留给妈妈，就走出了大门。

到了"那边"，我才知道何书桓现在已经改在如萍的房间里给如萍上课了。这使我更加不安，我倒不怕如萍把何书桓再抢回去，可是，爱情是那样狭小、那样自私、那样微妙的东西，你简直无法解释，单单听到他们被关在一个小斗室中上课，我就莫名其妙地不自在起来。尤其因为这个改变，何书桓事先竟没有告诉我。爸爸在客厅里，忙着用橡皮筋和竹片连起来做一个玩具风车，尔杰在一边帮忙。爸爸枯瘦的手指一点也不灵活，那些竹片总会散开来，尔杰就不满地大叫。我真想抓住爸爸，告诉他这个贪婪而邪恶的小男孩只是个使爸爸戴绿帽子的人的儿子！（当我对尔杰的观察越多，我就越能肯定这一点。）可是，时机还未成熟，我勉强压下揭露一切的冲动。直接走到如萍房间门口，毫不考虑地，我就推开了房门。

一刹那间，我呆住了！我的预感真没有错，门里是一副我做梦也想不到的局面。我看到如萍坐在书桌前的椅子里，何书桓却紧倚着她站在她的身边，如萍抓着何书桓的手，脸埋在何书桓的臂弯里。何书桓则俯着头，在低低地对她诉说着什么。我推门的声音惊动了他们，他们同时抬起头来看我，我深深抽了口冷气，立即退出去，把门"砰"地碰上。然后，我冲进了客厅，又由客厅一直冲到院子里，向大门口跑去，爸爸在后面一迭连声地喊："依萍！依萍！依萍！你做什么？跑什么？"

我不顾一切地跑到门口，正要开门，何书桓像一股旋风一样卷到我的面前，他抓住了我的手，可是，我愤愤地抽出手来，毫不思索地就挥了他一耳光。然后，我打开大门，跑了出去。刚刚走了两三步，何书桓又追了上来，他把手按在我的肩膀上，用力使我转过身子来。他的脸色紧张而苍白，眼睛里冒着火，迫切而急促地说："依萍，听我解释！"

"不！"我倔强地喊，想摆脱他的纠缠。

"依萍，你一定要听我！"他的手抓紧了我的胳膊，由于我挣扎，他就用全力来制服我，街上行人虽然不多，但已有不少人在注意我们了。

我一面挣扎，一面压住声音说："你放开我，这是在大街上！"

"我不管！"他说，把我抱得更紧，"你必须听我说！"

我屈服了，站着不动。于是，他放开了我，深深地注视着我的眼睛，说："依萍，当一个怯弱的女孩子，鼓着最大的勇气，向你剖白她的爱情，而你只能告诉她你爱的是另一个人，这时，眼看着她在你眼前痛苦、绝望、挣扎，你怎么办？"

我盯住他，想看出他的话中有几分真实，几分虚假。但是，这是张太真挚的脸，真挚得不容你怀疑。那对眼睛那么恳切深沉，带着股淡淡的悲伤和祈求的味道。我被折服了，垂下头，我低低地说："于是，你就拥抱她以给她安慰吗？"

"我没有拥抱她！我只是走过去，想劝解她，但她抓住了我，哭了，我只好攥住她，像个哥哥安慰妹妹一样。你知道，我对她很抱歉，她是个善良的女孩，我不忍心！依萍，你明白吗？"

"她不是你的妹妹，"我固执地说，"怜悯更是一件危险的东西，尤其在男女之间。"

"可是，我对她绝没有一丝一毫的爱情！"

"假如没有我呢，你会爱上她吗？"

他沉思了一会儿，困惑地摇摇头："我不知道。"

"这证明她对你仍然有吸引力，"我说，依然在生气，"她会利用你的同情心和怜悯心来捉住你，于是，今晚的情况还会重演！"

"依萍！"他捉住我的手腕，盯着我的眼睛说，"从明天起，我发誓不再到'那边'去了，除非是和你一起去！我可以对如萍他们背信，却无法容忍你对我怀疑！依萍，请你相信我，请你！请你！"他显然已经情急了，而他那迫切的语调使我心软、心酸。我低下头，半天没有说话，然后我抬起头来，我们的眼光碰到了一起，他眼里的求恕和柔情系紧了我。我一句话也说不出来，只把手插进他的手腕中，我们的手交握了，他立即握紧了我，握得我发痛。我们相对看了片刻，就紧偎着无目的地向前走去。一棵棵树木移到我们身后，一盏盏街灯把我们的影子从前面挪到后面，又从后面挪到前面。我们越贴越紧，热力从他的手心不断地传进我的手心中。走到了路的尽头，我们同时站住，他说："折回去？"我们又折了回去，继续缓缓地走着，街上的行人已寥寥无几。他说："就这样走好吗？一直走到天亮。"

我不语。于是，在一棵相思树下，他停住了。

"我要吻你！"他说，又加了一句，"闭上你的眼睛！"

我闭上了。这是大街上，但是，管他呢！

三月底，我们爱上了碧潭。主要的，他爱山，而我爱水，碧潭却是有山有水的地方。春天，一切都那么美好，山是绿的，水是绿的，我们，也像那绿色的植物一样发散着生气。划着一条小小的绿色的船，我们在湖面享受生命、青春和彼此那梦般温柔的情意。他的歌喉很好，我的也不错，在那荡漾的小舟上，他曾教我唱一首歌：

雪花儿飘过梅花儿开，燕子双双入画台。

锦绣河山新气象，万紫千红春又来——

我笑着，把手伸进潭水中，搅起数不清的涟漪，再把水撩起来，浇在他身上，他举起桨来吓唬我，小船在湖心中打着转儿。然后，我用手托着下巴，安静了，他也安静了，我们彼此托着头凝视，我说："你的歌不好，知道吗？这里既无雪花，又无梅花，唱起来多不合现状！"

"那么，唱什么？"

"唱一首合现状的。"

于是，他唱了一首非常美丽的歌：

溪山如画，对新晴，云融融，风淡淡，水盈盈。

最喜春来百卉荣，好花弄影，细柳摇青。

最怕春归百卉零，风风雨雨劫残英。

君记取，青春易逝，莫负良辰美景，蜜意幽情！

这首歌婉转幽柔，他轻声低唱，余音在水面袅袅盘旋，久久不散，我的眼眶湿润了。他握住我的手，让小船在水面任意漂荡。云融融，风淡淡，水盈盈……我们相对无言，默然凝视，醉倒在这湖光山色里。

四月，我们爱上了跳舞，在舞厅里，我们尽兴酣舞，这正是恰恰舞最流行的时候，可是我们都不会跳。他却不顾一切，把我拉进了舞池，不管别人看了好笑，我们在舞池中手舞足蹈，任性乱跳，笑得像一对三岁的小娃娃。

深夜，我们才尽兴地走出舞厅，我斜倚在他的肩膀上，仍然想笑。回到了家里，我禁不住在小房间内滑着舞步旋转，还是不住地要笑。换上睡衣，拿着刷头发的刷子，我哼着歌，用脚踏着拍子，恰恰，恰恰恰！妈妈诧异地看着我。"这个孩子疯了！"她说。

是的，疯了！世界上只有一件事可以让人疯——爱情！

这天，我和何书桓去看电影，是伊丽莎白·泰勒演的《狂想曲》，戏院门口挤满了人，队伍排到街口上，"黄牛"在人丛里穿来穿去。何书桓排了足足一小时的队，才买到两张票。前一场还没有散，铁栅门依然关着。我们就在街边闲散地走着，看看商店中的物品，看看形形色色的人，等待着进场的时间。

忽然间，我的目光被一个瘦削的男人吸引住了，细小的眼睛，短短的下巴，这就是雪姨那个男朋友！这次他没有开他那辆小汽车，而是单独地、急急忙忙地向前走，一瞬间，我忽发奇想，认为他的行动可能与雪姨有关，立即产生一个跟踪的念头。于是，我匆匆忙忙地对何书桓说："我有点事，马上就来！"

说完，我向转角处追了上去，何书桓在我后面大叫："依萍，你到哪里去？"

我来不及回答何书桓，因为那男人已经转进一个窄巷子里，我也立即追了进去。于是，我发现这窄巷子中居然有一个名叫"小巴黎"的咖啡馆，当那男人走进咖啡馆时，我更加肯定他是在和雪姨约会了。我推开了玻璃门，悄悄地闪了进去，一时间，很难适应那里面黑暗的光线，一个侍应小姐走了过来，低声问我："是不是约定好了的？找人还是等人？"

我一面四面查看那个瘦男人的踪迹，一面迅速地用假话来应付那个侍应生，我故意说："有没有一个年轻的、梳分头的先生，他说在这里等我的！"

"哦，"那侍应生思索着问，"高的还是矮的？"

"不高不矮。"我说，继续查看着，但那屏风隔着的火车座实在无法看清。

"我带你去找找看好了。"那侍应生说。这正是我所希望的，于是我跟在她后面，从火车座的中间走过去，一面悄悄地打量两边的人。很快，我就发现那瘦男人坐在最后一排的位子里，单独一个人，好像在等人。我很高兴，再也顾不得何书桓和电影了，我一定要追究出结果来！

我转头对侍应生低声说："大概他还没有来，我在这里等吧，等下如果有位先生要找李小姐，你就带他来。"

我在那瘦男人前面一排的位子里坐下来，和瘦男人隔了一道屏风，也耐心地等待着。

侍应生送来了咖啡，又殷勤地向我保证那位先生一来就带他过来。我心里暗中好笑，又为自己这荒谬的跟踪行动感到几分紧张和兴奋。谁知，这一坐足足坐了半小时，雪姨连影子都没出现，而那场费了半天劲儿买到票的《狂想曲》大概早就开演了。那个瘦男人毫无动静，我只好一不做二不休，干脆等到底。又过了半小时，一个高大的男人从我面前经过，熟练地走进了瘦男人的位子里，我听到瘦男人和他打招呼，抱怨地说："足足等了一个小时。"

我泄了气，原来他等的是一个男人！与雪姨毫无关联，却害我牺牲掉一场好电影，又白白地在这黑咖啡馆里枯坐一小时，受够了侍应生同情而怜悯的眼光！真算倒了十八辈子的霉！

正想起身离开，却听到瘦男人压低了声音说了一句话："到了没有？""今天夜里一点钟。"这是个粗哑的声音，说得很低，神秘兮兮的。我的兴趣又被勾了起来，什么东西到了没有？夜里一点钟？准没好事，一切"夜"中的活动都不会是光明正大的！我把耳朵贴紧了屏风的木板，仔细地听，那低哑的声音在继续说："要小心一点，有阿土接应，在老地方。你那辆车子停在林子里，知道不？""不要太多人。"瘦子在说。"我知道，就是小船上那个家伙是新人。""有问题没有？""没有。""是些什么，有没有那个？""没有那个，主要是化妆品，有一点珍珠粉。"声音更低了。

我明白了，原来他们在干走私！我把耳朵再贴紧一点，但他们的声音更低了，我简直听不清楚，而且，他们讲了许多奇奇怪怪的名词，我根本听不懂。然后，他们在彼此叮嘱。

我站起身来，刚要走，又听到"哑嗓子"的一句话："老魏，陆家那个女人要留心一点。""你放心，我和她是十几年的老交情了！""可是，那个姓陆的不是好惹的！""姓陆的吗？他早已成了老糊涂了，怕什么！"

我不想再听下去了，我所得到的消息足以让我震惊和紧张。在咖啡杯底下压上十块钱，我走出了咖啡馆。料想何书桓早就气跑了，也不再到电影院门口去，就直接去了"那边"，想看看风色。雪姨在家，安安分分地靠在沙发里打毛衣，好一副贤妻良母的样子。我在她脸上找不到一点犯罪的痕迹。爸仍然靠在沙发里抽烟斗，梦萍和尔豪是照例不在家，如萍大概躲在自己的房里害失恋病，只有尔杰在客厅的地上自己和自己打玻璃弹珠，在满地和沙发底下爬来爬去。

爸爸看到我，取下烟斗说："正想叫如萍去找你！"

"有事？"我问。

爸眯着眼睛看了我一眼，问："一定要有事才能找你吗？"

我噘噘嘴，在沙发上坐下来。雪姨看了我一眼，自从我表演了一幕夺爱之后，她和我之间就铸下了深仇大恨，见了面连招呼都不打了。今天，我由于无意间获得了那么重大的消息，不禁对她多看了两眼，爸审视着我，问："你看样子有心事，钱不够用了？"

我看看爸，我知道爸的财产数字很庞大，多数都是他往日用不太名誉的方式弄来的，反正，爸是个出身不明的大军阀，他的钱来源也不会很光明。可是，这笔数字一定很可观，而现在，经济的权柄虽操在爸手里，可是钱却早已由雪姨经营，现在，这笔财产到底还有多少？可能大部分都已到了那个瘦男人老魏的手里了。我想了想，决心先试探一下，于是，我不动声色地说："爸爸，你有很多钱吗？"

爸眯起眼睛来问："干什么？你要钱用？"

"不，"我摇摇头，"假如要买房子，就要一笔钱。"

"买房子？"爸狐疑地看看我，"买什么房子？"

"你不是提议过的吗？"我静静地说，"我们的房东想把房子卖掉，我想，买下来也好。"

"你们的房东想卖多少钱？"

"八万！"我信口开了一个数字。

"八万！"雪姨插进来了，"我们八百都没有！"

我掉转眼光去看雪姨，她看来既愤怒又不安。我装作毫不在意地说："爸爸，你有时好像很有钱，有时又好像很穷，你对自己的账目根本不清楚，是不？爸，你到底有多少财产？"

"你很关心？"爸爸问。

我嗤之以鼻。"我才不关心呢，"我耸耸肩，"我并不准备靠你的财产来生活，我要靠自己。不过，如果我是你，我会把账目弄得清清楚楚，而不轻易相信任何人。"

我的话收到预期的效果，爸爸的疑心病被我勾起来了，他盯着我说："你的话是什么意思？你听说到了什么？"

"什么都没有。"我挑挑眉，看了雪姨一眼。

雪姨正狠狠地望着我，她停止织毛衣，对我嚷了起来："你有什么话说出来好了，你这个没教养的……"

"雪琴！"爸爸凌厉的语气阻住了雪姨没说出口的恶语，然后，他安静地说，"晚上你把我们这几年的总账本拿来给我看看。抽八万出来应该不是一件难事吧？"

"你怀疑我……"雪姨大声地喊。

"不是怀疑你!"爸皱着眉打断她,"我要明白一下我们的经济情况!账本!你明白吗?晚上拿给我看!"

"账本?"雪姨气呼呼地说,"家用账乱七八糟,哪里有什么账本?"

"那么,给我看看存折和放款单!"

雪姨不响了,但她握着毛衣的手气得发抖,牙齿咬着嘴唇,脸色发青。我心中颇为扬扬自得。我猜想她的账目是不清不楚的,我倒要看看她如何去掩饰几年来的大漏洞。一笔算不清的账,一个瘦男人,一个私生子,还有……走私!多黑暗,多肮脏,多混乱!假如我做一件事,去检举这个走私案,会怎么样?但,我的证据太少,只凭咖啡馆中偷听到几句话吗?别人不会相信我……

"依萍,"爸的声音唤醒了我,"房子一定给你买下来,怎样?"

"好嘛,"我轻描淡写地说,"反正缴房租也麻烦。"

"你的大学到底考不考?"爸爸问。

"考嘛!"我说,爸真的在关心我吗?我冷眼看他,为什么他突然喜欢起我来了?人的情感多么矛盾和不可思议!

"你在忙些什么?"

"恋爱!"我简简单单地说。

爸爸的眉毛也挑了起来,斜视着我说:"是那个爱说大话的小子吗?"

我知道他指的是何书桓,就点了点头。

"嗯,"爸微笑了,走到我面前,用手拍拍我的肩膀说,"依萍，好眼力，那孩子将来一定有出息！"

我笑了笑，没说话。爸说："依萍，到我房里来，我要给你看一样东西！"

我觉得很奇怪，平常我到这儿来，都只逗留在客厅里，偶尔也到如萍房里去坐坐，爸爸的房间我是很少去的。跟在爸爸身后，我走进爸爸的房间，爸爸对我很神秘很温和地笑笑。我皱皱眉，近来的爸爸，和以前好像变成了两个人，但，我所熟悉的爸爸是凶暴严厉的，他的转变反而使我有种陌生而不安的感觉。

爸爸从橱里取出了一个很漂亮的大纸盒，放在桌子上，对我说："打开看看！"

我疑惑地解开盒子上的缎带，打开了纸盒，不禁吃了一惊。里面是一件银色的衣料，上面有亮片片缀成的小朵的玫瑰花，迎着阳光闪烁，这是我从没见过的华贵的东西，不知爸爸从哪一家委托行里搜购来的。

我不解地看看爸爸，爸爸衔着烟斗说："喜不喜欢？"

"给我的吗？"我怀疑地问。

"是的，给你，"爸说，笑笑，"我记得五月三日是你的生日，这是给你的生日礼物。"

我望着爸爸，心里有一阵激荡，激荡之后，就是一阵怜悯的情绪。但，这怜悯在一刹那间又被根深在我心中的那股恨意所淹没了。爸爸，他正在想用金钱收买我。可是，我，陆依萍，是不太容易被收买的！而且，五月三日也不是我的生日！

"爸，你弄错了，"我毫不留情地说，"五月三日是心萍的生日！"

"哦，是吗?"爸说，顿时显出一种茫然失措的神情来，紧紧蹙起眉头，努力搜索着他的记忆，"哦，对了，是心萍的生日，她过十七岁生日，我给她订了个大宴会，她美得像个小仙子，可是，半年后就死了!"他在床前的一张安乐椅里坐了下来，深深地吸了一口烟，陷进一种沉思状态。好一会，他才醒悟什么似的抬起头来，依然紧蹙着眉说："那么，你——你的生日是——"

"十二月十二日! 最容易记!"我冷冷地说。是的，他何曾关心过我! 恐怕我出生后，他连抱都没抱过我呢! 活到二十岁，我和爸爸之间的联系有什么? 金钱! 是的，只有金钱。

"哦，"爸爸说，"是十二月，那么，这件衣料你还是拿去吧，就算没原因送的好了，等你今年过生日，我也给你请一次客，安排一个豪华的宴会……"

"用不着，"我冷淡地说，"我对宴会没有一点兴趣，而且我也没这份福气!"

爸爸深深地注视我，对我的态度显然十分不满，他的眉头蹙得更紧了，眼睛里有一抹被拒的愤怒。我用手指搓着那块衣料，听着那摩擦出来的响声，故意不去接触爸爸的眼光。过了好一会，爸爸说话了，声音却出乎我意料地平静："依萍，好像我给你的任何东西，你都不感兴趣!"

我继续触摸着那块衣料，抬头扫了爸爸一眼。

"我感兴趣的东西，是金钱买不到的!"我傲然地挺挺胸说，"可是我从你这里接受到的，都是有价的东西!"说完，我转身向门外走，我已经太冒犯爸爸了，在他发脾气以前，最好先走为妙。

但，我刚走了一步，爸爸就用他惯常的命令口吻喊："站住！依萍！"

我站住，回过头来望着爸爸，爸爸也凝视着我，我们父女二人彼此注视，彼此衡量，彼此研究。然后爸爸拍拍他旁边的床，很柔和地说："过来，依萍，在这儿坐坐，我们也谈谈话！"

爸爸找人"谈话"，这是新奇的事。我走过去，依言在床边坐了下来，爸爸抽着烟，表情却有些窘，显然他自己也不明白要说什么，而我却一语不发地在等着他开口。

"依萍，"爸终于犹豫着说，"你想不想和你妈妈再搬回来住？"

"搬回来？"我不大相信我的耳朵，"不，爸爸！现在我们母女二人生活得很快乐，无意于改变我们的现状。说老实话，我们也受不了雪姨！我们为什么要搬回来过鸡犬不宁的日子？现在我们的生活既单纯又安详，妈妈不会愿意搬回来的，我也不愿意！"爸挺了挺背脊，眼睛看着窗子外面，我看清了他满布在脸上纵横交错的皱纹，突然明白，他真是十分老了。

他把烟斗从嘴里拿出来，茫茫然地叹了口气说："是的，你们生活得很快乐。"他的声音空洞迷茫，有种哀伤的意味，或者，他在嫉妒我们这份快乐？"我也知道你们不愿搬回来，对你妈妈，对你，我都欠了很多——"他猛然住了嘴，停了一会儿，又说，"我曾经娶了七个太太，生了十几个孩子，现在我都失去了，雪琴的几个孩子，庸碌、平凡，我看不出他们有过人的地方。依萍，"他把一只手放在我肩上，重重地压着我，"你的脾气很像我年轻的时候，倔强任性率直，如果你是个男孩子，一定是第二个我！"

"我并不想做第二个你，爸爸！"我说。

"好的，我知道，我也不希望你是第二个我！"爸爸说，吐出一口烟，接着又吐出一口，烟雾把他包围住了。我心中突然莫名其妙地涌出一股难言的情绪，感到爸爸的语气里充满了苍凉，难道他在懊悔他一生所做的许多错事？我沉默了，坐了好一会儿，爸爸才又轻声说："依萍，什么是有价的？什么是无价的？几十年前我的力量很大，全东三省无人不知道我，但是，现在——"他苦笑了一下，"我发现闯荡一生，所获得的是太微小了。如今我剩下来的只有钱，我只能用有价的去买无价的——"他忽然笑了，挺挺脊梁，站了起来，说，"算了，别谈这些，把那件衣料拿回去吧！我喜欢看到女孩子打扮得漂漂亮亮，你别辜负了老天给你的这张脸，把这件衣料做起来，穿给我看看！"

"爸，"我走过去，抚摸着那件衣料说，"这件衣料对我来说太名贵了一些，做起来恐怕也没机会穿，在普通场合穿这种衣服徒引人注目——"

"你应该引人注目！"爸爸说，"拿去吧！"

我把衣料装好，盒子重新系上，抱着盒子，我向客厅走，爸说："在这里吃晚饭吧！"

"不，妈在家等着！"我说。

走到客厅，我看到雪姨还坐在她的老位子上发呆，毛线针掉在地上，我知道她心中正在害怕，哼！我终于使她害怕了。看到我和爸走出来，她盯住我看了一眼，又对我手里的纸盒狠狠地注视了一下。我昂昂头，满不在乎地走到大门口，爸也跟了过来，沉吟地说："何书桓那小子，你告诉他，哪天要他来跟我谈谈，我很喜欢听他谈话。"我点点头，爸又说："依萍，书桓还算不错，你真喜欢他，就把他抓牢，男人都有点毛病……"

"爸爸，"我在心中好笑，爸是以自己来衡量别人了，"并不是每个男人都会见异思迁的！"

"嗯，"爸爸哼了一声，对我上上下下地看了一遍，那眼光依然是锐利的，然后点点头说，"不要太自信。"

我笑笑，告别了爸爸，回到家里。门一开，妈立即焦急地望着我说："你到哪里去了？"

"怎么？"我诧异地问。

"书桓气急败坏地跑来找我，说你离奇失踪，吓得我要死，他又到处去找你。刚刚还回来一趟，问我你回来没有。现在他到'那边'去找你了，你到底是怎么回事？书桓说你忽然钻进一条小巷子，他追过去，就没有你的影子了，他急得要命，赌咒说你一定给人绑票了！"

我深吸了口气，就大笑了起来，笑得前俯后仰。妈生气地说："你这孩子玩些什么花样？别人都为你急坏了，你还在这里笑，这么大的人了，又不是三岁小孩子，还玩躲猫猫吗？你不知道书桓急成什么样子！"

"他现在到哪里去了？"我忍住笑问。

"到'那边'找你去了。"

"我就是从'那边'回来的，怎么没有碰到他。"

"他叫计程车去的，大概你们在路上错过了。依萍，你这孩子也真是的，到'那边'去为什么不先说一声，让大家为你着急！"我无法解释，关于雪姨的事和我的复仇，我都不能让妈妈和何书桓知道。

走上榻榻米，我把盒子放在桌子上，妈妈还在我身后责备个不停，看到盒子，她诧异地问："这是什么？"

"爸爸送我的生日礼物！"我说，把盒子打开。

"生日？"妈妈皱着眉问。

"哼！"我冷笑了一声，"他以为我是五月三日生的！"我把那件衣料抖开，抛在桌子上，闪闪熠熠，像一条光带，"好华丽，是不是，妈妈？可惜我并不稀罕！"

妈妈惊异地凝视那块料子，然后用手抚摸了一下，沉思地说："以前心萍有一件类似料子的衣服，我刚跟你爸爸结婚的时候，也有这么一件衣服，你爸爸喜欢女孩子穿银色，他说看起来最纯洁、最高贵。"

"纯洁！高贵！"我讽刺地说，"爸爸居然也喜欢纯洁高贵的女孩子！其实，雪姨配爸爸才是一对！"

妈妈注视着我，黯然地摇摇头，吞吞吐吐地说："依萍，你爸爸并不是坏人。"

"他是好人？"我问，"他抢了你，糟蹋了你，又抛开你！他玩弄过多少女人？有多少儿女他是置之不顾的？他的钱哪里来的？他是好人吗？妈妈呀，你就吃亏在心肠太软，太容易原谅别人！"

妈妈继续对我摇头。

"世界上没有绝对的好与坏，"她静静地说，"一个最好的人也会有坏念头，一个最坏的人也会有好念头。依萍，你还年轻，你不懂。依萍，我希望你能像你的姐姐……"

"你是说心萍？"我问，"妈，心萍到底有多好，大家都喜欢她！"

"她是个最安详的孩子，她对谁都好，对谁都爱，宁静得奇怪，在她心里，从没有一丁点恨的意识。"

"我永不会像心萍！"我下结论说，"心萍的早夭，大概就因为她不适合于这个世界！"

妈妈望着我，悲哀而担忧，又摇了摇头，正想对我说什么，外面有人猛烈地打门，我走到门口去开门，门外，何书桓冲了进来，虽然天气不热，他却满头大汗，一面喘着气，一面一把抓住了我，说："依萍，你是怎么回事？"

望着他那副紧张样子，我又笑了起来，看到我笑，他沉下脸来，捏紧我的手臂说："小姐，你觉得很好笑，是不是？"

我收住笑，望着他，他的脸色苍白，眼睛里冒着火，狠狠地瞪着我。汗从他额上滚下来，一绺黑发汗湿地垂在额际。看样子，他是真的又急又气，我笑不出来了，但又无法解释，他把我的手捏得更紧，捏得我发痛，厉声说："你不跟我解释清楚，我永不原谅你！"

"我不能解释。"我轻声说，"书桓，我并不是和你开玩笑，可是我现在不能告诉你我溜开的原因。"

"你知不知道，这一个下午我跑遍了全台北市？差一点要去报警察局了！"

"对不起，行不行？"我笑着说，想安抚他。

"你非说出原因来不可！"他气呼呼地说。

"我不能。"我说。

"你不能!"他咬着牙说,"因为你根本没有原因!你只是拿我寻开心,捉弄我!依萍!你的玩笑开得太过分了!你不该整我!"

"我不是有意的。"我说。

"你还说不是有意的!小姐,你明明就是有意的!如果不是有意的,你就把原因说出来,非说不可!"他叫着说,固执得像一条蛮牛。

"就算是有意的,"我也有点生气了,"就算我跟你开了玩笑,现在我说了对不起,你还不能消气吗?"

"好,我成了猴子戏里被耍的猴子了!"他愤愤地把我的手一甩,掉头就向门外走。

我扶着门,恼怒地喊:"你要走了就不要再来!"

可是,我是白喊了,他头也不回地走了,我愣愣地站在门口,希望他能折回来,但他并没有折回来,我把门"砰"地关上,又气、又急、又伤心。既恨自己无法解释,又恨何书桓的不能谅解。

走进屋里,妈妈关心地说:"怎么样?你到底把他气跑了!"

"不要你管!"我大声说,冲进房子里,气愤地叫着说,"这么大的脾气,他以为我稀罕他呢!走就走,世界上又不是只有他一个男人!"

"依萍!你这个脾气总是要吃亏的!"妈妈望着我,摇头叹气。

"你不要对我一直摇头,"我没好气地说,"我从不会向人低头的,何书桓,滚就滚好了!"

但是,我的嘴虽硬,夜里我却躺在床上流泪。因为这样一件莫名其妙的事和何书桓闹翻,似乎太不值得,可是,他那样大的脾气，难道要我向他下跪磕头吗？我望着天花板，等待着天亮，或者天亮之后，他会来找我，无论如何，这么久的感情，不应该这么容易结束！

天亮了，我早早地起了身，他并没有来，天又黑了。天再亮，再黑……一转眼，四天过去了，这是我有生以来最漫长的四天，每天都在家里看表，摔东西，发脾气。第四天晚上，妈妈忍不住了，说："依萍，你又不是不知道他家的地址，就去找他一趟吧，本来是你不对嘛！"

我心里正想着要去找他，可是，给妈妈一说出来，我又大发脾气："鬼才要去找他呢！我又不那么贱！他要来就来，不来就拉倒！我为什么要去找他？"

"那么，出去玩玩吧，别闷在家里！"

妈妈的话也有道理，我应该出去玩玩，于是，我穿上鞋，拿了手提包，开门出去了。才走出大门，我就一眼看到我们墙外的那根街灯的柱子上，正靠着一个人！我站定，注视着他，是何书桓！他靠在那儿，一动也不动，静静地望着我。我身不由己地走了过去，站在他面前。我们对望着，好半天，还是我先开口："书桓——"我的声音是怯怯的，带着连我自己都不相信的乞求的味道。因此，只喊出两个字，我就顿住了，怔怔地望着他。他依然靠在柱子上，双手插在口袋里，不动，也不说话。我们又站了好一会儿，我感到一阵无法描写的难堪，我已经先开了口招呼他，而他却不理我！我没有道理继续站在这儿受他的冷淡。跺了跺脚，我转头想向巷口外走，可是，我才抬起脚，我的手臂就被一只有力的手抓住了，我回过头来，他的眼睛正热烈而恳切地望着我，于是，一切的不快、误解、冷淡，都消失了。他拥住了我，我注意到灯光很亮，注意到附近有行人来往……但是，管他呢，让他们去说吧，让他们去批评吧！我什么都不管了！

第六章

这一天，是我第一次去拜会何书桓的父母，这次会面是预先安排好的，因为何书桓的父亲是个大忙人，在家的时间并不多。事先，我仔细地修饰过自己，妈妈主张我穿得朴素些，所以我穿了件白衬衫，一条浅蓝的裙子，头发上系了条蓝缎带，嘴上只搽了点淡色的口红。何书桓来接我去，奇怪，平常我向来是天不怕地不怕的，这天却有些莫名其妙的紧张。

在路上，何书桓有意无意地说："我有一个表妹，我母亲曾经希望我和她结婚。"

我看了何书桓一眼，他对我笑笑，挤挤眼睛说："今天，我要让她看看是她的眼光强，还是我的眼光强！"

我站住了，说："书桓，我们并没有谈过婚姻问题。"

他也站住了，说："我是不是需要下跪求婚？"

"嗯，"我笑笑，"下跪也未见得有效呢！"

"是吗？"他也在笑，"那么我就学非洲的某个种族的人，表演一幕抢婚！"

我们又继续向前走，这是我们首次正式也非正式地谈到婚姻。其实，在我心里，我早就是非他莫属了。

何家的房子精致宽敞，其豪华程度更赛过了"那边"。我被延进一间有着两面落地大玻璃窗的客厅，客厅里的考究的沙发，落地的电唱收音机和垂地的白纱窗帘，都说出这家人物质生活的优越。墙上悬挂着字画，却又清一色是中式的，没有一张西画，我对一张徐悲鸿的画注视了好久，这家的主人在精神生活上大概也不贫乏。

一个很雅净的下女送上来一杯茶，何伯伯和何伯母都还没有出来，何书桓打开电唱机，拉开放唱片的抽屉要我选唱片，我选了一张柴可夫斯基的《悲怆交响乐》。事后才觉得不该选这张的。坐了一会儿，何伯伯和何伯母一起出来了，何伯伯是个高个子的胖子，体重起码有七十公斤，一对锐利而有神的眼睛嵌在胖胖的脸庞上，显出一种权威性，这是个有魄力的人！何伯母却相反，是个瘦瘦的、苗条的女人，虽然已是中年，仍然很美丽，有一份高贵的书卷气，看起来沉静温柔。我站起身，随着何书桓的介绍，叫了两声伯伯、伯母。何伯伯用爽朗的声音说："坐吧，别客气！陆小姐，我们听书桓说过你好多次了！"

我笑笑。何伯伯说："陆小姐早就该到我们家来玩玩了。"

我又笑笑，不知该说什么好，我对应酬的场合很不会处置。"陆小姐的令尊，我很知道，以前在东北……"何伯伯回忆似的说。

我不喜欢听人说起爸爸，我既不认为他以前那些战绩有什么了不起，更不因自己是陆振华的女儿而引以为荣，因此，我深思地说："我父亲出身寒苦，他有他自己的一套思想，他认为只有拳头和枪弹可以对付这个世界，所以他就用了拳头和枪弹，结果等于是唱了一出闹剧，徒然扰乱了许多良民的生活，而又一无所得。关于我父亲以前的历史，现在讲起来只能让人为他叹气了。"

何伯伯注视着我，说："你不以为你父亲是个英雄？"

"不！"我说，"我不认为。"

"你不崇拜你父亲？"他再问。

"不！"我不考虑地说，"我从没有想过应该崇拜他！事实上，我很小就和我父亲分开居住了。"

"哦？"何伯母插嘴说，"你和令堂住在一起？"

"是的！"我说。我们迅速地转变了话题，一会儿，何书桓怕我觉得空气太严肃，就提议要我去参观他的书房，何伯伯笑着说："陆小姐，你去看看吧！我们这个书呆子有一间规模不太小的藏书室！"

我跟着何书桓走进他的书房，简直是琳琅满目，四壁全是大书架，上面陈列着各种中英文版本的书籍。我的英文程度不行，只能看看中文本的书目，只一会儿，我就兴奋得有些忘形了。我在地板上一坐，用手抱住膝，叹口长气说："我真不想离开这间屋子了！"

何书桓也在我身边席地而坐，笑着说："我们赶快结婚，这间书房就是你的！"

我望着他，他今年暑假要毕业了。他深思地说："依萍，我们谈点正经的吧。今年我毕业后，我父亲坚持要我出去读一个博士回来，那么大概起码要三四年，说实话，我不认为你会等我这么久。"

"是吗？"我有点气愤，"你认为我是个水性杨花的女人？"

"胡扯八道！"他说，"我只认为你很美，而我也不是不信任你，我不信任命运，不信任这个世界。天地万物，每天都在变动，四年后的情况没有人能预卜，最起码，我认为人力比天力渺小，所以我要抓住我目前所有的！"

"好吧，你的意思是？"

"我们最近就结婚，婚后我再去美国！"

"你想先固定我的身份？"

"是的，婚后你和你的母亲都搬到这边来住，我要杜绝别人对你转念头的机会！"

"你好自私！"我说，"那么，当你在美国的时候，我如何杜绝别人对你转念头的机会呢？"

他抓住了我的手，紧握着说："是的，我很自私，因为我很爱你！你可以信任我！"

"如果你不信任我，我又怎能信任你呢？"我说。

他为之语塞。于是，我握紧他的手说："书桓，我告诉你，假如我不属于你，现在结婚也没用，假如我属于你，现在不结婚，四年后我还是你的！"

"那么你属不属于我？"他问。

"你认为呢？"我反问。

他望着我，我坦白地回望他。忽然，我敏感地觉得他战栗了一下，同时，我听到客厅里隐约传来的《悲怆交响乐》，一阵不安的感觉掠过了我，为了驱散这突然而来的阴影，我投进他怀里，紧揽住他的脖子说："我告诉你！我属于你，永远！永远！"

从何家回去的第二天，方瑜来找我，她看起来苍白消瘦，但显得很平静很安详。在我的房间里，她坐在榻榻米上，用几乎是愉快的声音对我说："你知不知道，下星期六，我所喜欢的那个男孩子要和他的女朋友订婚了，我们系里为了庆祝，要给他们开一个舞会。"

我诧异地看她，她微笑着说："你觉得奇怪？你以为我会大哭大叫，寻死觅活？"

"最起码，不应该这样平静。"我说。

"我讲一个佛家的譬喻给你听。"方瑜说，"你拿一块糖给一个小孩子，当那孩子欢天喜地地拿到了糖，你再把那块糖从他手上抢走，他一定会伤心大哭。可是，如果是个大人，你把一块糖从大人手上抢走，他一定是满不在乎的。依萍，你决不会因为失去一块糖而哭泣吧？"

"当然，"我不解地说，"这与你的事又有什么关系呢？"

"好的，你知道，人为什么有痛苦吗？就因为人有欲望，但是，假如你把一切的东西，都看成一块糖一样，你就不会因为得不到，或者失去了而伤心痛苦了。你明白了吗？最近，我已经想通了，我不该还是个小孩，因为一块糖哭泣，我应该长成个大人……"

"可是，一个男人不是一块糖！"我说。

"任何你想得到的东西都只是一块糖！"方瑜带着莫测高深的微笑说，"依萍，仔细想想看，假如你希望快乐，你就把一切东西都看成糖！"

"坦白说，我可做不到！"我说。

"所以你心里有仇恨，有烦恼，有焦虑，有悲哀……这些都只是一些心理状况，产生的原因就因为你把一切都看得太严重了！"她摇摇头，叹口气说，"生年不满百，常怀千岁忧，何苦来哉！"

"你什么时候研究起佛家思想来了？"我问。

"佛家思想确实有它的道理，你有时间应该看看，那么你就知道贪、嗔、思、慕，都只是一念之间，犯罪、杀人也都是一念之间，能够看得开、悟出道来的人，才是真正幸福的人。"

"我不同意，"我说，"假如一个人，没有欲望，没有爱憎，那么他心中还有些什么呢？他活着的目的又是什么？那么，他的心将是一片荒漠……"

"你错了！"方瑜静静地说，"没有贪嗔思慕，就与世无争，就平静安详，那他的心会是一块肥沃的平原，会是一块宁静的园地。只有一种人的心会是荒漠，那就是当他堕落，毁灭，做了错事被世界遗弃、拒绝而不自知的人……"

"好了，"我不耐地说，"别对我传教了，我并不相信你已经做到无贪无嗔无爱无憎的地步！"

"确实。"方瑜叹了口长气，站起身来，拍拍我的肩膀，"依萍，真能做到那个地步，就是神而不是人了！所以我现在和你高谈大道理，晚上我会躲在被窝里哭。"

"哦，方瑜！"我怜悯地叫。

"算了，别可怜我，走！陪我去玩一整天！我们可以连赶三场电影！"我们真的连赶了三场电影，直到夜深，我才回家。妈给我开了门之后说："下午如萍来了一趟。"

"她来做什么？"我有些不安，难道她会来向我兴师问罪，责备我抢走何书桓？

"她害怕得很，说是你爸爸和雪姨大发脾气，吵得非常厉害，她要你去劝劝你爸爸。"

"哈！要我去劝！我巴不得他们吵翻天呢！"我冷笑着说，又问，"因为什么吵？"

"听如萍说是因为钱，大概雪琴把钱拿去放高利，倒了一笔，你爸爸就发了大脾气！"

"哼！"我冷笑一声，走进屋里，我知道，我所放下的这枚棋子已获得预期的效果，从此，雪姨将失去她操纵金钱的大权了，也从此，她将失去爸爸的信任！只怕还不止于此，以后还有戏可看呢！我想起那个瘦男人老魏，和酷似老魏的尔杰。我明白雪姨的钱并不是放利倒了，而是给了老魏做走私资金了。那天偷听了老魏的话之后，我曾经注意过报纸，看有没有破获走私的案件，可是，报纸上寂静得很，一点消息都没有，可见得魔鬼对犯罪的人照顾得也挺周到的。

第二天，我到"那边"去看我所造成局面的后果。客厅里寂无一人，平日喧嚣吵闹的大宅子这天像一座死城，看样子，昨日的争吵情况一定十分严重。我在客厅里待了半天，如萍才得到阿兰的报告溜了出来，她一把拉住我，战栗着说："你昨天怎么不来？吓死我了，爸爸差点要把妈吃掉！"

"怎么回事？"我假装不明白。

"因为钱嘛，我也弄不清楚，爸爸逼妈把所有银行存折交了出来，又查妈妈的首饰，今天妈妈就带尔杰走掉了，现在尔豪出去找妈了。"

"你放心，"我说，"雪姨一定会回来的！爸爸呢？"

"还在屋里生气！"

"我去看看。"我说。

正要走到后面去，如萍又拉住了我，嗫嗫嚅嚅地、吞吞吐吐地说："依萍，我……我……我还有点话要和你讲！"

"讲吧！"我说。

"依萍，"她涨红了脸说，"听说你快和书桓订婚了，我……我……我想告诉你，你……你一定也知道，我对书桓也很……很喜欢的，有一阵，我真恨……恨透了你。"她的脸更红了，不敢看我，只能看着她自己的手，继续说，"那一向，我以为我一定会死掉，我也想过自杀，可是我没勇气。但是，现在，我想开了。你本来比我美，又比我聪明，你是更配书桓一些。而且，你一向对我那么好，所……所以，我……我要告诉你，我们姐妹千万不要为这个不高兴，我还是和以前……一样喜欢你……"

听到如萍这些吞吞吐吐的话，我的脸也发起烧来，这个可怜的小傻瓜，居然还到我这里来找友情，她怎么知道我巴不得她的世界完全毁灭！但是，我绝没有因为她这一段话而心软，我只觉得她幼稚可怜。为了摆脱她，我匆匆地说："当然，我们不会为这件事不高兴的，你别放在心上吧！"说完，我就离开了她，急忙地走到爸爸屋里去了。

爸爸正坐在他的安乐椅里抽烟斗，桌子上面堆满了账册，旁边放着一把算盘，显然他刚刚做过一番核算工作。看到了我，他指指身边的椅子，冷静地说："依萍，过来，坐在这儿！"

我走过去，坐在他身边。他望了我一会儿，问："是不是准备和书桓结婚？昨天早上书桓来了一趟，问我的意见，他说希望一毕业就能和你结婚。"

"我还没有决定。"我说。

"嗯，"爸锁着眉，思索着说，"依萍，假如你要结婚，我一定会给你准备一份丰富的嫁奁。"他在那沓账簿上愤愤地敲了一下，接着说："雪琴真混账，把钱全弄完了！"从爸的脸色上看，我知道损失的数目一定很大。他又坚定地说："不过，依萍，你放心，我一定会给你准备一份丰富的嫁奁！"

我笑笑，说："我并不想要什么嫁奁，我对这个一点兴趣都没有！"

爸盯着我，低压着眼睛的眉毛缠在一起。

"哼！"他凶恶地说，"我就猜到你有这句话！"他把头俯近我，近乎凶狠地大叫着说："依萍！我告诉你，不管你要不要，我一定要给你！"他抓住我的肩膀，几乎把我的肩胛骨捏碎，嚷着说，"你不要太骄傲，你只是个不懂事的傻丫头！我告诉你，我的钱烧不死你！"

我从他的掌握里挣脱出来，耸耸肩说："随你便好了，有钱给我还有什么不好的？"

爸好不容易才平下气来，他指着我说："依萍，学聪明点，钱在这个世界上是很有用的，贫困是人生最大的悲哀。我已经老了，不需要用什么钱了，你还年轻，你会发现钱的功用！"

我不置可否地笑笑，爸又提起了他财产的现况，我才知道他的动产目前大约只有五十万，雪姨所损失的超过了这个数目，这数目已经把我吓倒了，五十万！想想看，几个月前我还因为问他要几百块钱而挨一顿鞭打！

雪姨出走了三天，第三天，我到中和乡一带乱逛，傻气地希望能找出那个老魏的踪迹。我猜想，雪姨一定是躲在那个老魏那里。可是，我是白逛了，既没看到雪姨，也没看到老魏，更没看到那辆黑汽车。第三天晚上，我到"那边"去，知道雪姨果然回来了，她大概是舍不得陆家剩下的五十万和这栋花园洋房吧！

我和何书桓已经到了"一日不见，如隔三秋"的地步了，我为我自己感情的强烈和狂热而吃惊。为此，我也必须重新衡量何书桓去美国的事，他自己也很犹豫，虽然一切都在按部就班地进行，他已在申请奖学金，并准备留学考试。但是，私下里，他对我说："为了什么前途理想，而必须要和自己的爱人分开，实在有点莫名其妙，我甘愿放弃一切，换得和你长相厮守！"

"先去留学，回来再厮守，反正有苦尽甘来的日子，以后的岁月还长着呢，急什么？"我说，可是，这只是我嘴硬，而他去美国的日子到底还很远，我不愿来预付我的哀伤。能把握住今天，何不去尽兴欢笑呢？

我们变着花样玩。奇怪，近来我们每在一起，就有一种匆促紧张的感觉，好像必须要大声叫嚷玩乐才能平定另一种惶惶然的情绪。为了什么？我不能解释。以前，我们喜欢依偎在没有人的地方，静静的，悠然的，彼此望着彼此，微笑诉说、凝思。现在，我们却不约而同地向人潮里挤，跳舞，笑闹，甚至喝一些酒，纵情欢乐。如果偶尔只我们两人单独在一起，他会狂吻我，似乎再不吻就永远吻不到我了似的。有时我会有一种感觉，觉得我们在预支一辈子的欢乐，因而感到心中紊乱。自从上次为了侦查老魏而中途丢开何书桓，因而和何书桓闹了一次别扭之后，我明白了一件事，何书桓个性之强，绝不亚于我，可能更胜于我。我欣赏有个性的人，但是，妈妈常担忧地说："你们两个太相像了，是幸也是不幸。依萍，我真怕有一天，你们这两头牛会碰起头来，各不相让。"

会吗？在以后的一些事情里，我也隐隐地觉得，终会有这一天的。我和何书桓在许多场合里碰到过梦萍，穿着紧身的衣服，挺着成熟的胸脯，卷在一大堆半成熟的太保学生中。她的放荡形骸曾使我吃惊，但是，我们碰见了，总是各玩各的，谁也不干涉谁，顶多点点头而已。有一天晚上，何书桓提议我们到一家地下舞厅去跳舞，换换口味。我们去了，地方还很大，灯光黯淡，门窗紧闭，烟雾腾腾，音乐疯狂地响着，这是个令人迷乱麻醉的所在！

我们才坐定，何书桓就碰碰我说："看！梦萍在那边！"

我跟着他的视线看过去，不禁皱了皱眉头，梦萍穿着件紧紧的大红衬衫，下面是条黑缎的窄裙子，衬衫领口开得很低，裙子则紧捆住她的身子，这身衣服实在像一张打湿了的纸，紧贴在她身上，使她浑身曲线暴露无遗。她正坐在一个男孩子的膝上，桌子四周，围着好几个男孩子，全是一副流氓装束，除了梦萍外，另外还有个女孩，正和一个男孩在当众拥吻。桌子上杯碟狼藉，最触目的是两个洋酒瓶，已经半空了。梦萍一只手拿着杯子，一只手勾着那男孩的脖子，身子半悬在那男孩身上，穿着高跟鞋的脚在半空里摇摆，嘴里在尖锐地大笑，另外那些人也又笑又闹地乱成一团。一看这局面，我就知道梦萍已经醉了。

何书桓诧异地说："他们喝的是白兰地和威士忌，哪里弄来的？"

侍者走了过来，何书桓问："你们这里也卖洋酒吗？"

"没有。"侍者摇摇头。

"他们呢？"何书桓指指梦萍的桌子。

"那是他们自己带来的。"侍者说。

侍者走开后，何书桓点点头，用近乎说教的感慨的口吻说："他们有洋酒，可见得他们中有人的家庭环境十分好，家里有钱，父母放纵，就造成了这一批青年！流氓和太保的产生，是家庭和社会的责任！"

梦萍摇晃着身子，笑得十分放肆，然后，她忽然大声唱了起来："天荒地寒，人情冷暖，我受不住这寂寞孤单！"

"哟呵！"那些男孩子尖声怪叫，同时夹着一阵口哨和大笑，梦萍仰着头，把酒对嘴里灌，大部分的酒都泼在身上，又继续唱了下去："走遍人间，历尽苦难，要寻访你做我的侣伴！"

唱着，她在她揽住的那男孩额上吻了一下，大家又"哟呵"地大叫起来。

何书桓忍不住了，他站起身来，对我说："你妹妹醉了，我们应该把她送回家去！"

我按住何书桓的手说："你少管闲事，随她去吧！"

"我不能看着她这副样子，这样一定会出问题！"何书桓想走过去。我紧拉着何书桓说："她出问题干你什么事？你坐下来吧！她自己高兴这样，你管她干什么？"

何书桓不安地坐了下来，但眼睛还是望着梦萍那边，我拍拍他的手说："来，我们跳舞吧！"我们滑进了舞池，何书桓还是注视着那个桌子，我把他的头扳向我，他望着我，说："你应该关心，那是你妹妹！"

"哼，"我冷笑了一声，"我可不承认她是我妹妹，她是雪姨的女儿，她身上流的是雪姨的血液！"

"就算是你的朋友，你也不该看着她发酒疯！"

"她也不是我的朋友，"我冷冷地说，"她不够资格做我的朋友！"

"你不该这样说，"何书桓说，"她总不是你的仇人！"

"谁知道！"我说，把头靠在何书桓肩上，低声说，"听这音乐多好，我们跳自己的舞，不要管别人的事好不好？"这时唱机里正播着帕蒂·佩姬唱的《我分不清华尔兹探戈》。

我们默默地跳了一阵，梦萍依旧在那边又笑，又叫，又唱。过了一会儿，一阵玻璃杯打破的声音，引起我们的注意，只见抱着梦萍的那个高个子的男孩已经站了起来，正拉着梦萍的手向外面走去，梦萍摇摇晃晃的，一面走一面问："你带我到哪里去？"

"到解决你孤单的地方去！"那男孩肆无忌惮地说。

那个桌子上的人爆发了一阵大笑！

"不行，我不去！"梦萍的酒显然醒了一些。

"我不会吃掉你！"高个子笑嘻嘻地说。同时，用力地把梦萍拉出去，我知道这里的三楼就是旅舍，我用幸灾乐祸的眼光望着醉醺醺的梦萍，随她堕落毁灭吧！我巴不得她和雪姨等一起毁灭！可是，何书桓甩开我，向前面冲了过去，嚷着说："这太不像话了！"

我追上去，拉住何书桓说："你管她做什么？不要去！"

何书桓回过头来，对我狠狠地盯了一眼，就冲上前去，用手一把按在那个高个子的肩膀严厉地说："放开她！"

高个子转过头来，被这突来的阻扰引动了火气，把肩膀一挺说："干你什么事？"

梦萍已认出了何书桓，得救似的说："书桓，你带我走！"

那男孩被激怒了，大声说："你识相就滚开，少管老子的事。"一面抓住梦萍的手。

这时，那桌上的男孩子全围了上来，大叫着说："揍他！揍他！揍他！"

舞厅的管事赶了过去，我也钻进去，想把何书桓拖出来。可是，来不及了，一场混战已经开始，一时间，桌椅乱飞，茶杯碟子摔了一地，何书桓被好几个小流氓所围攻，情况十分严重，我则又气又急，气何书桓的管闲事，急的是这局面如何收拾。幸好就在这时，进来了三个彪形大汉，走过去几下就把混战的人拉开了，喝着说："要打架跟我打！"我猜这些是舞厅雇用的保镖之类的人物。何书桓鼻青脸肿，手腕被玻璃碎片划了一个口子，流着血，非常狼狈。这时仍然悻悻地想把梦萍拉出来，但那些小流氓则围成一圈，把梦萍围在里面。

我走过去，在何书桓耳边说："当心警察来，这是地下舞厅，同时，为你爸爸的名誉想一想！"我这几句话很有效，何书桓茫然地看了我一眼，又怅怅地望着梦萍，就无可奈何地和我退了出来。

我们走到大街上，两人都十分沉默，叫了一辆三轮车，何书桓对车夫说了我的地址，我们坐上车，何书桓依然一语不发。车子到了我家门口，下了车，我对何书桓说："到我家去把伤口包扎一下吧！"

"不必了！"何书桓的声音非常冷硬，然后，他望着我的脸，冷冰冰地说："依萍，我觉得我们彼此实在不大了解，我一直以为你是个热心肠、有思想的女孩子，可是，今天你的表现使我认清了你！我想我们应该暂时疏远一下，大家冷静地想想！"

我悚然而惊，一瞬间，竟说不出话来。可是，立即我冒了火，他的话伤了我的自尊心。如果今晚不是梦萍，是任何一个漠不相关的女孩子，我都会同他去救她，但是我决不救梦萍！我的心事他既不能体会，我和"那边"的仇恨他也看不出来，妄想去救助我的敌人，还说什么认清了我的话，那么，他是认清了我是个没思想冷心肠的人了？于是，我也冷笑了一声说："随你便！"两个人都僵了一会儿，然后我伸手敲门，他默默地看了我一眼，就毅然地一甩头，走出了巷子。

我望着他的背影消失，感到自己的心脏像被根无形的绳子抽紧了，顿时间，痛楚、心酸、迷茫的感觉全涌了上来。因此当妈来开了门，我依然浑然未觉地站着，直到妈妈问："怎么了，依萍？"我才惊觉地醒过来，走进家门，我默默不语，妈妈跟在我后面问："书桓呢？"

"死掉了！"我说，和衣倒在床上。

妈妈点着头说："又闹别扭了，是不？你们这对孩子，唉！"

这次别扭持续的时间相当长，我恨透了书桓为这件事把我的本质评得一钱不值，更恨他不了解我。因而，虽然我十分痛苦，但我决不去找他。尽管他的影子日夜折磨着我，尽管我被渴望见他的念头弄得憔悴消瘦，我依然不想对他解释。让他误解我，让他认为我没有同情心正义感，让他去做一切的评价吧，我不屑于为自己辩白。无论如何，雪姨和我的仇恨是不共戴天的，我非报不可，挨打那一日，我淋着雨在"那边"门前发的誓，字字都回荡在耳边，我要报复！我要报复！我要报复！可是，失去了何书桓，日子一下子就变得黯淡无光了，干什么都不对劲儿。

一星期之后，我到方瑜那儿去，刚走出家门没几步，忽然，一辆小汽车停在我身边，我转头一看，不禁心脏猛跳了起来，我认得这车子，这是何家的车子，我正发愣，何伯母从车子里钻了出来，拉住了我的手，笑眯眯地说："远远看着就像你，怎么回事？好久没有看到你了！为什么不到我们家来玩？"我苦笑着，不知怎么回答好。何伯母却全然不管我的态度，牵住我的手，向车子上拉，一面说："来，来，难得碰到，到我们家去玩玩吧！"

"我……我……"我犹豫着说，想托词不去，但舌头像打了个结，浑身无力。

何伯母断然地说："来吧，书桓这两天生病，有年轻人谈谈好得快！"

我没话可说了，事实上，要说也来不及了，因为我的脚已经把我带进了车子。他生病，为了我吗？一刹那间，渴望见到他的念头把我的骄傲和自尊全赶走了。在车子里，何伯母拍拍我的手，亲切地说："陆小姐，我们书桓脾气坏，从小我们把他惯坏了，他有什么不对，你原谅他吧！"

我望着何伯母，于是，我明白了，她是特意来找我的。我凝视着车窗外面，一句话也不说，沉默地到了何家。何伯母一直引我走到何书桓的门口，敲了敲门，里面立刻传来何书桓愤怒而不耐的声音，叫着说："别来惹我！"

"书桓，你开门看看，"何伯母柔声说，"我给你带了一个朋友来了！"我暗中感谢何伯母的措辞，她说"我给你带了一个朋友来了"，这维持住我的自尊，如果她说"有个朋友来看你"，我一定掉头就走，我不会先屈服的。

门立即就打开了，何书桓衣冠不整地出现在我面前，蓬着浓发的头，散着衣领和袖口，一副落拓相。看到了我，我们同时一震，然后，何伯母轻轻地把我推进了门，一面把门关上，这是多么细心而溺爱的母亲！

我靠着门站着，惶惑而茫然地望着这间屋子，室内很乱，床上乱七八糟地堆着棉被和书籍，地上也散着书和报纸，窗帘是拉拢的，光线很暗。我靠在那儿，十分窘迫，不知该怎么样好，何书桓站在我面前，显然并没料到我会来，也有些张皇失措。我们站了一会儿，何书桓推了一张椅子到我面前来，有点生硬地说："坐吗？"

我不置可否地坐了下去，觉得需要解释一下，于是我说："在街上碰到你母亲，她拉我来看看你。"我的口气出乎我自己意料的生疏和客气。

"哦，是吗？"他说，脸上浮起一阵不豫之色，大概恨他母亲多管闲事吧！说完这几个字，他就不再开口了，我也无话可说，僵持了一阵，我觉得空气是那样凝肃，何书桓又那样冷冰冰，不禁暗暗懊悔不该来这一趟。又待了一会儿，我再也忍不住了，站起身来说："我要回去了！"讲完这句话，我觉得非常委屈，禁不住声音有点发颤，我迅速地转开头，因为眼泪已经冲出我的眼眶了。我伸手去开门，可是，何书桓把我伸出一半的手接住了，他轻轻地把我拉回来，低声说："依萍，坐下！"他的话对我有莫大的支配力量，我又身不由己地坐了下去。于是，他往地上一跪，把头埋在我的膝上了。

我控制不住，眼泪涌了出来，于是，我断续地、困难地、艰涩地说了一大篇话："书桓，你不知道……我们刚到台湾的时候，大家住在一起，我有爸爸，也有妈妈。后来，雪姨谗言中伤，妈妈怯懦柔顺，我们被赶了出来，在你看到的那两间小房子里，靠每月八百元的生活费度日。我每个月到'那边'去取钱，要看尽爸爸和雪姨的脸色，听尽冷言冷语。就在我认识你以前不久，为了向爸爸要房租，雪姨从中阻拦，我挨了爸爸一顿鞭打。在我挨打的时候，在我为几百元挣扎的时候，梦萍她们怡然自得地望着我，好像我在演戏，没有人帮我说一句话，没有人帮我求爸爸，雪姨看着我笑，尔杰对我做鬼脸……"我咽了一口口水，继续说，"拿不到钱，我和妈妈相对饮泣，妈妈瞒着我，整日不吃饭，但雪姨他们，却过着最舒适最豪华的生活……我每天告诉我自己，我要报复他们，如果他们有朝一日遭遇了困难，我也要含笑望着他们挣扎毁灭……"

我停住了，何书桓的头仰了起来，望着我的脸，然后，他站起身来，轻轻地把我的头按在他的胸口，用手抚摸我的头发，低声说："现在都好了，是不是？以后，让我们都不要管雪姨他们的事了！依萍，原谅我脾气不好！"

我含着眼泪笑了，把头紧贴在何书桓胸口，听着他沉重的心跳声，体会着自己对他的爱的深度——那是无法测量的。

第七章

夏天来了。六月里，何书桓毕了业。

一天，何家的小汽车停在我家门口，何伯母正式地拜访了妈妈。在我们那间简陋的房间里，何伯母丝毫没有惊异及轻视的表情，她大大方方地坐在妈妈的床沿上，热心地向妈妈夸赞我，妈妈则不住地赞美着书桓。这两位母亲，都为彼此的话而兴奋，带着满脸的骄傲和愉快，她们谈起了我和书桓的婚事。书桓预定年底出去留学，于是，我们的婚礼大致决定在秋天，九月或十月里举行。

当何伯母告辞之后，妈妈紧紧地揽住我，感动地说："依萍，你将有这么好的一个婆婆，你会很幸福很幸福的。哦，我真高兴，我一生所没有的，你都将获得。依萍，只要你快乐，我就别无所求了！"

我把头靠在妈妈胸前。一瞬间，我感到那样安宁温暖，在我面前，展开许多未来的画面，每一幅都充满了甜蜜和幸福。

妈妈立即开始忙碌了起来，热心地计划我婚礼上所要穿的服装，从不出门的她，居然也上了好几次街给我选购衣料，我被妈妈的过度兴奋弄昏了头，又要和书桓约会，又要应付妈妈，弄得我忙碌不堪，好久都没有到"那边"去了。这天，书桓说："我想，我们应该去看看你爸爸，把结婚和留学的问题也和你爸爸谈谈。"我觉得也对，而且我也需要问爸爸要钱了，因为妈妈把最近爸爸多给的钱全买了我的衣料了。于是，我和书桓一起到了"那边"。这是个晚上，夏天的晚上是美好的，我们散着步走到"那边"。进门之后，就觉得这天晚上的空气不大对头，阿兰给我们开了门就匆忙地跑开了，客厅里传来了爸爸疯狂的咆哮声。我和书桓对望了一眼，就诧异地走进了客厅中。

客厅里，是一副使人惊异的局面，雪姨坐在一张沙发里，梦萍伏在她怀里哭，雪姨自己也浑身颤抖，却用手紧揽住梦萍。如萍坐在另外一张沙发椅里，一脸的紧张焦急和恐怖。只有尔杰靠在收音机旁，用有兴味的眼睛望着爸爸，还是和以前一样的满不在乎。尔豪照例是不在家。爸则拿着烟斗，满屋子暴跳如雷。我们进来时，正听到爸爸在狂喊："我陆振华没有你这样的女儿，你干脆给我去死，马上死，死了干净！"

我和书桓一进去，如萍就对我比手势，大概是要我去劝爸爸。她的眼光和书桓接触的一刹那，她立即转开了头，显出一种难言的哀怨欲绝的神情。我注意到书桓也有点不自然，可是，我没有时间去研究他们，我急于想弄清楚这家里出了什么事。于是，我喊："爸爸！"

爸爸转过头来看我们，他一定在狂怒之中，因为他的眼神凶狠，额上青筋暴露，一如我挨打那天的神情，看到我，他毫不掩饰地说："你知不知道梦萍做的丑事？她怀了个孩子回来，居然弄不清楚谁是父亲！我陆家从没出过这样的丑事，我今天非把这个小娼妇打死不可！"他向雪姨那边冲过去，一手抓住了梦萍的肩膀，梦萍立刻发出一声恐怖的尖叫。

雪姨挺挺肩膀护住了梦萍，急急地说："事情已经这样了，打死她也没有用，大家好好商量一下，发脾气也不能解决问题！"

"哦，你倒会说！"爸爸对雪姨大叫，"就是你这个娼妇养出来的好女儿！你倒会说嘴！你把我的钱弄到哪里去了？下作妈妈养出来的下作女儿！一窝子烂货！全给我去死！全给我去死！"他把拳头在雪姨鼻子底下挥动，雪姨的头向后缩，心亏地躲避着。于是，爸爸用两只手抓住了梦萍的肩膀，把她像筛糠似的一阵乱摇，摇得梦萍不住哭叫，头发全披散下来，脸色白得像一张纸。雪姨想抢救，爸爸立即反手给了雪姨一耳光，继续摇着梦萍说："你敢偷男人，怎么不敢寻死呢？拿条带子来，勒死了你省事！"

书桓推了推我，在我耳边说："依萍，去拉住你爸爸，他真会弄死梦萍了！"

我望了书桓一眼，寂然不动。我眼前浮起我挨打的那一天，雪姨曾怎样怡然自得地微笑，梦萍如何无动于衷地欣赏，她们也会有今天！现在，轮到我来微笑欣赏了。我挑挑眉毛，动也不动。书桓望望我，皱拢了眉头。

这时，梦萍显然已被摇得神志不清了，她大声地叫了起来："我去死！我去死！我去死！"

书桓再也忍不住了，他冲上前去，一把抓住爸爸的手，坚决而肯定地说："老伯！您放手！弄死她并不能减少丑闻呀。"

爸爸松了手，恶狠狠地盯着何书桓说："又是你这小子！你管哪门子闲事！"

何书桓护住了梦萍，直视着爸爸，肆无顾忌地说："儿女做错事情，父母也该负责任！梦萍平日的行动，您老人家从不过问，等到出了问题，就要逼她去死，这对梦萍太不公平！"

"哦，"爸爸的怒气转到何书桓的身上来了，"好小子！你敢教训我？"

"我不敢，"何书桓镇定地说，那勇敢劲让我心折，但我也真恨他的多管闲事，"我并不是教训您，我只是讲事实，您平常并没有管教梦萍，梦萍做了错事您就得原谅！养不教，父之过，教不严，师之惰！儿女有了过失，父母的责任是百分之八十，儿女只负百分之二十，所以，您的过失比梦萍大。"

爸爸捏住了何书桓的胳膊，眯着眼睛说："我管教我的女儿，不干你的事，你最好闭住你的嘴，给我滚出去！"

何书桓不动，定定地看着爸爸说："陆老伯，我不怕您，您没有力量扔我出去！"他挺直地站在那儿，比爸爸矮不了多少，手臂上的肌肉突了起来，充分显出一个年轻人的体力。

爸爸盯着他，他们像两只斗鸡，彼此竖着毛，举着尾。然后爸爸突然松了手，点着头说："好的，书桓，算你行！"

他向屋内退过去，我注意到他脸上有种受伤的倔强，何书桓的肌肉使他伤了心，老了的豹子甚至斗不过一只初生之犊！不由自主地，我跟着爸爸走了进去，爸爸回过头来，看到我，他把我拉过去，用一只手按在我的头上，我觉得他的手颤抖得很厉害。

他用一种我从没有听到过的慈祥而感伤的口气说:"依萍,书桓是个好孩子!我这一生失败得很,你和书桓好好地给我争口气!"然后,他放开我说,"去吧,我要一个人待一待,你去看看梦萍去!"

我退出来,走回客厅里,雪姨和如萍正围在梦萍身边,一边一个地劝慰着她,梦萍则哭了个肝肠寸断。我示意书桓离开,我们刚要走,梦萍扑了过来,拉着书桓的衣服,断断续续地说:"谢……谢……你!假如……那天,你救……救……救我……到……底……"

书桓锁紧了眉,问:"是你喝酒的那一天?在××舞厅那一天?那么,是那个高个子做的事了?"

梦萍猛烈地摇摇头:"不是他一个人,我弄不清楚……他们……灌……灌醉我,我……"

我感到胃里一阵不舒服,听了她的话我恶心欲吐。何书桓的眉毛锁得更紧,他咬着嘴唇说:"是哪些人?你开个名单给我!"

"不,不,不,不行!"梦萍恐怖地说。于是,我明白,她不敢揭露他们。何书桓叹口气,跺跺脚拉着我离开了"那边"。站在大街上,迎着清凉的空气,我们才能吐出一口气。书桓在我身边沉默地走着。走了一大段,书桓又叹了一声,轻轻地说:"那一天,假如不是你阻止我,我会把梦萍救出来的!"

"你怪我吗?"我有些生气地说,"你又何曾能把她从那一堆人手里救出来!"

"最起码,我应该去报警,"何书桓说,"不该看着梦萍陷在他们手里。我本可以救她的,但是我没有救!"他的语气充满了懊丧。

"报警?"我冷笑了一声,"让所有的人都知道何某人的儿子在地下舞厅和流氓打架!"

"那比起梦萍的损失又算什么呢!"何书桓说,深深看了我一眼,"依萍,你不为你的妹妹难过吗?你不为自己看着她受害不救而自疚吗?你不会感到不安吗?"

"我为妈妈难过,"我冷冷地说,"我为自己这十几年困苦的生活难过。"

"依萍,你很自私。"

"是的,我很自私。"我依旧冷笑着说,"我和你不同,你是个大侠客,整天想兼济天下,我只想独善其身。我为自己和妈妈伤心够多了,没有多余的眼泪为别人流。我告诉你,你休想我会为雪姨那一家人流一滴眼泪,他们家无论发生了什么,我全不动心!"

他注视着我,沉吟地说:"依萍,为什么你要这样记恨呢?人生的许多问题,不是仇恨所能够解决的,冤冤相报,是永无了时的。"

"书桓,"我说,"你从来没有过仇恨,所以你会对我说这些冠冕堂皇的大话,假如你父亲是我父亲,你处在我的地位,那么,我相信,你会比我更记仇的!"

书桓摇摇头,一脸不同意的表情。到了我家门口,他没有进去坐,说了声再见就走了。我望着他走远,模糊地感到我们之间有了距离,而这距离是我无力弥补的。因为,我不能在他面前掩饰住我的本性,我也不能放弃报复雪姨的任何机会。

进了家门，我把今天"那边"发生的事告诉了妈妈，妈妈惊异地说："梦萍？她还是个孩子呢！真想不到会有这种事！"

"想不到？"我笑笑，"想不到的事还多着呢！"我想起雪姨和那个瘦子老魏，又轻轻地加了一句评语，"这叫作有其母必有其女。"

"你说什么？"妈妈紧紧地望着我，"你知道了些什么事？"

"我没说什么呀！"我掩饰地说，拿着浴巾，钻进了厨房里。

好久没看到方瑜了，这天我去看她，出乎我意料地，她竟捧着本《圣经》在大读特读。我笑着说："一会儿是佛经，一会儿是《圣经》，你大概想做个宗教研究家了。"

"确实不错，"她说，"反正各宗教的神不同，目的却都一样，要救世救人，要仁人爱物，研究宗教总比研究其他东西好些。"

"比画画更好？"我问。

"画画要灵感，要技术，与宗教风马牛不相及。我告诉你，如果你觉得内心不宁，也不妨研究研究宗教，它可以使你内心安定。"

"谢谢你，"我说，"我一点都没有不宁。而且，我记得我们都是无神论者，你怎么突然间变了。"

"或者这世界上没有神。"方瑜坐在榻榻米上，用手抱住膝，眼睛深邃地注视着窗外一个渺不可知的地方，脸上有种奇异的、专注的表情，"可是这世界上一定有一种超自然的力量，在冥冥中支配着一切，它安排着人与人的遇合，它使生命诞生，草木苗长，地球运行。这力量是不可思议的、神奇的……"

"好了，"我打断她，"你只是失恋了，失恋把你弄昏了头，赶快从你的宗教里钻出来吧！"

她笑了，静静地说："我正要钻进去呢，下星期天，我要受洗为天主教徒。"

我直望着她，问："目的何在？"

"信教还要有目的吗？"方瑜说。

"我觉得你是有目的的，"我说，"你真'信'了教？你相信亚当夏娃偷吃了禁果被谪凡尘？那你为什么不去相信盘古开天辟地的传说呢？"

"我不跟你辩论宗教，人各有志，我们谁也不影响谁。"

"好！"我说，跪在榻榻米上，望着方瑜说，"你相信你信了教就能获得平静了？"

"我相信。"

"那么，信你的教去吧！"我说，"能获得平静总是好的。"

方瑜把她的手放在我的手上，凝视着我说："你呢？"

"我不平静，可是，我不想遁避到宗教里去！"

她点点头。"我了解你的个性，"她说，"你永不可能去爱你所恨的人。"她又望望我，皱着眉说，"奇怪，我有一个预感，好像会有什么不幸要降到你身上似的！"

我笑着说："方瑜，你可能成为一个天主教徒，但我不相信你会成为个预言家！"她也笑了。我在方家吃了晚饭，方瑜送我慢慢地散步过了川端桥。我十分希望能再碰到那个瘦子老魏，或者是他的车子，可是，我没有碰到。这种"巧合"好像不会再发生了。

回到家里，妈开了门说："快进去吧，书桓在你房里等你！"

"他来多久了？"我愉快地问。

"大概半小时！"我走上榻榻米，穿过妈妈的房间，走进我屋里，把手提包扔在床上，高兴地说："书桓，我们看电影去，好不？"

但，立即，我呆住了。书桓坐在我的书桌前面，脸对着我，他的膝上放着我的日记本。我的眼光和他的接触了，我从没看过如此仇恨的一对眼睛，从没看过这样燃烧着耻辱和愤怒的脸庞。他的脸色是惨白的，嘴唇紧闭着，眼睛死死地盯着我，就像在看一条毒蛇。我被他的表情吓住了，伫立在那儿，我目瞪口呆，不知说些什么好！我知道问题出在那本日记本上，可是，既不知道他到底看到了些什么，又一时间无法整理自己的思绪，我就只能瑟缩地靠在门边，和他相对注视。终于，他动了一下，把我的日记本丢到我的脚前，我俯下头，看他刚刚翻阅着的那一页，我看到这样几句话：

> 我争取何书桓，只为了夺取如萍之爱，我将小心地不让自己坠入情网，一切要冷静，我必须记住一个大前提，我的所行所为，都为了一件事：报复！

看到这一段记载，我觉得头昏目眩，额上顿时冷汗涔涔。我了解书桓骄傲的个性，就如同了解我自己，在这一刹那间，我知道我和书桓之间的一切都完了，靠在门上，我只感到软弱无助，不知该说些什么，也不知该做些什么。于是，我看到书桓站起身来，一步步走到我的面前，他的手抓住了我的下巴，把我的脸托起来，他仔细地、狠狠地注视我，咬着牙说："好美的一张脸，好丑的一颗心！我何书桓，居然也会被美色所迷惑！"他的声音喑哑，可是，每一个字都敲进我的灵魂深处去。如果我不是真正地那么爱他，我就不会如此痛苦，这几句话撕碎了我，泪水涌进了我的眼眶，他的脸在我的面前模糊了。他的手捏紧了我，我觉得他会把我的下颚骨捏碎，但我没有挣扎，也没有移动。然后，他的声音又响了，这次，我可以听出他声音中夹着多大的痛苦和伤心！他一字一字地说："为了报复一个对你毫无害处的女孩子，你不惜欺骗我，玩弄我的感情，我该早看穿你是个多可怕的女孩子，在那家舞厅时，就该认清你的狠毒心肠！"

他骂得太过分了，由于他骂得太厉害，我也不想再为自己做徒劳的分辩，泪水沿着我的面颊滚下来。他冷笑着说："你别猫哭耗子了，我不会被你的眼泪所欺骗！我告诉你，陆依萍，我何书桓也不是好欺侮的，你加诸我身上的耻辱，我也一定要报复给你！你等着瞧吧！"

说完这几句话，他忽然狠狠地抽了我两耳光，他打得很重，我被他打得眼前金星乱迸，只得闭上眼睛，把头靠在墙上。大概是我的沉默和逆来顺受使他软了心，我觉得他的手在抚摸我被打得发烧的面颊。我张开眼睛，于是，我看到他满眼泪水，迷迷蒙蒙地望着我。我用舌头舔舔发干的嘴唇，勉强地说："书桓，如果你有耐心看完那本日记，你会发现……"

"不！"他大声说，"我已经知道了真相，够了！"他盯住我，挣扎着说，"依萍，我恨你！恨你！恨你！"

他甩开我，从我的身边跑出去了，我听到妈妈在叫他，但他没有理。我听到大门碰上的声音，他的脚步跑远的声音……我的身子向榻榻米上溜下去，坐在地上了。我曲起膝盖，把头埋在膝上的裙褶里，静静地坐着，不能思想，不能分析，脑子里是一片空白和麻木。

妈妈走了进来，她怯怯地说："好端端的，你们又吵起架来了？到底是小孩子，三天吵，两天好！"

我把头抬起来，定定地望着妈妈说："这一次不会再好了，妈妈，把你给我做的嫁衣都烧毁吧，我用不着它们了。"

"怎么了？"妈妈有点惊惶，她蹲下身子来，安慰地拍拍我的肩膀说，"别闹孩子脾气，等过两天，一切又都会好转的。"

我悲哀地摇摇头，冷静地说："不会了，再也不会了。妈妈，我和他已经完全结束了，以后，请不要再提他的名字。"

不要再提他的名字，可是，这名字在我心中刻下的痕迹那样深，提与不提又有什么关系呢？足足有一星期，我关在家里，任何地方都不去。我烧毁了我的日记本，但烧不毁我的记忆。午夜梦回，我跪在窗子前面唤他，低低地，一次又一次。我想，如果方瑜相信的神真的存在，会把我的低唤传进他的耳朵里，那么他会来……他会来……他会来……每当我这样全心全意渴望着的时候，我就会幻觉有人敲门，幻觉他在那围墙外面喊我。好多个深夜，我会猛然冲到大门口去，打开门，看他会不会像第一次吵架后那样靠在电线杆上。但是，他不再来了，没有他的人，也没有他的信，所有的，只是我内心一次比一次加深的痛苦和绝望。

在那漫长的失眠的夜里，我用手枕着头，望着窗外的月光凝想、分析。我想我能明白何书桓看到我那本日记之后所受的打击。我曾说过，他的骄傲倔强更胜过我，那本日记暴露了我最初要攫获他的目的，这当头一棒使他没有耐心去看完后半本我对他感情的转变。我猜，他就算看了后半本，他也不会原谅我的。我已经深深地刺伤了他的自尊心，打击了他的信心和骄傲！在那些夜里，我曾经一遍又一遍地为他设想：如果我是他，我会不会原谅？我的答复是"不能"！于是，我想起他临走所喊的话："你所加诸在我身上的耻辱，我也一定要报复给你！""依萍，我恨你！恨你！恨你！"

我知道，我们之间是没有挽回的希望了！爱与恨之间，所隔的距离竟如此之短！只要跨一步，就可以从"爱"的领域里跨到"恨"里去。但是，我是那么爱他，那么爱他，那么爱他！我只要一闭起眼睛，他的脸，他的微笑，他特有的那个含蓄深沉的表情就会在我面前浮动。于是，我会感到一阵撕裂的痛楚从我的内心向四肢扩散，使我窒息，使我紧张，使我想放开声音狂哭狂叫。

我无法吃，无法睡，无法做事，无法看书。妈妈的关切徒然使我心烦，妈妈变着花样做的菜，我只能对着它发呆。于是，有一天，妈妈出去了，当她回来的时候，她看起来既沮丧又忧愁。我不关心她到哪里去了，事实上，我不关心任何事情，就是太阳即将陨落我都不会关心。

那天晚上，妈妈忍不住了，握着我的手说："依萍，你到底和书桓闹些什么别扭？好好的，都要准备结婚了，你们两个人是怎么回事吗？"

"不要你管！"我大声说。这是一道伤口，我愿意自己默默地忍受这痛苦，妈妈一提起来，我就像伤口上再挨了一刀，激怒痛楚得想发疯。

"我不能不管。"妈妈静静地说，"我只有你这一个女儿，我不能眼看着你痛苦！"

"我根本没有痛苦。"我愤怒地喊，"妈妈，你别管我们的事！别管我们！"

"依萍，"妈妈把她温暖的手压在我颤抖的手背上，从床头拿起一面镜子，放在我面前说，"看看你自己！"

我望着镜子，那里面反映着我的脸，苍白、憔悴、瘦削。大而无神的眼睛，空洞落寞的神情，干枯凌乱的头发。我望着镜子，望着，望着……眼泪涌出了我的眼眶，镜子里的我像浸在水潭里，模糊而朦胧。妈妈的手在我的手背上加重了压力，轻声地说："依萍，今天我到何家去了一趟。"

"什么？"我大吃了一惊，迅速地抬起头来望着妈妈说，"妈妈，你不该去！我不要求他施舍我感情！"

"依萍，"妈妈说，"你为你自己的骄傲付出的代价太多了！与其在这儿痛苦，为什么不稍微软一些？可是，我并没有见到书桓。"

"他不见你？"我问，愤怒和屈辱一齐涌上心头，"妈妈，你何必去碰他的钉子？"

"我宁愿去碰他的钉子，如果对你们的感情有所挽救的话！"妈妈叹口气说，"可是，他居然不肯见我。他母亲说，一星期以来，他谁都不见，晚上就溜出去喝酒，天快亮才荡回来，他母亲和我同样焦急！依萍，你们到底是怎么回事？如果我是你，我就去看看他！"

"我不！"我大叫，"你已经去碰了钉子了，还要我去向他下跪吗？妈妈，算了，别再提了，我和他之间已经完了，完得干干净净了，你明白吗？妈妈，如果你爱我，你就别再提他，也别再管我们的事！我永不要再见他！让他去神气，去骄傲！我永不要再见他！"

"许许多多时候，"妈妈轻声说，对我的咆哮恍如未觉，"我们让一个误会剥夺掉终身幸福，我猜想，你们只是有了误会，而骄傲使你不屑于向对方解释，依萍，你从不会变得聪明一点！"

"我就是笨，你就让我笨去！"我叫。

回到自己房间里，倒在床上，用棉被蒙住头。思索了好几天，我觉得妈妈的话也有道理，更重要的，是对何书桓的思念和渴望终于战胜了我的骄傲。于是，几经考虑，几度犹豫，我勉强压住自己的自尊心，写了下面的一封信给书桓：

书桓：

记得我曾经向你诉说我和"那边"的仇恨，我承认，认识你之初，我确是为了复仇而接近你。可是，书桓，假如你能去细细思想，去细细回忆，你应该可以衡量出我对你的感情的分量和这份感情的真实性！何况我们已论婚娶，如果我不真心爱你，我决不会把自己给你，你能仔细想想看吗？

十天没有看到你，这十天我是难挨的，相信你也一样。书桓，如果我认错，你能抛开这件事吗？我不能多写，只是，我要告诉你，我爱你！随你信不信！

记住，我家门开着，不会拒绝你！

祝好

依萍

寄出了这封信，我又矛盾又不安，我懊恼自己竟向他乞怜，但又有一种解脱感。我相信这封信会把他带回我的身边，因为我确信，百分之百地确信：他仍然在爱着我！只要他回来，暂时，我放弃我的骄傲吧！我实在太想他，太渴望见他了！但是，我错了！我的信如石沉大海，他并没有像我预期的那样看了信就来。我耐心地等待着，一天、两天、三天……没有结果的等待使我疯狂。我寄过信，我屈服了，他竟然置之不理！早知道这封信都唤不回他，我为什么要写这封屈辱的信！为什么？为什么？我多恨我自己沉不住气，要向他乞求感情。我又多恨他的寡情寡义！他的沉默和不理睬折辱了我，我开始恨他，恨透了他！但是，恨的反面是爱，我就在爱恨之间挣扎、沉沦、陷溺。当我对他来看我的事绝望之后，我诅咒他，祈求汽车撞死他。但是，深夜里，我一再呼唤他，祷告上帝让他马上来。

尔豪来过两次，带来爸爸的口信，要我到"那边"去。我去了，短短半个月没来，"那边"改变了许多，客厅里寂静无人，收音机静静地躺在壁角，偌大的一栋房子，像一座荒城。见到了爸爸，我才知道梦萍自己乱吃药堕胎，差一点送了命，现在住在中山北路一家私人医院里，恐怕短期内无法恢复。雪姨带着尔杰在医院中照护着她。听了这个消息，我只微微地有点感慨。爸爸仔细地望着我，眼光依然锐利，虽然他看起来老多了，但那对锐利的眼睛并没有改变。看着我，他问："你怎么了？病了？"

我知道我的脸色骗不了他，就顺着他的口气说："是的，病了几天。"

他继续盯着我看，然后问："你和书桓是怎么回事？"

我迅速地凝视着他，他怎么知道的？

"没有怎么回事呀！"我模棱地回答。

"是不是闹翻了？"爸爸问，带着个了然一切的神情。

"嗯。"我哼了一声，如果他已经知道了，就让他知道吧！看样子，人人都注意着我和何书桓呢！

"为什么？"

"不为什么，"我没好气地说，"我们发现两个人的个性不合，就分了手，就是这么回事！"

爸爸深深地望着我，皱拢了眉头说："依萍，不要傻，那小子挺不错！"

"他挺不错关我什么事？"我叫着说，"我和他已经完蛋了！我听到他的名字就讨厌！为什么你们都要管我和他的事？"

"哼！"爸爸冷冷地哼了一声说，"我是为了你好，假如是那小子见异思迁，不能全始全终，我就要好好地收拾收拾他！"

"爸爸！"我叫，涨红了脸，"你不要管我们的事！是我甩掉了他，是我不要他，你明白吗？爸爸，你千万不能插手来管我们的事！我不要你管！"

爸爸眯起了眼睛，用烟斗指着我说："你甩掉了他？那么，你是个大傻瓜！没眼光！"

"没眼光就没眼光！"我叫着说，"你把他当宝贝吧，我才不稀罕他呢！"说完，愤怒和伤心使我不能持久，我反身就向门外走，爸爸叫住了我："依萍！"我站住。爸爸说："要钱吗？"真的，我需要钱。我点了点头，爸爸打开抽屉，拿出一沓钞票给我说："依萍，买点好的吃，不要弄得那样惨兮兮的，做两件漂亮衣服穿穿，女孩子要打扮得花枝招展的才好！"

我接过钱，一语不发地走了出去。出门后才想起没见到如萍，应该到她房里去转转的。

回到家里，爸爸的一番话使我更加感到惨痛！书桓，何书桓，我曾爱过，我还爱着，可能永远会爱着的那个男孩子，已经离开了我，再也不会回来了！书桓，何书桓，一个多亲切又多遥远、多可爱又多可恨的名字！书桓，何书桓！

这天晚上，我打开一个新的日记本（旧的已经被我焚毁了）。我坚定了自己，在上面写下我的决心：

　　　　以前的一切，都已经过去了，我不能再过着凭吊过去的日子，过去的，让它过去吧！我，陆依萍，向来自认为坚强，没有力量能折服我！所以，我不能再为过去流泪和伤感了！依萍，坚强起来，你是个强者！不是弱者！

　　　　从今起，让何书桓在你的心底死去吧！让那些往事跟着他一同逝去！事如春梦，一去无痕，你那么坚定，也该拿得起，放得下！

　　　　失去的永远失去了，就当作根本没有获得一样，在

认识何书桓之前，你不是照样过日子吗？何书桓，他有
什么力量使你这样如醉如痴呢？他……

我写不下去了，我拿着笔的手在颤抖，我自己写下的字迹
全在我的眼前跳动，我凝视着面前的本子，感到眼睛模糊，头脑
昏沉，笔从我手上掉下去，我的头扑在桌上，我心中在狂喊着：
"何书桓！何书桓！何书桓！"

第八章

弃我去者，昨日之日不可留！

乱我心者，今日之日多烦忧！

天在下着雨。我披着雨衣，沿着新生南路，缓缓地向"那边"走去。我的步伐滞重，心里充满迷茫和落寞的情绪。街灯把我的影子投在地上，一忽儿在前，一忽儿在后。雨点不大不小地落着，是夏天常有的那种雨，飘一阵，又停一阵，大一阵，又小一阵。我让雨衣的帽子垂在脑后，也没有扣起雨衣前面的扣子，一切我都不在意，淋湿就让它淋吧，淋着雨，反而有种清凉的感觉，可以使我混混沌沌的脑子清醒一下。

到了"那边"，我沿着花园中的水泥路向客厅走，透过客厅的玻璃门，我可以看出里面人影幢幢，很难得，客厅中仿佛灯光很亮，好久以来，这客厅都只亮一盏小壁灯了。或者，是梦萍出了院？我知道不会的，因为上星期天爸爸才告诉我，梦萍情况很坏，可能要开一次刀。那么，是什么事值得他们大亮起灯呢？我不经意地向前走着，一面嗅着园里的玫瑰花香……忽然，我站定了，这情形多像我第一次见何书桓的时候？人影、灯光、笑语喧哗……所不同的，那是冬天，这是夏天。那时我还没有去敲爱情的门，现在我却从爱情的门里退了出来。日夜迁逝，人生变幻，短短的半年，一切都不同了！推开玻璃门的时候，我脑中仍然是迷迷糊糊的，我还没有从自己的冥想中解脱出来。可是，当我一脚跨进了门，我就感到像有一个人对我迎头来了一下狠击，顿时使我头昏目眩，迫不得已，我抓住了沙发的靠背，以免倒下去。等这一阵旋乾转坤般的大震动过去之后，我摇了摇头，使自己镇定一些，再努力去看我所看到景象，到底是真的还是出于我的幻觉。不错！这一切都是真的。何书桓正和如萍并坐在一张沙发上，手握着手，他们在微笑。如萍的笑是幸福的，柔和如梦的，是那种你可以在任何一个沉浸于爱情中的女孩脸上找得到的笑。她脸上不只笑，还焕发着一种光彩，使她原来很平凡的脸显得很美丽。至于何书桓，当我勉强压制着自己，眯着眼睛去看他的时候，他也正望着我，在初见面的那一刹那，他似乎震动了一下，他的笑容消失了。可是，很快的，那笑容又回复到他的嘴边。他似乎瘦了不少，但看起来精神愉快。望着我，他笑意加深了，他用握着如萍的那只手对我摇了摇，招呼着说："嗨！依萍，你好！好久没见了！"

他说得那么轻松，那么悠然自在，他笑得那么宁静，那么安闲。我觉得我的五脏全被撕裂了，我的膝盖在打颤，使我不得不在沙发椅里坐下去。于是，我发现房间里还有好些人，雪姨、尔杰和尔豪。只缺了爸爸和梦萍。这时，他们全都注视着我。我努力使自己镇定，我不能让他们看出我是受了打击，尤其不能让雪姨和书桓看出来。于是，我竭力想装得满不在乎，竭力想在脸上也挤出一个微笑来，可是，我失败了。我四肢发冷，喉咙发干，胸口像火烧一样。我听到自己干而涩的声音，正吃力地在对书桓说："是——的，好久——没见了！"

"依萍，"尔豪说，嘲谑地望着我，"我要告诉你一个好消息，书桓要和如萍订婚了。你看他们是多好的一对，简直是老天安排好的！"我脑子里轰然一声巨响。靠进沙发里，我向何书桓和如萍看过去，如萍正含羞而带着点怯意地望着我。当我看她的时候，她立即对我抱歉地笑笑。

何书桓仍然握着她的手，也仍然带着那个满不在乎的微笑，跟我眼睛接触的那一瞬间，他似乎呆了呆，立刻又笑嘻嘻地对我说："刚刚尔豪告诉了你我和如萍的消息，依萍，你不恭喜我们吗？"

我努力想说话，但我的舌头僵住了，我深深地望着何书桓，记起他说过的几句话："我何书桓也不是好欺侮的，你所加诸我身上的耻辱，我也一定要报复给你！你等着瞧吧！"

是的，这就是他的报复！够狠！够毒！够辣！我深深吸了口气，想说话，想很洒脱地讲几句，表示你何书桓我根本就没放在心里，表示以前我只是玩弄他。但，我洒脱不起来，几度努力，我都没有办法开口。

雪姨叫了我一声，她脸上布满了胜利和得意的笑，好久以来，她没有这么开心过了。她笑着，故示关心地说："依萍，你没有不舒服吧！你的脸色不大好！"

我觉得自己要爆炸了，费了半天劲儿，我尽力使自己的声音平静，冷冷地说："谢谢你，我舒服得很！"

"那就好了！"雪姨说，对我抬抬眉毛，笑得含蓄而不怀好意，"你知道，有一阵我们以为书桓会和你……哈哈，可见得姻缘前定，人力是没有办法的！"

我咬紧牙，一语不发。好了，现在是他们对我全力反击的时候。我环视这屋子里每一个人，他们全是我的敌人，现在我已陷入重重包围，而我是孤立无援的！在这一次作战上，他们已大获全胜，我是一败涂地！

尔豪继续对我嘲谑地笑着说："依萍，还有一件事情要你帮忙呢！如萍大约十月里结婚，我们考虑了好久，认为还是请你当女傧相最合适，怎么样？没问题吧！"

"好！"我干脆地说，站了起来，我的血管已在体内偾张，我必须赶快离开这间屋子。我说："我很愿意作你们的女傧相，预祝你们白头偕老！"我望着雪姨说："爸爸呢？"

"出去了！"

"告诉他我来过了！"说完，我匆匆地走出客厅，几乎是踉跄地向大门外冲。

在花园里，如萍追了上来，叫着说："依萍，等一下。"

我站住了，如萍追过来，站在雨地里，伸手过来拉住我的手，用充满歉意的声音说："依萍，你不怪我吧，我知道你是爱他的！"

我受不了了！我好像一座即将爆发的火山，那股压力已到了最高峰，我甩开她的手说："别胡说八道，我一点都不在乎！"

可是，这傻瓜又拉住了我的手，用纯属于善意的、歉然的、好心的声音，急急地说："依萍，我知道你很难过，我自己也尝过这滋味的，我实在不该抢你的男朋友，可是他对我好……我没办法，依萍，以前我也不怪你，现在你也不怪我，好吗？我们还是好姐妹，是不是？"

我心中冒火，头昏脑涨，望着她那张怯兮兮的脸，我爆炸地大喊了起来："告诉你，我不在乎！我不在乎！你懂不懂？你这个大笨蛋！"喊完，我无法控制了，我掉转头，冲到大门外面。在门外，我靠在围墙上，剧烈地呼吸着，让突然袭击我的一阵头晕度过去。于是，我又恍惚回到挨打的那一天，站在门外发誓要报仇。仰起脸来，我让雨点打在我脸上，心如刀绞，头痛欲裂！我，走了半天的迂回路，现在好像又绕回到起点来了。何书桓……我在围墙上摇着我的头，无声地说："何书桓！我恨你！"

沿着新生南路，我踉跄着向前走。雨大了，风急了，我依然没有竖起雨衣的帽子，风撩起了我的雨衣，我胸前的衬衫和裙子都湿了，水从头发上滴了下来，管他呢！我什么都顾不得！头痛在加剧，眼前是一片灰蒙蒙的。我想找一个地方，狂歌狂叫狂哭，哭这个疯狂世界，叫这个无情天地！

到了和平东路，我应该转弯，但我忘记了，我一直走了过去。心里充满了伤心、绝望、愤怒和耻辱。何书桓，这个我爱得发狂的男人，他今天算把我折辱够了，他一定得意极了，他该在大笑了！哦，这世界多奇怪，人类多奇怪，爱和恨的分野多奇怪！新生南路走到底是罗斯福路，我顺着路向左转走到公馆的公路局汽车站，刚好一辆汽车停了下来，雨很大，车子里很空，我茫然地上了车，完全是没有意识的。车子开了，我望着车窗上向下滑的雨水，心里更加迷糊了，头痛得十分剧烈。闭上了眼睛，我任那颠簸的车子把我带到未可知的地方去。车子停了又开，开了又停。终于，它停下来不再走了，车掌小姐摇着我的肩膀说："喂，小姐，到底了！"

到了？到哪里了？但，管他呢！反正到终站我就必须下车。我下了车，迷迷茫茫地打量着四周，直到公路局的停车牌上的三个字映进我的眼帘，我才知道这是新店站。我向前面走去，走出新店镇，走到碧潭的吊桥上。站在桥上，我迎风伫立，雨点打着我，夜色包围着我，在黑暗中伸展着的湖面是一片烟雨蒙蒙。走过了桥，我没意识地走下河堤，在水边的沙滩上慢慢地走着。四周静极了，只有雨点和风声，飒飒然，凄凄然，夜的世界是神秘而阴森的。我的头痛更厉害了，雨水沿着我的头发滴进我的脖子里，我胸前敞开的雨衣毫无作用，雨水已湿透了我的衣服，我很冷，浑身都在发抖。但脑子里却如火一般地烧灼着。我走到一堆大石块旁边，听到水的哗哗声，这儿有一条人工堤，水浅时可以露出水面。这时，水正经过这道防线，像瀑布般流下去，黑色的水面仍然反射着光亮。我在一块石头上坐下来，把手支在膝上，托住了下巴，静静地凝视着潭水。水面波光粼粼，在白天，我曾经和何书桓多次遨游过。而今，何书桓已经属于另一个女孩子了，一个我所恨的女孩子，雪姨的女儿！我咬住嘴唇，闭上眼睛，何书桓，他报复得多彻底！何书桓！何书桓……妈妈去找过他，我写信求过他，他居然完全置之不理，怎样的一颗铁石之心！但是，我爱他！就在我独坐在这黑夜的潭边，忍受着他给我的痛苦的时候，我依然可以感到我心中那份被痛楚、愤怒所割裂的爱。可是，这份爱越狂热，我的恨也越狂热！何书桓，这名字是一把刀，深深地插在我的心脏里，那黑色的潭水，全像从我心脏中流出的血。我无法再思想了，头痛使我不能睁开眼睛。我努力维持神志清醒。我听到有脚步踩在沙地上的声音。微微转过头，我眯着眼睛看过去，我看到一个男人的黑影向我走来，穿着雨衣，戴着雨帽，高高的个子……我没有恐惧，也没有紧张，只无意识地凝视着他，他在距离我一丈路以外站住了，然后，找了一块石头，他也坐了下去。我想笑，原来天下还不止我一个傻瓜呢！难道他也是伤心人别有怀抱？我遥望他，假如他的目的是我，我愿意跟他到任何地方去。经过了今晚的事，我对什么都不在乎了！但是，他一动也不动地坐着，和我一样凝视着潭水，好像根本不知道有我的存在。管他呢！我转回头，把手压在额上，如果能够停止这份头痛……潭水在我面前波动，我觉得整个潭面都直立了起来，然后向我身上倾倒。我皱起眉头，直视着这乱摇乱晃的潭水，莫名其妙地想起何书桓唱的那首歌：

溪山如画，对新晴，云融融，风淡淡，水盈盈。
最喜春来百卉荣，好花弄影，细柳摇青。
最怕春归百卉零，风风雨雨劫残英。
君记取，青春易逝，莫负良辰美景，蜜意幽情！

我不但想着，而且我唱了。"最怕春归百卉零，风风雨雨劫残英！"现在不就是春去无踪的时候吗？以后，我的生活里将再也没有春天了。"良辰美景，蜜意幽情。"如今，还有一丁点痕迹吗？我低唱着，反复地唱。我的声音断续飘摇，然后，我哭了。我把头埋在手腕里，静静地哭。我是应该好好地哭一哭了。

有脚步声走到我面前，我下意识地抬起头来，是那个男人！黑夜里看不出他的面貌，雨衣的领子竖得很高，长长的雨衣随便地披着，仿佛有些似曾相识。我努力想辨认他，想集中我自己紊乱复杂的思想，可是，我头痛得太厉害，所有的思想都在未成形前就涣散了。

"反正是个人，就是鬼也没关系。"

我凄然地笑了，那男人俯头注视着我，我很想看清他，但他的影子在我眼前旋转摇晃，我知道我病了，再等一分钟，我就会倒下去。我觉得那男人弯下腰来，牵住了我的手，他的手十分温暖，而我的手是冰一般的冷。奇怪，他居然不怕我是个鬼魅，我想，我的样子一定很像个幽灵。他拉住我，对我说了些什么，我一个字都没听清楚。他扶我站起来，我顺从地站起来了，于是，他牵着我向前面走，我也顺从地跟着他走，假如他是带我到地狱里去，我也会跟他去，我什么都不在乎！在上坡的时候，我颠踬了一下，差点跌倒下去，他揽住了我，我不由自主地靠在他身上，他半抱半拖地把我弄上了河堤，又挽着我的腰走上吊桥。桥上的风很大，迎着风，我打了个寒噤，有一些清醒了。我挣扎着站稳，离开那个男人，冲到铁索边，抓住了一根绳子，那男人立即赶了上来，一把拉住我的衣服，我猜他以为我要跳河，于是我纵声笑了起来，我笑着说："我不会跳水，陆家的人从不自杀！"笑着，我把头倚在铁索上，望着底下黑黝黝的水，那男人试着带我继续走，我望着他，皱眉说："你喜欢那两句诗吗？抽刀断水水更流，举杯消愁愁更愁！你要带我到哪里去？我们去喝一杯好吗？来，五花马、千金裘，呼儿将出换美酒，与尔同销万古愁！"我感到豪情满腹，拉住那男人的手臂，我跟着他踉踉跄跄地走下了吊桥。

新店镇的灯光使我眼前金星乱进，那男人拼命在对我说话，我一个字都听不懂，街道房子都在我眼前乱转，我勉强自己去注视那男人，可是，我脑子中越来越加重的痛楚使我昏乱，然后，我感到那男人把我拖进了一辆计程车，我倒在车垫上，那男人脱下他的雨衣裹住我，并且用一块大手帕，徒劳地想弄干我的头发。我瞪大眼睛看他，在车子开行前的一刹那，我似乎看清了这男人的脸，这是一张似曾相识的脸庞，于是我挣扎着坐起来，挣扎着大声问："你……你是谁？"

那男人的一对乌黑的眼睛在我面前放大，又缩小，缩小，又放大……就像商店的霓虹灯似的一明一灭……我的视力在涣散，终于，头里的一阵剧痛崩溃了我最后的意志，我倒进座位里，闭上了眼睛。

醒来的时候，我发现我是躺在自己的房间里，四周静悄悄的。我环视着室内，书桌、椅子、床……不错，一点都不错，这是我自己的房间！我转动着眼珠，努力去思想发生过些什么，逐渐的，我想起了"那边"的一幕，书桓和如萍订了婚，他们对我的冷嘲热讽，公路局车子，新店，吊桥，陌生的男人，小汽车……可是，我怎么会躺在自己的家里呢？那个男人到哪里去了？谁把我送回来的？许许多多的疑问涌进了我的脑子。我试着抬起头来，一阵剧痛把我的头又拉回枕上。我仰望着天花板，开始仔细地寻思起来。

纸门轻轻地拉开了，妈妈走了进来，她手中拿着一个托盘，里面放着一杯水和一杯牛乳，她把托盘放在我床边的茶几上，然后站在那儿，忧愁地望着我。我凝视她，她看起来更苍白、更衰老了。

我轻轻说："妈妈！"

她的眼睛张大了，惊喜地看着我，然后，她的手指颤抖地抚摸我的面颊，嗫嚅而胆怯地说："依萍，你你……你好了？"

"我只是有点头痛，"我说，"妈妈，怎么回事？我病了吗？"

"哦，依萍！"妈妈叫着说，在我床边坐了下来，抓住了我在被子外面的手，"你把我吓死了，你昏迷了整整一个星期，说胡话，发高烧，哦，现在好了，谢谢老天！"她兴奋地去端那杯牛奶，又要笑又要哭地说，"你饿不饿？一个星期以来，你什么都没吃，就喝一点牛奶和水，把我和书桓都急死了！"

"书桓？"我震动了一下，盯着妈妈说，"他来看过我？"

"怎么？"妈妈呆了一呆，"那天晚上，就是书桓把你送回来的，他说你跑到碧潭边去淋雨，他把你弄了回来。那时候，你已经什么都不知道了，又哭又说又唱……书桓连夜去请医生，你烧得很高，医生诊断不出来，怕你受了脑震荡，不敢挪动你，又说是脑炎……这几天来，我们全吓坏了，你爸爸亲自来看过你一趟，送了好多钱来，书桓这几天几乎没离开我们家，他现在去帮我买菜了，大概马上就要回来了……"

妈妈毫无秩序地诉说着，但我已大致明白了，那天碧潭之畔的陌生男人不是别人，就是何书桓！如果那时我神志稍微清楚一些，能辨出是他的话，我不会跟他走的！他为什么也到碧潭去？除非是跟踪着我去的，他为什么跟踪我？想看看被侮辱了的我是什么样子？想享受他所获得的胜利。回忆"那边"的一幕，我觉得血液又沸腾了起来，妈妈还在自顾自地诉说着："……这几天，也真亏书桓，里里外外地跑，请医生、买药、买东西、招呼你，夜里也不肯回去，一定要守着你，你烧得最高的那几天，书桓根本就不睡觉……"

"妈妈！"我厉声说，"请你不要再在我面前提这个名字！我不要再见他！也不要再听他的名字！"

"怎么？"妈妈愣住了，接着就急急地说，"依萍，你不知道书桓对你多好，你不知道！依萍，你别再固执了，他爱你！你不了解！把你弄回来的那天晚上，医生走了之后，他伏在你的床边上哭，看到他那样坚强的一个孩子流泪，我都忍受不了……依萍，书桓对你……"

"我不要听他的名字！"我大叫，"他哭？他才真是猫哭老鼠啦！"妈妈猛然住了嘴，我暴怒地说："我不要见他！我也不要听他的名字！你懂不懂？"

"好，好，好，"妈妈一迭连声地说，安抚地把手放在我的头上，"你别发脾气，要吃点什么吗？我给你去弄，先把这杯牛奶喝掉，好不好？"妈妈扶住我，让我喝了牛奶。重新躺回枕头上，我的头又痛了起来，这时我才体会到我确实病得很重，我十分软弱和疲倦，闭上眼睛，我想休息一下，可是，我听到有人敲门，妈妈走去开了门，在院子里，我听到何书桓的声音在问："怎么样？"

"她醒了，"是妈妈的声音，"她完全清醒了！"

"是吗？"何书桓在问，接着，我听到他迅速地跑上了榻榻米，然后，妈妈紧张地叫住了他："书桓！不要去！"

"怎么？"

"她——"妈妈嗫嚅着，"我想，你还是暂时不要见她好，她一听到你的名字就发脾气。"

外间屋里沉静了一会儿，接着，纸门被推开了，何书桓没有理会妈妈的话，大踏步地走了进来。他在我的床前站定，低头注视着我。我凝视他，他看起来倒像生了场大病，憔悴消瘦，满脸的胡子。他在我的床沿上坐下来，轻轻地说："嗨！"

我直望着他，冷冷地说："你胜了！何书桓，你很得意吧？你打倒了我！现在，你来享受你的胜利，是吗？"

"依萍！"他颤抖地叫，握住了我的手。

我把手抽了出来，毫不留情地说："你走吧！何书桓，我不想再见到你！你不必在我面前惺惺作态，回到如萍身边去吧！"

他看了我一会儿，然后慢慢地站起身来，他的眼圈发红，但他沉默而倔强地转过了身子，向门口走。我望着他的背影，心如刀绞，眼泪涌进了我的眼眶，可是我紧闭着嘴，不愿把他叫回来。在门口，他站定了，忽然，他转回身子，一直冲到我的床边，他跪在榻榻米上，一把抱住了我的头，颤声喊："我们为什么要这样？依萍，我们彼此相爱，为什么一定要彼此折磨？"

眼泪从我眼眶里滚落下来，他用手捧住我的脸，然后他的头俯了下来，他的嘴唇吻住了我的，我不动，也没有反应，他抬起头来，尝试对我微笑，低声说："原谅我，依萍！"

我的头又痛了，我皱着眉说："你看了我的信，都不愿来看我，多骄傲！"

"你的信？"他诧异地说，"什么信？"

"我不相信你没收到那封信。"我冷淡地说。

"我发誓——"忽然他顿住了，恍然地说，"可能你有封信给我，事实上，从和你闹翻之后，我没看过任何一封信，所有的来信都堆在桌子上！哦，真该死！"

我闭上眼睛，"那边"那一幕如在眼前，我叹口气说："你走吧！我要自己想一想。"

他没有动，用手抚弄着我的头发，他说："你的意思是——你并没有原谅我？"

"你所加诸我身上的耻辱，我也一定要报复给你！"我念着他自己的句子说。

"依萍！"他叫，把他的头埋在我的棉被里，他的声音从棉被中压抑地飘了出来，"我以为你在玩弄我，我受不了这个，所以我会那样做……可是，那天，当你从'那边'的客厅里冲出去，我就知道我做了一件多大的错事。你知道那天晚上的详情吗？我追出去，你在前面摇摇晃晃地走，我不敢叫你，只远远地跟着，你上了公路局汽车，我叫了一辆计程车在后面追……你到了水边，我远远地等你，我以为你知道是我，等我发现你神志不清时，你不知道我多惊恐，我叫你，摇你，你只对我笑……"他抬起头来，我看到他脸上眼泪纵横，望着我，他继续说："我牵着你走，你像个孩子般依顺，我从没看过你那么柔顺，你向我背诗，又说又唱，等我把你塞进一辆计程车，你晕了过去，又湿、又冷，又发着高热……你不知道，你不知道我自责得有多深，我真恨不得杀死我自己！把你送回家，你在昏迷中拼命叫我的名字，我只得咬住自己的手腕以求平静……"他喘了一口气，深深地看着我，"依萍，我们彼此相爱，让一切的误会都过去，我们从头开始！依萍，我爱你！"他摇摇头，抓住我胸前的衣服，把脸埋在我胸口，"我爱你，依萍，我爱你！"

我没有说话，只把手指插进他的浓发里，紧紧地揽住他的头。就这样，我们静静地依偎着。我听到妈妈的脚步从门外走开，她一定都听见了。我叹息了一声，十分疲倦，却也十分平静，我失去的，又回来了，我应该珍惜这一份失而复得的爱情。我知道，何书桓也跟我有相同的想法，当他抬起头来，我们彼此注视，都有一种恍如隔世的感觉。我们又从敌人变成了爱人。我用手抚摸他的下巴，悄悄地、轻声地说："你瘦了！"

他把我的手拿下来，很快地转开了他的头，好一会儿，他才回过头来，勉强地笑着说："你是真瘦了！不过，我要很快地让你恢复！你饿吗？你一星期以来，几乎什么都不吃！"

这话提醒了我，我摸摸自己的头发，它们正凌乱地纠缠着，大概一星期来，我也没梳过头。我推推何书桓，要他把书桌上的一面镜子递给我，他对我摇摇头，握住我的手说："不要看！等过两天！"

"我现在很难看了，是吗？"我问。

"你永远是美的！"他叫着说，眼睛里闪着泪光，为了掩饰他自己，他把头扑在我的手上。立即，我听到他强而有力的啜泣声，他喑哑地叫着说："依萍，我对不起你！我对不起你！"

没多久，我睡着了。醒来时，已经是晚上了，室内一灯荧荧，妈妈坐在灯下给我做一件新衬衫，何书桓坐在我的床沿上看一本小说，我一动，他们都抬起头来，何书桓高兴地说："你这一觉睡得很平静，没有做噩梦！"

"是吗？"我说，睡醒的我觉得精神很好，而且肚子饿了，"有吃的没有？"

"我知道你一定会要吃的！"妈妈说，"我给你到厨房去热一热，煨了一锅牛肉汤，你最爱吃的！"

妈妈到厨房去了，何书桓握住了我的手。我想起那一天他握着如萍的手，不禁叹了一口气。

"怎么了？"何书桓问。

"你不是预备十月里和如萍结婚吗？"

"别提了！"他把手指压在我的嘴唇上，"十月里我和你结婚！我也不去留学了，我们不要分开！"

"我们陆家的女孩子好像由你选择。你爱要哪一个就要哪一个。"

他捏紧了我的手说："你还在生我的气，依萍。"

"本来嘛，我们陆家的女孩子也真不争气！怎么都爱上了你！"

"别提了好不好！"他说，"就算都是我的错，你慢慢地原谅我！"

外面有汽车喇叭声，同时有人敲门，何书桓跑去开了门，然后，有人走上榻榻米，何书桓在外面嚷着说："依萍，你爸爸来看你了！"

几乎是同时，爸爸的身子已走了进来，他萧萧白发的头威严地竖在他的脖子上，背脊却有些伛偻了，拿着一根拐杖走了进来，大声说："依萍，病好了吧？我知道你一定会好的，陆家的人从不会被病折倒！"我对着爸爸笑笑。

爸爸审视着我，点点头说："嗯，气色比上次好多了——你妈呢？"

"在厨房里。"

"给你弄吃的吗？是该吃点好的，补一补，别省钱，钱我这儿有。"何书桓推了一张椅子到床边来，爸爸坐了下来。回头看看何书桓，忽然厉声说："书桓！过来！"何书桓走到床边，爸爸严厉地看着他，说："我告诉你，书桓，你要是再拿我的女儿开玩笑，我就把你一身的骨头都拆散！"何书桓苦笑了一下，垂下了头。爸爸再掉转头来看我，又摸摸我的额头，试了试热度，显得十分满意。我虽然不爱爸爸（而且还有些恨他），可是，看到他亲自跑来看我，也多少有些感动。我笑笑说："雪姨好吗？梦萍出院没有？"

爸爸皱皱眉，从怀里掏出他的烟斗，燃着了，吸了一大口才说："梦萍开了一次刀，大概还得在医院里住上一两个月，这丫头死也不肯说出那个男人是谁，如果我知道是哪个不要命的小子做的事，我非把他宰了不可！"爸又猛抽了一口烟，眉毛纠缠了起来，低沉地说："近来，家里被你们这些娃娃们弄得一塌糊涂！你生病，梦萍进医院，如萍——"爸爸深深地盯了我一眼，我又看了何书桓一眼，何书桓有些局促，却有更多的关心和不安，他对如萍，显然有一份歉疚。我对他这种不自主的关心和不安，竟产生一种强烈的妒忌。爸爸又继续说："如萍这两天也不对头，整天茶不思饭不想的——哎，真是！现在，你们赶快给我都好起来！我这几根老骨头还健健康康的，你们这些年轻的娃娃倒一个个生病，真笑话！"

"雪姨怎样？"我问。

爸爸对我眯起眼睛来，敲了敲我的手背说："你雪姨快被你气死了，还问什么呢！"

"哼！"我冷哼了声，望着天花板不说话，心想假如爸爸知道了她的真相，恐怕气死的该是爸爸了。

爸爸站起身来，对这房子四周看了看，又对窗外看了看，折回我的床边来说："依萍，我想把你们母女接回去住！"

"别费事！"我冷漠地说，"妈妈不会愿意再跟你住在一起的！爸爸，覆水难收，既然今天想把我们接回去，当初为什么要把我们赶出来？"

爸爸喷了一大口烟，有些生气地说："接你们回去是对你们好……"

"算了，爸爸，我和妈都不领情！"

爸爸冒火地俯下头来盯住我，看样子是要大发脾气，但他忍住了，只气呼呼地说："依萍，不要脾气太硬，到头来还不是你吃亏！这个房子怎么好住人呢！太简陋了，太潮湿了，连太阳都照不进来……"

"爸爸，"我冷冰冰地说，"你到今天才知道呀？可是我们在这房子已经住了十年了。"

爸爸握住烟斗，凝视着我，正要说什么，妈妈端着一碗汤走了进来，看到了爸爸，她一震，汤差一点泼了出来。她似乎有些紧张，嗫嚅地说："什么时候来的？我都不知道。"

"刚来一会儿。"爸爸说，注视着妈妈。我望着妈妈花白的、梳成一个髻的头发和那件宽宽大大的阴丹士林布的藏青旗袍，不禁想起和妈妈同年龄的雪姨，那乌黑的波浪似的鬈发，那剪裁合身的鲜艳的衣服……她们真像是两个时代的人了。我悄悄地审视爸爸，想看出他见了妈妈有什么感想，但他脸上毫无表情。

妈妈不安地说："我也给你端一碗汤来，好吗？"

"不，不用了，我马上就要走。"爸爸说。他们两人客气得像在演戏，无论从哪一个角度看，都看不出有一丝夫妻的味道来。妈妈端了汤到我面前，书桓帮忙扶我靠起来，喝完了汤。

爸爸看着我躺回去，从怀里掏出一大沓钞票，递给妈妈说："给依萍多补补。"

妈妈犹豫了一下说："上次的钱还没用完呢！"

爸爸皱了皱眉，深深地看了妈妈一眼说："那么就拿去随便做什么吧！"

妈妈收了钱，爸爸走过来拍拍我的手，像哄孩子似的对我说："快点好起来，我要送你一样东西，给你一个意外！"

我想起那件银色衣料，至今还收在我的抽屉里，没有送到裁缝店去。我对爸爸的礼物实在不感兴趣。爸爸走了，留下一沓钞票，换得了他自己的平静。钱，他就会用钱，可是，我就恨他的钱，更恨他想用钱来买回我们母女！我要让他知道，许许多多事，不是钱能够达到目的的！

爸爸走后，夜也深了，何书桓靠在我床前的椅子里打瞌睡，我推了推他说:"书桓,你回去吧!"

"不!"他说,"我就靠在这里睡!"

"这里怎么能睡呢?"我说。

"一星期都是这样睡的,有什么不能睡?"

"可是,"我怔了一下说,"现在我好了,你也该回去好好地睡一觉了!"

"不!"他固执的时候就像头小牛,"我愿意睡在这里,我喜欢看着你睡!"

我蹙起眉头,握住他的手说:"书桓,你看起来像个强盗了!"

"怎么?"

"你该回去好好地睡一觉,明天早上起来,把胡子刮刮干净,清清爽爽地来看我,你知道,我们家可没有刮胡刀!"

他望着我,挤挤眼睛说:"我知道,你只是想赶我走!"

我笑笑。他站起身来,屈服地说:"好吧,我走。"然后,他跪在我床前,他的头就在我的眼前,他凝视着我,低低地说:"不怪我了,依萍?"

"不怪你。"我说,"只是还有一句话,你曾经责备我容易记恨,你好像并不亚于我。"

"我们都是些凡人!"他笑笑说,"能做到无憎无怨的,是圣人!"

这话使我想起皈依了天主教的方瑜。

何书桓走了,我床前的椅子里却换上了妈妈。她拿着针线,却一个劲儿地对着窗外发呆。我摇摇她说:"妈妈,你也去睡吧!"

我连喊两声,妈妈才"啊"了一声,回过头来问:"你要什么，依萍？"

"我说你也去睡吧，"我说，奇怪地望着妈妈，"妈，你在想什么？"

"哦，没有什么，"妈妈站起身来说，"我在想，时间过得好快。"

我目送妈妈走出房间。时间过得好快？这是从何而来的感慨呢？是的，时间过得真快，尤其在它践踏着妈妈的时候，看着妈妈伛偻的身子，我感到眼睛潮湿了。

第九章

　　正像爸爸说的，陆家的人不会被病折倒，我很快就复原了。不过三四天的时间，我又恢复了原有的体力。一次大病，一份失而复得的爱情，使我比以前深沉了许多。我变得喜欢沉思，喜欢分析。而在一次又一次的沉思和分析之后，我把我所遭遇的，全归罪于"那边"。我发现我是更不能忘记"那边"的仇恨了。只要一闭上眼睛，雪姨、爸爸、如萍、梦萍、尔豪、尔杰的脸就在我眼前旋转。得病那天晚上所受的侮辱更是历历在目，旧的仇恨加上新的刺激，我血管中奔流的全是复仇的血液，我渴望有机会报复他们，渴望能像他们折辱我一样去折辱他们。可是，在这复仇的念头之下，另一种矛盾的情绪又紧抓住了我，这是我难以解释的，我觉得我又有一些喜欢爸爸了，或者是同情爸爸了。难道他用金钱在我身上堆积起来，竟真的会收到效果？我为自己"脆弱的感情"生气，为了坚强我自己，我不断地强迫自己往坏的一面去想，爸爸的无情，爸爸的鞭子，爸爸对妈妈的戕害……这种种种种的思想，几乎使我的脑筋麻痹。

书桓也比往日来得沉默了，常常坐在窗前独自凝想，每当这种时候，我就会猜测他是在想念如萍，而感到妒火中烧，我不能容忍他对我有丝毫的背叛，哪怕仅仅是思想上的。一次病没有把我从仇恨中解脱出来，反而使我更深地陷进仇恨里去，我变得极端的敏感和患得患失了。我怕再失去书桓，由于有这种恐惧，"那边"就成了我精神上莫大的压力。书桓太善良，"良心"是他最大的负担，就在和我相依偎的时候，我都可以感受到他内心对如萍的负疚。

一天，他对着窗口叹气："如萍一定恨透了我！"他喃喃地说。

我的心脏痉挛了起来，莫名其妙的妒忌使我浑身紧张，我沉下脸来，冷冷地说："想她？何不再到'那边'去？"

他看着我，然后把我拉进他的怀里，他的手臂缠在我的腰上，额头顶着我的额，盯住我的眼睛说："你那么坏，那么残忍，那么狠心！可是，我却那么爱你！"

然后，他吻住了我。我能体会到这份爱情的强烈和炙热，我能体会这爱情太尖锐，太紧张，太不稳定。这使我变得神经质，变得不安和烦躁。书桓不再提留学的事了，相反的，他开始为一个报社做编译工作，他不断地说："结婚吧，依萍，我们马上结婚，今天或者明天，或者立刻！"他怕什么？怕不立刻结婚就会失去我吗？怕他自己的意志不坚定吗？怕对如萍的负疚压垮他吗？"那边"，"那边"，我什么时候可以从"那边"的阴影下解脱？什么时候可以把"那边"整个消灭？

"依萍，明天起，我要到某报社去做实习记者了。"一天，书桓跑来告诉我。

"恭喜恭喜!"我说。

"有了工作,我就决定不去留学了。我知道你不愿意我处处倚赖父亲,我要先自立,然后我们结婚,怎样?"

"好。"

"依萍,婚后你愿意和我父母住在一起,还是分开住?"

"嗯?"我心里在想着别的事。

"你愿意另租房子吗?"

"嗯?"

"依萍,你在想什么?"他走近我,注视我的眼睛。

"想——"我顿住了,"噢,没有什么。书桓,当记者是不是有许多方便?"

"你指哪一方面?"

"我想查一辆汽车的主人是谁,我知道车子号码,你能不能根据这个查出那人的姓名和住址?"

"你——"他狐疑地望着我,"要做什么?私家侦探吗?"

"哦!"我笑了,转开头,不在乎地说,"是方瑜想知道。那车子里是个流氓,曾经用车子拦她,方瑜想知道了去告他!"

"真的吗?"书桓仔细地看着我,"好牵强的理由!你到底要做什么?你还是告诉我真话好些。"

"你能不能查出来?"我有些生气了,"能查就帮我查一查,不能就算了!我自有我要查的理由,你问那么清楚干什么?"

"说实话,我没办法查。"他摇摇头,"不过,我有个朋友,或者他可以查。"

"那么，你帮我查一下。"

"很重要吗？"书桓皱着眉问。

"并不很重要，但是我希望能查出来。"

"好，你把号码写给我！"

我把那辆在川端桥头所见到的小汽车的号码写了出来，交给书桓，他看了看说："希望你不是在做坏事。"

"你看我会吗？"我反问。

"嗯，"他笑笑，"靠不住。"

三天后，书桓给了我一张纸条，上面写的是：

魏光雄，中和乡竹林路 × 巷 × 号。

"好了，"书桓望着我说，"现在告诉我，你要找出这个人来干什么？"

"不干什么。"我收起了纸条。

"依萍，你一定要告诉我！"

"那么，我告诉你吧，这人是雪姨的姘夫！"

"依萍！"书桓喊，抓住了我的手腕，"你有证据？"

"我只是猜想。"我轻描淡写地说。

"依萍，"书桓抓得更紧，他的眼睛深深地凝视我，"依萍，你饶了他们吧！"

"哈！"我抽出手来，走开说，"我又没有怎么样，饶了他们？他们行得正又何必怕我，行得不正则没有我，他们也一样会遭到报应，与我何干？"

"那么，依萍，你答应我不去管他们的事！"

"你那样关心他们干什么？"我愤愤地问，"还在想念如萍是不是？"

"依萍！"书桓默然地摇摇头。

"好吧，我正要到'那边'去，你陪我去如何？"我试探地问。

"不！"书桓立即说，"我不去！"

"怕见如萍？"我问。

"是的，怕见如萍。"他坦白地说，"无论如何，我对不起如萍，我不该追了她，又甩掉她！"

妒火又在我胸中燃烧，我烦躁了起来。奇怪，我对书桓的独占欲竟强得超乎我自己的想象，就连这样一句话，我都觉得受不了！我无法忍受他为如萍不安，这使我觉得他对我不忠。最起码，如萍在他心中依然占有一个位置，否则，他就根本不会对她负疚。这种思想牢牢地控制着我，我甩甩头，向门口走去。

"你到哪儿去？"

"那边。"

"依萍，"他追了上来，"你想把刚刚得到的情报抖出来吗？"

"不，只是想看看爸爸！"我大声说，不耐地瞪了他一眼，"用不着你为他们担心，告诉你，书桓，我的力量还不足以粉碎他们！假如你不放心，就跟我一起去吧！尤其是你对如萍又不能忘情……"

"依萍，"他打断了我，皱着眉说，"你怎么变得这样小心眼？学得如此刻薄！"

"我刻薄？"我挑起了眉毛。

"好了，好了，"他立即偃旗息鼓，"算我说错了，我道歉，别生气，小姐，最好我们别再吵架了。"

我咽回了已经冒到嘴边的几句气话，别再吵架了。真的，我们吵的架已经够多了。我默默地走到玄关去穿鞋子，何书桓跟了过来，坐在玄关的地板上，用手托着下巴，呆呆地望着我。我穿好鞋，看到他那副若有所思的神态，又对自己待他的态度感到抱歉，我到底是怎么回事呢？我那样爱他，为什么又总要挖苦他，挑剔他，弄得两人都不愉快？于是，我把手按在他的手上，歉然地笑了笑："书桓，我很快就会回来。"

"你到底去做什么？你父亲又没有派人来叫你。"

"病好了之后，还没见到过爸爸，而且，我也想出去走走了，关了这么久，多气闷！"

他对我摇摇头："依萍，我知道你不会想念你爸爸的，你对他没有这样深的感情！如果我猜得不错，你心里一定有个坏念头。依萍，你第一次的报复举动差一点葬送了我们的爱情，请你听我一句，别再开始第二次的报复。"

"你别说教，好不好？难道我不可以去看我父亲？"

"当然，你可以。"他闷闷地说。

我注视着他，对他微笑了。把头凑过去，我安慰地低声说："再见！乖乖的，帮我在家里陪陪妈妈！"

"我知道你去干什么，"他依旧闷闷地说，"你想去看看雪姨他们的脸色，你又在享受你的胜利。"

"我的什么胜利？"

"你又把我抢回来了！"

"哼！"我冷笑了一声，"别把你自己估得太高，大家都要'抢'你！我可没有抢你哦！"

"好了，又损伤了你的骄傲了！"何书桓说，把我拉过去吻我，轻声说，"早些回来，我等你！"

我走出家门。这正是下午，太阳很大。我叫了一辆三轮车，直驰到"那边"。是的，我又要开始一次报复了，我已经得到雪姨的秘密，还等什么呢？他们曾那样欺侮过我，折辱过我，压迫过我，我为什么要放过他们？站在院子里，我嗅着那触鼻而来的玫瑰花香，复仇的血液又开始在我体内奔窜，使我有些兴奋和紧张起来。

客厅中很安静，这正是午睡时间，大概其他的人都在睡午觉，客厅里只有尔豪一个人（难得他居然会在家），正在沙发椅中看报纸。看到了我，他的脸色变化得很快，马上显得阴沉暗郁，冷冷地望着我。我走进去，旁若无人地把手提包放在沙发椅上。尔豪按捺不住了，他跳了起来，怫然地说："依萍，是你？你居然没病死？"

我一愣，立即笑了起来，想起那一晚，他曾怎样嘲谑我，使我感到一份报复性的愉快。怎么样？书桓到底回到了我的身边！他的愤怒让我觉得开心，我神采飞扬地挑挑眉毛说："我非常好，你们一定也过得很好很愉快吧？"

"当然，"尔豪说，"我们这里没有人装病装死。"

我有些生气了，但我仍然在微笑。

"如萍在家吗？我特地来找她的。"我怡然自得地说，"我预备十月结婚，考虑了很久，觉得还是请如萍作女傧相最合适，如果她在家，我要和她商量商量！"

我这一棍够厉害，尔豪顿时涨红了脸，他伸着脖子瞪着我，像只被激怒的公鸡。好不容易，他才压制着怒气，吐出三个字来："不要脸！"

"不要脸？"我笑了，愤怒使我变得刻薄，"这屋子里倒是有个很要脸的女孩子，正躺在医院，为了打掉没有父亲的孩子！"

尔豪的脸色由红转青，停了半天才点点头说："依萍，你的嘴巴够厉害，我承认说不过你！但是，别欺人太甚！"说着，他转身向屋子里走去，走到客厅门口，又转回头来，慢慢地加上一句："你做的已经够多了，知足一点吧！"

我望着他隐进屋里，不由自主地愣了愣。但，接着我就摆脱了他所加予我的那份微微的不安，大声地叫："爸爸！在家吗？我来了！"

爸爸几乎立刻就出来了，夏天他总喜欢穿长衫，一件府绸长衫飘飘洒洒的，满头白发，再加上那支烟斗，他看来竟有几分文人的气质。在不发怒而又不烦恼的时候，他的面色就慈祥而缓和。我找不到挨打那天所见到的残忍凶暴了，现在，在我面前的是个安详的老人。他望望我，满意地笑笑："不错，复原得很快。"

我坐在爸爸的对面，心中七上八下地转着念头。我要不要把雪姨的秘密告诉爸爸？我要不要再去搜集更多的证据？凝视着爸爸那皱纹满布的脸庞和泰然自若的神态，我又一次感到心情激荡。爸爸！他是我的亲人，还是我的仇人？报复他？打破他原有的安详岁月？在他慈祥的目光下，我竟微微地战栗了。为什么他要对我好？但愿他仍然像鞭打我那夜一样，那么，我不会为了要报复他的念头而感到不安……

"依萍，你爱音乐？"爸的声音打断了我的思潮。

"嗯。"我哼了一声。

"音乐有什么好？"爸爸盯着我。

哦，爸爸！他是在找话和我谈吗？他是想接近我吗？难道他真的像何书桓所分析的，在"讨好"我？我要报复这样一个老人吗？我"残忍、狠心、坏"！这是何书桓说的，我真是这样吗？为什么我学不会饶恕别人？我望着他，意志动摇而心念迷惘了。

"你在想什么？"

"哦，我……"我正要说话，雪姨从里屋出来了。她显然是听到了我的声音而跑出来的，从她蓬松不整的头发和揉皱的衣服上看，她的午睡是被我打断了。她笔直地向我走了过来，我一看她的脸色，就知道今天是不能善了了。她竖着眉，瞪大了眼睛，气势汹汹地定在我前面，指着我："好，依萍，我正想找你，你倒来了！我们今天把话说说清楚，如萍什么地方惹了你？你要男朋友街上有的是，你不会去找，一定要抢如萍的未婚夫？好没见过世面！别人的男人，你就认定了！你没本事自己找男人，只能抢别人的是不是？"

我愕然地望着雪姨，看样子，我今天是来找骂呢。雪姨的话仍然像连珠炮般射过来："你有迷人的本领，你怎么不会自己找男朋友呀？现在，你抢了如萍的男朋友，就跑到这里来神气了是不是？我告诉你，我们如萍规规矩矩，没你那一套寻死寻活撒痴撒泼的玩意儿，我们正正经经……"

"雪琴！"爸爸忍耐不住了，"你吵些什么？"

雪姨不理爸爸，继续指着我说："你真不要脸，你要拉男人，为什么不到街上去拉，拉到我们这儿来了……你根本就是个小娼妇……老婊子养出来的小婊子……"

我从椅子上站了起来，惊讶更胜过愤怒，有生以来，我还没有听过这么粗野下流的话，虽然我知道雪姨出身低贱，但也没料到她会说出这么没教养的话来。我还来不及开口，爸爸就大吼了一声："雪琴！你给我住口！"

雪姨把脸转过去对着爸爸，她的目标一下子从我的身上移到爸爸身上了。她立即做出一副撒泼的样子来，用手叉着腰，又哭又喊地说："我知道，你现在眼睛里只有依萍一个人，我们娘儿几个全是你的眼中钉，你不给我们钱用，不管我们吃的穿的，大把钞票往她们怀里塞……依萍是你的心肝，是你的宝贝，是你的亲生女儿！尔豪、尔杰、如萍、梦萍全是我偷了人养下来的……"我听着这些粗话，在受辱的感觉之外，又有几分啼笑皆非。偷了人养下来的？无论如何，总有一个是偷了人养下来的。

爸爸站了起来，他显然被触怒了，豹子的本性又将发作，他凶狠地盯着雪姨，猛然在茶几上重重地拍了一下，桌上的一个茶杯跳了跳，滚到地上打碎了。爸爸吼着说："雪琴！你找死是不是？"

雪姨愣了一下，多年来畏惧爸爸的习惯使她住了口，在一张沙发椅上坐了下去，她用手蒙住脸，开始呜呜咽咽地哭了起来。一面哭，一面说："讨厌我们，干脆把我们赶出去，把她们娘儿俩接来住好了！这么多年，茶茶水水，汤汤饭饭，哪一样不是我侍候着，她们母女两个倒会躲在一边享福，拿着钱过清净日子，做太太小姐，只有我是丫头下女命……到头来还嫌着我们……"她越说越伤心，倒好像真是受了莫大委屈的样子，更加抽抽搭搭不止了，"这许多年来，饥寒冷暖，我哪一样不当心？哪一样不侍候得你妥妥帖帖？结果，还是住在外面的人比我强，如萍一样是你的女儿，病了你不疼，冷了你不管，连男朋友都让别人拉了去……你做爸爸的什么都不管……"

"好了，好了，"爸爸忍耐地皱拢了眉说，"你说完了没有？"

雪姨的诉说停止了，仍然一个劲儿哭，哭着哭着，大概又冒上气来了，她把捂着脸的小手帕一下子拿开，声音又大了起来："人家尔豪给如萍介绍的男朋友，都要订婚了，这小娼妇跑了来，贪着人家是大人物的儿子，贪着人家有钱有势，硬插进来抢！抢不到就装神弄鬼，好不要脸的娼妇，下贱透了，拣着能吃的就拉……"我再也听不下去了，这种粗话气得我面红耳赤。怪不得以前大家同住的时候，每次她叉着腰骂妈妈，妈妈都闷不开腔。有次我问妈妈，为什么不骂回她，要忍着气让她骂。妈妈对我笑笑说："假如和她对骂，那是自贬身份！"

这时，我才能了解妈妈这句话，别说和她对骂是贬低了身份，现在我听着这些下流话都感到降低了身份，不禁大大懊恼为什么要跑来受这一场气。望着蛮不讲理的雪姨，我竭力按捺着揭穿她一切丑行的冲动，转过身子，我想走出去。雪姨却忽然一下子冲到我面前，扯住了我的衣服，披头散发地哭着喊："你别跑！我们今天把账算算清楚！"

看到她这副撒泼的样子，我还真给她吓了一大跳。这时，尔豪、尔杰和如萍都已闻声而至。下女阿兰也在门边探头探脑，雪姨仍然拉着我的衣服不放，嘴里满口粗话说个不停，我摆脱不开她，又气又急，只得喊："爸爸！"

爸爸走了过来，把他的大手放在雪姨拉住我的那只手上，用他特有的权威性的声音说："雪琴，你放手！"

雪姨不由自主地放开了手，接着就大哭起来，叫着说："好啊！你们父女两个现在是一条心，合起来欺侮我们，我们这里还怎么住得下去？尔豪、尔杰、如萍，你们还不走？这里哪有你们的份儿，人家是亲骨肉，我们是没有人要的……哦，哦，哦！"

如萍怯兮兮地走上来了，苍白的脸浮肿虚弱，眼睛黯淡无神。她偷偷地看了我一眼，我不由一愣，她的眼光是那样哀苦无告。然后她拉着雪姨说："妈妈，算了嘛，给别人听了不好……"

"好呀！"雪姨的怒气又转了方向，回手就给了如萍一耳光，跳着脚大骂，"你这个没一点用的死丫头，连个男人都抓不住，都快吃到口了又给别人抢了去……"

尔豪到底是个大学生，听到雪姨说得太不像话了，终于忍不住也走了上来，拉住雪姨的胳膊说："妈，回房去休息一下吧，这样吵又有什么用呢？"

"你们都给我滚！"雪姨像发了疯一样，叫着，"我今天跟这个小娼妇拼定了！"说着，她竟然对着我一头撞了过来。我可从没有应付泼妇的经验，她逼得我简直忍无可忍了，我一把抓住了她，但她仍把我胸口撞得发痛。

我气极了，气得头发昏，我再也控制不住自己，叫着说："你别逼我！你再撒赖我就什么都不管了！何苦一定要逼得我把你的底牌全抖出来！"

"我有什么底牌，你抖好了！你抖好了！"雪姨一面叫着，一面又要对我撞。

我急了，大声地喊了出来："我知道你的秘密。我知道你把爸爸的钱弄到哪里去了，我还知道那个男人的名字，魏光雄……"

雪姨像触电一样，突然松了我，不由自主地向后面退，一面退，一面张大了眼睛，愕然而又恐怖地望着我，那神情像是一个耀武扬威的猛兽，突然发现它咆哮的对象竟比自己强大好几倍，在恐怖之余，还有更多的张皇失措。她的态度引起了爸爸的疑心，他警觉地问："依萍，你知道些什么事？"

雪姨一震，顿时尖叫了起来："她撒谎！她造谣！她胡说八道！她根本就是瞎说，我今天非和她拼命不可……"看样子她又要对我冲了，事情已经弄到这样不可收拾的地步，我干脆一不做二不休，把心一横，报仇就报到底吧！

我一面举起手来准备招架她，一面竭尽所知地嚷了出来："爸爸！你不要再信任她！她把你的钱都养了别人，一个叫魏光雄的男人，尔杰根本不是你的儿子……"

我的话还没有说完，雪姨就扑到了我的身上，她的手指对准我的眼睛抓了过来，我大吃一惊，偏开了头，同时，爸爸的手又落在雪姨的肩上，就那样一拉一扯，雪姨不由自主地松开了我，被爸爸捏得大叫，我就势向门口躲去，雪姨哭喊着说："她是造谣的呀！我偷人是她看到的吗？证据在哪里？老天在上，我雪琴要是有一分一厘的差错，就天打雷劈！要那个不要脸的拿出证据来！"

"证据？"我说，"看看尔杰吧！他那副长相就是证据！你不满足的话，我还有更多的资料呢……"

雪姨大叫一声，退到了墙角，她那美丽的眼睛现在不美了，惊惧和惶惑使她的瞳孔张大，她定定地望着我，她怕我了！我知道。我终于使她怕我了。张开嘴，我还预备说话，她立即神经质地喊："叫她停止！不要让她说下去！……"

爸爸向雪姨走了过去，他的眼睛突了出来，然后他一跳就跳到雪姨的面前，身手之矫捷真活似他的外号——黑豹。接着，他的两只大手捏住了雪姨的脖子，他咬着牙，从齿缝里说："我早就知道你靠不住！你胆敢在我的眼前玩花样，我今天要你的命！"尔豪冲上前去抢救他母亲了，我知道雪姨不会有生命危险的，因为爸爸到底是个老人，而尔豪正年轻力壮，我不想再看下去了，我已经留下太多起火燃料，不必看着它燃烧和爆炸了。于是，趁他们乱成一团的时候，我悄悄地走出了这幢充满了污秽、罪恶和危机四伏的屋子。

回到了家里，何书桓果然还在家中等我，给我开了门，他笑着说："嗯，很守信用，果然去了马上就回来了，离开了一个半小时，想过我几次？"我没有情绪和他说笑话，走进玄关，我疲倦地坐在地板上，头倚着墙，闭上眼睛。我已经揭穿了雪姨的秘密，可是，奇怪，我并没有预期的那种报复后的快感，所有的，只是被雪姨一大堆脏话和这种航脏事情所引起的恶心感和另一种空空洞洞的感觉。

何书桓摸摸我的面颊说："病刚好，就要晒着大太阳往外面跑，现在怎么样？又不舒服了？"

"没有不舒服，"我睁开眼睛，深深地吐出一口气说，"我刚刚从一个肮脏的地方回来，现在很想到一个干净的地方去换换空气，你有没有兴趣陪我去看方瑜？"

"他们给你气受了，是不是？"何书桓问。

"是我给了他们气受，这一下，真够他们受的。书桓，你知道我的哲学：你不来惹我，我决不去惹你，但，如果你先来招惹我，那就别怪我出手不留情面了！我是不甘心受欺侮的！"

"你把雪姨的秘密说出来了？"何书桓盯着我问。

"不要再提'那边'了，好不好？他们使我头痛，我现在真不愿意再去想'那边'，书桓，帮帮忙，别问了，我要去看方瑜，你陪不陪我去？"

"我劝你别再出去跑了，你的气色很不好，应该上床休息休息。"他咬咬嘴唇说，研究地望着我。

"什么时候你变成个啰啰嗦嗦的老太婆了？"我不耐烦地说，"你不陪我去，我就自己去，你还是在家里陪陪妈妈吧！"

"好吧，我陪你去！"何书桓忍耐地说。

我们向妈妈招呼了一声，走了出去。叫了一辆三轮车，我们向中和乡行进。何书桓和方瑜没有见过面，但他们二人都早已从我口中熟悉了对方。车子过了川端桥。我不由自主地向竹林路张望，竹林路×巷×号，那姓魏的房子在什么地方？但，我不能再想这些事了，暂时，让姓魏的和"那边"一起消失吧，我但愿能获得心灵的宁静与和平，我不能再管这些污秽黑暗的事了。

到了方家，是方瑜自己来开的门，手上握着一大把画笔，头上包着一块方巾，穿着她那件五彩斑斓的工作服，一副滑稽样。

我说："嗨！这是一副什么装束？倒像个阿拉伯人了！"

方瑜把手按在头上，愉快地说："快进来坐！我刚洗过头，正在画画呢！依萍，你忘了介绍，但是，我猜这位是何先生吧？"

"是的。"何书桓对她点了个头，"那么你该就是方瑜小姐了？"

"一点不错！"方瑜叫着说，领头向榻榻米上跑，我们跟了上去。三间屋子，都凌乱得够受，满地纸屑、书本、笔墨……方瑜的弟弟妹妹们满屋子乱窜，奔跑着捉迷藏，纸门都露出里面的木头架子，但，他们显然生活得十分愉快。我刚走进去，方瑜的小妹妹就跳了过来，一把抱住我，大嚷着说："陆姐姐！你说给我买糖的，每次都忘记！"

"下次买双份！"我说。

一走进方瑜的家，我立即就受到他们家中欢乐气息的感染，刚刚那幕丑剧迅速地在我脑中淡忘，我不由自主地轻快了起来。方瑜把我们延进她的卧室，在他们家，是没有"客厅"这一项的。进去后，她七手八脚地把画布画具等向屋角一塞，腾出两张椅子给我们坐，我推开了椅子，依照老习惯席地而坐，何书桓也学我坐在地上，方瑜倒了两杯白开水给我们，笑着说："白茶待客，最高贵的饮料。"

然后她皱着眉看看我，说："怎么回事？好像瘦了不少嘛！"

"还说呢！我病了半个月，你都没来看我！"

"病了？"她惊异地说，"你这个铁打的人也会病倒！"接着，她看看何书桓说："与你有关没有？"

何书桓有些不自然，对于方瑜率直的脾气，他还没有能适应呢！我岔开了话题说："方瑜，你现在是标准的天主教徒了，怎么反而不看《圣经》呢？"

"我现在在看这本书！"方瑜从书架上拿了一本书，丢在我的身上说。我接过这本书，看标题是《巫术、魔术及蛊术》。

"哈，"我抬高了眉头说，"宗教研究完了又研究起巫术来了，你到底在搞什么鬼？"

方瑜盘膝而坐，深沉地说："我只想研究一下人类，人类是很奇怪的东西，有的时候一无所用，有的时候又法力无边。这本书里说起许多野蛮民族用巫术报仇，看了真会使人毛骨悚然。我不信这些东西，但它又令人相信……我觉得人类很可怕，他们会发明一些稀奇古怪的东西，用在战争及残害别人的事情上，这世界上如果没有人类，大概就天下太平了。"

"未见得吧！"何书桓说，"所有的动物，都要战争的！"

"它们战争的目的，只是为了生存下去，人类战争的目的却复杂极了，自私心可以导致战争，欲望可以导致战争，一丁点的仇恨也可以导致战争……所以，人类是没有和平的希望的！"方瑜用悲天悯人的口吻说。

"好了，方瑜，你的话题太严肃了，简直像在给我们上课，我对人类的问题不感兴趣！"我说，对她的话有些不安。

"你应该感兴趣！"方瑜盯着我说，"你就是个危险分子！依萍，我告诉你一句话：解决'仇恨'的最佳方法不是'仇恨'，而是……"

"爱！"我代她说下去，声调是讽刺的，"当一个人打了你左边的脸，你最好把右边的脸也送给他打，当一个人杀了你母亲，你最好把父亲也送给他杀……"

方瑜笑了，说："依萍，你永远是偏激的！来，我们别谈这些煞风景的话，我提议我们到圆通寺去玩玩去！你们有兴趣没有？现在是三点半，到那儿四点钟，玩到六七点钟回来吃饭，正好，走不走？"

　　"好！"我跳起来说，"带小琦去！"小琦是方瑜的妹妹。

　　五分钟后，我们就一切收拾停当，向圆通寺出发了。乘公路局汽车到底站，然后步行了一小段路，就开始上坡。小琦一直在我们身旁绕来绕去，蹦蹦跳跳的，穿了一件绿色薄绸裙子，像只小青蛙。一面跑着，一面还唱着一支十分好笑的山歌：

　　　　倒唱歌来顺唱歌，河里石头滚上坡，

　　　　我从舅舅门前过，看见舅母摇外婆。

　　　　满天月亮一颗星，千万将军一个兵，

　　　　哑巴天天唱山歌，聋子听见笑呵呵。

　　我们也笑得十分开心，何书桓迅速地跟小琦建立起一份奇异的友情来，我发现何书桓非常爱孩子，他和小琦就在山坡上追逐，大声地笑着，好像也成了个孩子。只一会儿，他和小琦就跑到我们前面好远了。方瑜望着他们，然后微笑地回过头来对我说："依萍！他是个很可爱的男孩子！"

　　"介绍给你好吗？"我笑着说。

　　"只怕你舍不得。"我们继续走了一段，方瑜说，"依萍，你好像有心事。"

　　我咬咬嘴唇，抬头看了看天，天上堆着云，白得可爱。我迷惘地说："人，真不知道怎样做是对，怎样做是错。"

"你的毛病在你把一切问题都看得太严重，你记得我那个糖的比喻吗？如果你想求心灵的平静，应该先把一切爱憎的念头都抛开。"

我不说话，到了圆通寺，我们转了一圈，又求了签，我对签上那些模棱的话根本不感兴趣。玩了一会儿，太阳逐渐偏西了，我们又绕到后山去，在荒烟蔓草的小道中走着，山谷里静悄悄的，没有一个人影，听着小鸟啁啾，望着暮色昏蒙下的衰草夕阳，以及远处的袅袅炊烟，我心底竟涌起一种奇怪的、空荡荡的感觉。在一块大石头上坐了下来，竭力想用我的全心，去捕捉我在这一刻所生的奇妙的感触。看到我坐下来，何书桓也拉着小琦坐了下来，方瑜仍然迎风而立，风吹起了她的裙子和头发。凝望着远方的茫茫云天，一瞬间，我竟感到心境空灵，神清气爽。

忽然间，圆通寺的钟声响了，四周山谷回应，万籁合鸣。我为之神往，在这暮色晚钟里，突然有一种体会，感到自身的渺小和造物的神奇。在这一刻，一切缠绕着我的复仇念头，雪姨、老魏、爸爸……全都离开了我。我感到自己轻飘飘的，虚渺渺的，仿佛已从这个世界里超脱出去，而晃荡于另一个混沌未开的天地里……直到钟声停止，我才喘了口气，觉得若有所失，又若有所获。用手托住下巴，我愣愣地陷进了沉思中，茫然地为自己的所行所为感到一阵战栗，我无法猜测"那边"现在是一个什么局面。雪姨虽行得不正，但我有何权利揭露她的隐秘？我仰首望天，冥冥中真有神灵吗？真有操纵着一切宇宙万物的力量吗？那么，天意是怎样的呢？我是不是也该受天意的支配呢？

我的沉思被方瑜打断了，她推推我，要我看何书桓和小琦。何书桓和小琦正对坐在草地里，两人在"打巴巴掌"，何书桓在教小琦念一个童谣：

巴巴掌，油馅饼，
你卖胭脂我卖粉，
卖到泸州蚀了本，
买个猪头大家啃，啃不动，
丢在河里乒乒砰！

念完了，他们就大笑着，笑弯了腰。方瑜也笑了。这世界是多么美好呀！我想着。没有雪姨来责骂我，没有爸爸鞭打我，没有如萍和我争男朋友，没有雪姨和老魏的丑行……这世界是太可爱了，我愿意笑，好好地笑，我正是该欢笑的年龄，不是吗？但是，我竟笑不出来，有一根无形的绳子正捆着我，牵制着我。我是多么沉重、迷茫和困惑！

黄昏时分，我们下了山，回到中和乡，何书桓请客，我们在一家小馆子里大吃一顿。然后，何书桓又买了一大包糖给小琦，我们把方瑜和小琦送到她家门口，才告别分手。

在淡水河堤上，我和何书桓慢慢地散着步。何书桓显得若有所思，我也情绪不定。堤边，到处都是双双对对的情侣，手挽着手，肩并着肩，诉说那些从有天地以来，男女间就会彼此诉说的话。我也想向何书桓谈点什么，可是，我的舌头被封住了。我眼前总是浮起雪姨和如萍的脸来。如萍，这怯弱的女孩子，她今天曾经看过我一眼，我想我永不会忘记这一眼的，这一眼中并没有仇恨，所有的只是哀伤惨切，而这比仇恨更使我心中凛然。

我们走下了堤，沿着水边走，水边的草丛中，设着一些专为情侣准备的茶座。有茶座店老板来兜生意，何书桓问我："要不要坐坐？"我不置可否。

于是，我们选了一个茶座坐下。他握住我的手，凝视着我的眼睛，轻声说："现在，告诉我吧，依萍，你到'那边'去做了些什么？"

我皱起了眉，深深地吸口气说："你能不能不再提'那边'？让我们不受压迫地呼吸几口空气好不好？为什么'那边'的阴影要一直笼罩着我们呢？"

何书桓沉默了，好半天，我们谁都不说话，空气凝结着，草丛里有一只纺织娘在低唱，河面慢悠悠地荡过了一只小船，星光在水面幽幽地反射……可是，静谧的夜色中蛰伏着太多不静谧的东西，我们的呼吸都不轻松平静。好久之后，他碰碰我说："看水里的月亮！"我看过去，波光动荡中，一弯月亮在水里摇晃着。黑色的水起着皱，月亮被拉长又被揉扁。终于，有云移了过来，月亮看不见了。我闭上眼睛，心底的云翳也在慢慢地扩张开来。

第十章

一连三天，我都鼓不起勇气到"那边"去，我无法揣测"那边"会混乱成什么样子。午夜，我常常会突然从梦中惊醒，然后拥被而坐，不能再行入睡。静夜里，容易使人清醒，也容易使人迷糊，在那些无眠的时候，我会呆呆地凝视着朦胧的窗格，恍恍惚惚地自问一句："你做了些什么？为什么？"

于是，我会陷入沉思之中，一次又一次地衡量我的行为，可是，我找不出自己的错误。闭上眼睛，我看到爸爸的鞭子，我看到雪姨得意的冷笑，还看到尔杰那绕着嘴唇兜圈子的舌头。然后，我对自己微笑，说："你做得对！那是邪恶的一群！"

那是邪恶的一群！现在会怎样呢？爸爸的暴躁易怒和凶狠，会让这件事不了了之吗？每天清晨，握着报纸，我都会下意识地紧张一阵，如果我在社会新闻栏里发现了爸爸杀死雪姨的新闻，我也不会觉得意外。那原是一只杀人不眨眼的豹子！可是，报上并没有血案发生的新闻。这三天是出奇地沉寂，尔豪没有来找过我，如萍也没有。一切沉寂得反常，沉寂得使人觉得紧张，像是暴风雨来临之前的一霎。第四天，我实在无法忍受这种不祥的宁静，晚上，我到"那边"去了。

给我开门的依然是阿兰，她的金鱼眼睛突得很大，看到了我，她张着嘴，似乎想说什么，又咽了回去，只神色古怪地眨了眨眼睛。我警觉地问："老爷在不在家？"

"在。"她又咽了口口水，似乎不敢多说什么，一转身就跑走了。我走进客厅，客厅里静悄悄的，没有一个人影，那架落地电唱机，自从梦萍进了医院，好像就成了标准的装饰品，供给人欣赏欣赏而已。我在客厅里默立了片刻，多安静的一栋房子！我竟然听不到人声！推开走廊的门，我沿着走廊向爸爸的房间走去，走廊两边的每一间屋子，门都关得紧紧的，有种阴森森的气氛，我感到背脊发麻，不安的感觉由心底向外扩散。站在爸爸的房门口，我敲了敲门，由于听不到回应，我推开了房门。门里没有灯光，黑沉沉的。从走廊透进的灯光看过去，我只能隐约辨出桌椅的轮廓和那拉得严密之至的落地窗帘。我站在门口的光圈中，迟疑了片刻，室内一切模糊不清，充满着死一般的寂静，这使我更加不安和下意识地紧张。我不相信这间冷冰冰的房里会有人存在，转过身子，我想到如萍的房里去看看。可是，刚刚举步，门里就突然响起一个冷静的声音："依萍，进来！"那是爸爸的声音，他确确实实地让我吓了一大跳。接着，爸爸书桌上的台灯就亮了。我这才发现他正坐在书桌后的一个隐僻的角落里，安安静静地望着我。我吸了一口气，走了进去，爸爸继续望着我，用平稳的声调说："把房门关上，然后坐到这边来！"

我关上了房门，依言坐到他的面前。他微皱着眉，凝视着我，那对眼睛锐利森冷，我有些心寒了。他沉默地望了我好一会儿，才静静地说："告诉我那个男人的地址！"

"什么？"我愣了愣，脑筋有些转不过来。

"那个男人，雪琴的那个男人！"

"噢！"我明白了，心中迅速地掠过了好几个念头，把那人的地址说出来吗？爸爸的神色使我害怕，他太冷静，太阴沉。他想做什么？他会做什么？如果我说出来，后果又会怎样？这些念头如电光石火般在我脑中一闪而过，接着，我就出于一种抗御本能，不假思索地冒出三个字："不知道！"

"不知道？"爸爸紧紧地盯着我，我相信，他一定明白我是知道的。他默默地审视我，然后，他燃起了他的烟斗，喷出一口烟雾，说："依萍，你知道多少？都说出来吧！"

"我只知道有那样一个男人！"我咬了咬嘴唇。

"嗯，"爸眯了眯眼睛，"依萍，你葫芦里在卖什么药？嗯？你要等到什么时候才愿意说出来？"

我望着爸爸，他有种了然一切的神情。我闭紧了嘴，心中在衡量着眼前的局势，我奇怪自己为什么不肯说出来，告诉了爸爸，让他们去闹得天翻地覆，不是收到了我所期望的报复效果吗？可是，我心底又有种反抗自己的力量，我张开嘴，却说不出口。依稀恍惚，我想起尔豪说过的一句话："你做得已经够多了，知足一点吧！"

我低下头，无意识地望着自己的双手。爸爸的声音又响了，依然那样冷静阴沉："依萍，你费了多少时间去收集雪琴的罪证？"

我抬起头，蹙着眉凝视爸爸，爸爸也同样地凝视我，我们互望了一段很长的时间，彼此揣度着对方。然后，爸爸点点头，咬着牙对我说："依萍，我想我能摸清楚你有几根肠子！你相当狠毒！"他又眯起了眼睛，低低地加了一句话，低得我几乎听不清楚："一只小豹子，利牙利爪！"

　　一只小豹子？我一愣，呆呆地望着爸爸。是吗？我是一只小豹子？"黑豹陆振华"的女儿？小豹子？小豹子？我头脑不清了。是的，爸爸是个老豹子，我是他的女儿，我和他一样残忍，一样狠心，一样无情！我有些迷惘和恍惚了。就在我心境迷惘的时候，一声砰然巨响发自隔壁的房间，使我惊跳了起来。接着从那房里传出一阵令人毛骨悚然的、嘶哑的，像兽类般的咆哮。我定了定神，才辨出那居然是雪姨的声音，却早已沙哑得不像人的声音了，正气息咻咻地在咒诅："陆振华，你是只狗！你是王八养的，你开门，你这个脏狗！"

　　我愕然地看着爸爸，爸爸的牙齿紧紧地咬着烟斗，大股的烟雾从他的鼻孔中冒出来，笼罩了他的眼睛和他那冷漠而无动于衷的脸。雪姨的声音继续飘出来，哮喘着，力竭声嘶地喊着："陆振华，你没有种！你只会关起女人和孩子，陆振华，你是狗，一只野狗！疯狗……"

　　我感到浑身汗毛直立，雪姨的声音沙哑得几乎无法听清楚，却混杂着绝望、恐怖和深切的愤恨。我抽了口冷气说："雪姨——怎样了？"

　　"我把她和尔杰关了起来，"爸爸冷冰冰地说，"我要把他们活活饿死！"

我打了个冷战，睁大了眼睛望着爸爸，艰涩地说："你——你——四天都没有给他们吃东西？"

"嗯，"爸爸盯了我一眼，"当然！我要看着他们死！"

我瞪着爸爸，他的声调、神情使我不寒而栗，冷汗濡湿了我的手心。我嗫嚅着，却说不出话来。隔壁屋里的墙壁上，传来一阵抓爬的声音，雪姨又在说话了，声调已由咒诅转为哀求："振华，你开门！你也是人，怎么没有人心哩！你开门，振华！你开门！"我受不住，跳了起来，正要说话，房门开了，如萍冲了进来，看到了我，她愣了愣，就一直走到爸爸面前。她又使我吃了一惊，她苍白得像个鬼，两个大眼睛像两个黑幽幽的深洞。她站在爸爸面前，浑身战栗，交扭着双手，抖着声音说："爸爸，你饶了他们吧！爸爸！你要弄死他们了！爸爸！求求你！放了他们吧！求求你！"说着，她哭了起来，无助地用手背拭着眼泪。接着，她的身子一矮，就跪了下去，双手抓着爸爸的长衫下摆，抽噎着，反复地说："求求你，爸爸！求求你！"

"走开！"爸爸冷然地说，仿佛在赶一只小狗，"如萍，你给我滚远一点，如果你有胆量再在半夜里送东西给你母亲吃，我就把你一起关进去！"

"爸爸！"如萍啜泣着喊，"他们要饿死了！妈妈会饿死的！放他们出去吧，爸爸！"眼看着哀求无效，她忽然一下子转过身子，面对着我，依然跪在地上，拉住我的裙子说："依萍，我求你，你代我说几句吧，我求你！"

我不安地挣脱了如萍，走到一边去。如萍用手蒙住了脸，大哭起来。我咬咬牙，说："爸爸，你就放他们出来吧！"

"哦?"爸爸望着我,"你心软了?"他的眼光锐利地盯在我的脸上,看得我心中发毛。

"嗯,你居然也会心软!这不是你所希望的吗?依萍,你费尽心机,所为何来?现在,我要让你看看我怎样对付这种贱人!"

"可是,你不能饿死他们,这样是犯法的!"我勉强地说,不知是为我自己的"心软"找解释,还是真关心爸爸会"犯法"。

"犯法?"爸爸掀了掀眉,嗤之以鼻,"犯法就犯法!我杀奸夫淫妇,谁管得着?!"

爸爸这句话喊得很响,雪姨显然也听见了,立即,她那沙哑的嗓子混杂着哭声嚷了起来:"陆振华,你捉奸要捉双呀!你有种捉一对呀!我偷人是谁看到的?陆振华,你只会听依萍那个娼妇养的胡扯八道!陆振华,你没种……"爸爸漠然地听着,脸上毫无表情。如萍依旧跪在地上哭。雪姨越说声音越哑,越说越无力,也越说越不像话。大概说得太久,得不到回答,她忽然乱七八糟地哭喊了起来,声音陡地加大了:"陆振华,你这个糟老头!你老得路都走不动了,还不许我偷人!你有胆量去和姓魏的打呀,他可以掐断你的脖子!你去找他呀!你不敢!你连尔豪都打不过!你这个糟老头子……"

爸爸的浓眉纠缠了起来,眼光阴鸷地射出了凶光,他紧闭着嘴,面部肌肉随着雪姨的话而扭曲,嘴角向下扯,样子十分凶恶吓人。当雪姨提起了尔豪,他的脸就扭曲得更厉害了。接着,他猛然跳了起来,对如萍说:"去叫你母亲闭嘴,否则我要她的命!"

如萍跪在地上簌簌发抖,一句话也说不出来。雪姨仍然在咒骂不停，爸爸拧眉竖目了好几秒钟，然后，他拉开了他书桌右手的第一个抽屉，从里面取出了一样东西。我一看之下，不禁大吃一惊，那是把黑黝黝的手枪！这手枪对我来说并不陌生，它是把左轮手枪，曾追随爸爸数十年之久。如萍发狂地喊了一声，就对爸爸扑过去，我也本能地叫了一声："爸爸，不要用枪！"

大概是听到了"枪"字，雪姨的咒骂声蓦地停止了。爸爸挺直地站在桌子前面，杀气腾腾，那支手枪静静地躺在桌面上。空气凝住了一会儿，雪姨连一点声音都没有了，片刻之后，爸爸放松了眉头，把那支枪推远了些，坐回到椅子里。我松了口气，爸爸对如萍皱皱眉，冷然地说："如萍！你出去！我要和依萍谈话！"

如萍怯怯地看了我一眼，用手背擦了擦眼睛，低下了头，默默地挨出了房门，我望着她蹒跚而去的背影，一瞬间，竟涌上一股难以言喻的怜悯情绪。

爸爸看着我，说："坐下！依萍！"我坐了下去。爸爸沉思了好一会儿，突然出乎我意料地叹了口长气。我诧异地望望爸爸，这才发现爸爸的神情竟十分萧索。刚才的杀气已经收敛了，取而代之的，是疲倦、衰弱和一种我从未在他脸上见过的苍凉之色。他用手指揉揉额角，近乎落寞地说："人，有的时候也会做些糊涂事，我真不知道以前怎么看上雪琴的，会花上一大笔钱，把她从那个破戏班子里挖出来。"他停了停，仿佛在思索着什么，半天后，又自言自语地接了下去，声音低而苍凉："就是因为她有那么两道眉毛和尖尖的小下巴，简直像透了……"

他住了口，陷进了深思中。我狐疑而不解地望着他，于是，他突然振作了一下说："依萍，你看到那边屋角的大铁柜没有？那里面是我的全部动产，大部分都是现款。我现在对任何人都不信任，我想，这些将来都只有属于你了。可惜，混了这么一辈子，却只剩下这么一点点东西。依萍，你过来看看！"爸爸从怀里摸出一把钥匙，要去开那个大铁柜。

"算了！爸爸，"我阻止说，"我不想看，你让它放在里面吧，反正我知道那里面有钱就行了。"

"有钱，但是不多，"爸爸说，坐了下来，"依萍，我希望不让你吃苦。"他叹了口气，又说，"现在，我只有你这一个孩子了……"

"你还有如萍、梦萍……"

"我怎么知道他们是不是我的孩子呢！"爸爸蛮不讲理地说，"她妈妈会偷人，她们就一个都靠不住！梦萍和她妈妈一样地不要脸，没出阁的女孩子就会养娃娃，如萍——她哪里有一分地方像我？一点小事就只会掉眼泪。尔豪，那个逆子更别提了！提起来就要把我气死……依萍，只有你还有几分像我，我希望你一生不愁吃不愁穿……"他又沉思了半晌，再说，"我小时候，无父无母，到处流浪，有一天，一个富人家请客，我在他们的后门口拣倒出来的剩菜吃，给他家的厨子发现了，用烧红的火钳敲我的头……稍微大了些，我给一个大将军做拉马的马夫，大将军才教我念一点书，大将军有个女儿……"爸爸猛地住了口，这些事是我从没听说过的，不禁出神地望着他。他呆了呆，自嘲地摇摇头，说："反正，我一生受够了苦，依萍，但愿你不再受苦，我要你有钱……"

"爸爸，你的钱是怎么来的？"我问了一句早想问的问题。

"钱——"爸爸眯起眼睛来看看我，"什么来路都有。这个世界只认得你的钱，并不管你的钱是从哪里来的，你懂吗？我可以说它们都是我赚来的！那时候，我每到一个地方，富绅们自会把钱送来……"

"他们送来，因为怕你抢他！"我说。

"或者是吧！"爸爸冷笑了一声，"我要钱，不要贫穷。"

我望着爸爸，又看看那个铁柜，那铁柜里面有钱，这些钱上有没有染着血污，谁知道呢？爸爸仰靠进安乐椅里，微微地合上眼睛，他看来十分疲倦了，那眼皮上重重叠叠地堆着皱纹，嘴角向下垂。许久许久，他都没有说话，我想，他可能就这样睡着了。我悄悄地站起身来，想走出去，爸爸没有动。我走到桌前，对那把手枪凝视了几秒钟，手枪！不祥之物！我无法想象把子弹射入人体是怎样可怕的一件事！无论如何，我还没有要置雪姨于死地的念头。略一迟疑，我偷偷地取了那把枪，退出了爸爸的房间，爸爸仍然靠着，呼吸沉缓而均匀。拿着枪，我走进了如萍的房里。如萍正坐在床沿上，呆呆地发愣。她的短发凌乱地披挂在脸上，失神的眼睛茫然地瞪着我。一时间，我根本不知道该对她说些什么好，接着，我发现手里那把碍事的枪，我把枪递给她说："你找个地方藏起来吧，在爸爸手里容易出危险。"

如萍接过了枪，默默地点了点头。

"雪姨四天没有吃东西吗？"我问。

"头两天夜里，我从窗口送过东西去，后来爸爸知道了，大发脾气，就……就没有再送了。"如萍嗫嚅着说。

"尔豪到哪里去了？"

如萍战栗了一下，缩了缩脖子。"他走了。爸爸把他赶走了。"她犹有余悸似的说，"那天，爸爸要掐死妈妈，尔豪去救，尔豪的力气大，他扳开了爸爸的手，而且……而且还推了爸爸一把，爸爸拿出枪来，要杀尔豪，真……真可怕！尔豪逃出大门，爸爸大叫着说，永远不许尔豪回来。尔豪也在门外喊，说这个家污秽、黑暗……像疯人院，他宁愿死在外面，也不回来。然后，他就真的没有再回来了。"

"哦！"我嘘了口气。

如萍注视着我，低低地乞求地说："依萍，你帮帮忙，请爸爸放了妈妈吧！尔杰哭了三天，今天连哭声都没有了。爸爸真的会饿死他们。依萍，我知道你恨妈妈，但是，你就算做件好事吧，求求你！爸爸会听你的。"

"我……"我犹豫着，"明天再来看看，怎样？"

"依萍，我知道你有好心，我知道的，书……书桓的事，我……我……不恨你，只求你不要再……"

我有些听不下去了，我的耳朵发起热来，浑身不自在。我向门口走去，一面匆匆地说："我明天再来！"就一直穿过客厅和花园，走到大门外面了。

从"那边"回到家里，我感到非常不安和难受，"那边"的混乱和充满了杀气、危机的气氛使我茫然失措。这局面是我造成的，我应该很高兴，但我一点也没有报复后的快感，只觉得迷惘，倒仿佛失落了什么。换上了睡衣，我坐在床沿上，对着窗外的月光呆呆地凝想。

妈妈走了过来，坐在我身边说："你在想什么？"

"没有什么。"我说。

"那边发生了什么事情吗？"妈妈敏感地问。

"有一点事。"我慢吞吞地说，"爸爸把雪姨和尔杰锁在屋子里，并且想开枪打死他们。"

妈妈一惊，问："为什么？"

"因为雪姨有了另一个男人，尔杰不是爸爸的儿子。"

"可是——"妈妈怔怔地说，"你爸爸怎么会知道？"

"我说的。"

妈妈大大地震动了，她一把抓住我的手说："你又怎么知道的？"

"妈妈。"我慢慢地说，"若要人不知，除非己莫为！世界上没有永久的秘密！"

"可是——"妈妈蹙紧了眉头说，"这又关你什么事呢？你为什么要揭穿她？"

"她骂我是老婊子养下的小婊子，我受不了她的气！而且，我那么恨她，如果能打击她，我为什么要放过机会呢？"

"依萍，"妈妈深深地望着我说，"你知道——远在十年前，我就知道雪琴另外有个男人了。"

"什么！"我叫着说，"你宁可被她欺侮，被她赶出来，而不揭发她的丑行？"

"任何事情，老天自有它的安排，我不能代天行事！"

"那么，大概是天意要借我的手来惩罚雪姨了！"我愣愣地说。

妈妈对我默默地摇了摇头："依萍，你也不能代天行事！而且，你用了'丑行'两个字来说雪琴，可是，这世界并不是样样事都公平的，你想，你父亲一生有过多少女人！他对任何一个女人忠实过吗？那么，为什么他的女人就该对他忠实呢？这社会不责备不忠的男人，却责备不忠的女人，这是不公平的！依萍，你的思想难道也如此世俗吗？雪琴为什么一定该忠于你的父亲呢？"

妈妈的话使我大吃一惊，我一直以为妈妈是个思想古板的"老好人"，再也没想到她会有这种近乎"大胆"的想法，我目瞪口呆地望着妈妈，半天之后才说："那么，你也可以不忠于爸爸了？"

"我和雪琴不同，"妈妈叹口气说，"我对男女之情不太感兴趣。"她停了一下，又说，"男女之间，彼此有情，彼此忠实，这是对的。可是，如果有一方先不忠实，你就无法责备另一方了。而且，雪琴有她的苦处，她是那种除了男人之外，精神上就毫无寄托的女人。事实上，她并不'坏'，她只是无知和肤浅，这与她的出身和受的教育有关……"

"妈妈，你总认为全天下的人都是好人，所有犯罪的人都值得原谅！"

"依萍，"妈妈把手放在我的肩上，心平气和地说，"当你观察一样东西的时候，不要只看表面，你应该里里外外都看到！"

"当我里里外外都看到的时候，我会比只看表面更伤心。"我说，"我可看出这世界充满了多少仇恨和罪恶，可以看出人性的自私和残忍……"

"你所看到的，仍然是片面的。"妈妈微微地笑了笑，又蹙着眉说，"无论如何，依萍，你没有权利处罚雪琴，你不该毁掉

'那边'原有的平静。"

"是他们先妨碍到我，是他们先伤害了我，这一切，都是他们咎由自取！"我自卫地喊，尽力武装自己，"他们不该怪我，要怪，只能怪他们自己！妈，你也不能颠倒因果关系来责备我！我没有你那么宽大，我也没有你那份涵养。妈妈，你一生原谅别人，一生退避，可是，你获得了什么？"

妈妈沉默了。我们静静地坐了一会儿，妈妈才轻轻地揽住我，用柔和而稳定的声音说："依萍，我告诉你两句话，第一句是：种瓜得瓜，种豆得豆！第二句是：天网恢恢，疏而不漏！你仔细地想一想吧！"

"很好的两句话。"我怔了一下说，"这不是也说明了雪姨的结局，就是她平日种下的种子，今天收到的果实吗？"

"可是，依萍，"妈妈忧愁地说，"你呢？你今日种下的种子是瓜呢，还是豆呢？你希望将来收获什么？"

我愕然，半天才说："妈妈，你别对我说教。"

妈妈担忧地望着我，她的眼睛悲哀而凝肃。然后，她轻轻地拍了拍我的肩膀说："好了，天不早了，早些睡吧！当你心平气和的时候，好好地想一想！"妈妈走回她的房里去了。我依然了无睡意，用手抱着膝，我默默地坐着，望着月影慢慢地移动。妈妈的话在我耳边荡漾：我种的种子是什么？真的，是什么呢？我仰首望天，那份迷惘更加深重了。

第十一章

　　一清早，由于彻夜寻思，我几乎是刚刚才蒙眬入梦，就被一阵急促的敲门声惊醒了。我从床上坐起来，脑子里还是混混沌沌的。妈妈已经先去开了门，我半倚半靠在床上，猜想来的一定是何书桓。合上眼睛，我很想再休息几分钟。可是，像一阵风一样，一个人气急败坏地冲进了我屋里，站在我床前，我定睛一看，才大大地吃了一惊，来的不是何书桓，而是如萍。如萍的脸色是死灰的，大眼睛里盛满了惊恐，头发凌乱，衣服不整。站在我床前直喘气。一刹那间，我的睡意全飞走了。

　　我一把抓住了她的手，急急地问："怎么了？有什么事？"

　　"妈……妈……"如萍气结地说着，战栗着。

　　恐怖的感觉升进了我的胸口，看样子百分之八十是爸爸把雪姨杀死了！我紧张地说："雪姨怎么样了？你快说呀！"

　　"她……她……"如萍口吃得十分厉害，口齿不清地说，"她和尔杰一起……一起……"

"一起怎么样了？"我大叫着。

妈妈走进来，安慰地把手放在如萍的肩膀上，平静地说："别慌，如萍，慢慢讲吧！"

"他们……他们……"如萍仍然喘息着说，"他们……一起……一起……"她终于说了出来，"一起逃走了！"

"哦！"我长长地吐出一口气，瘫软地靠在床上说，"我以为出了什么大事呢？你把我吓了一大跳！逃走不是总比饿死好一些吗？你应该高兴才对。"

"你……你不知道！"如萍跺了跺脚，急得眼泪都出来了，"你快点去嘛，你去了就明白了，爸爸……爸爸……爸爸在大发脾气，好……怕人！你快些去嘛！"

"到底是怎么回事？"我狐疑地说，"雪姨不是被锁起来了吗？"

"是从窗子里出去的！"

"窗子？窗子外面不是都有防盗的铁栏杆吗？"

"已经全部撬开了！"如萍焦急地说，"你快去呀！"

"依萍，"妈妈说，"你就快点去看看吧！"

我匆匆地起了身，胡乱地梳洗了一下，就跟着如萍出了家门，叫了一辆三轮车，直奔"那边"。到了"那边"，大门敞开着，在街上都可以听到爸爸的咆哮声。我们走进去，我反身先把大门关好，因为已经有好奇的邻人在探头探脑了。

走进客厅里，我一眼望到阿兰正呆呆地站在房里发抖，看到了我，她如获大赦似的叫着说："小姐，你快去！老爷……老爷……老爷要杀人呢！"

如萍脚一软，就在沙发椅子里坐了下去。我知道这屋子里

195

已没有人可以给爸爸杀了，就比较安心些。走了进去，我看到一副惊人的局面。在走廊里，爸爸手上握着一把切菜刀，身上穿着睡衣，正疯狂地拿菜刀砍着雪姨的房门。他的神色大变，须发皆张，往日的冷静严厉已变而为狂暴，眼睛瞪得凸了出来，眉毛狰狞地竖着，嘴里乱七八糟地瞎喊瞎叫，暴跳如雷，那副样子实在令人恐怖。在他身上，已找不出一点"理智"的痕迹，他看起来像个十足的疯子。我远远地站着，不敢接近他，他显然是在失去理性的状态中，我无法相信我能使他平静。他手里的那把刀在门上砍了许多缺口，看得我胆战心惊，同时，他狂怒的喊叫声震耳欲聋地在室内回响："雪琴！王八蛋！下流娼妇！你滚出来！我要把你剁成肉酱，你来试试看，我非杀了你不可！你给我滚出来！滚出来！滚出来！带着你的小杂种滚出来！我要杀了你……喂，来人啦！"爸爸这声"来人啦"大概还是他统帅大军时的习惯，从他那抖颤而苍老的喉咙中喊出来，分外让人难受。

我目瞪口呆地站着，面对着挥舞菜刀发疯的爸爸，不禁看呆了。直到如萍挨到我的身边，用手推推我，我才惊觉过来。迫不得已，我向前走了两步，鼓着勇气喊："爸爸！"

爸爸根本没有听到我，仍然在乱喊乱跳乱砍，我提高了声音，再叫："爸爸！"这次，爸爸听到我了，他停止了舞刀子，回过头来，愣愣地望着我。他提着刀子的手抖抖索索的，眼睛发直，嘴角的肌肉不停地抽动着。我吸了口气，有点胆怯，胃部在痉挛。好半天，才勉强地说出一句："爸爸，你在做什么？"

爸爸的眼珠转动了一下，显然，他正在慢慢地清醒过来，他认出我了，接着，他竖着的眉毛垂了下来，眼睛眨了眨，一种疲倦的、心灰意冷的神色逐渐地爬上了他的眉梢。倒提着那把刀，他乏力而失神地说："依萍，是你。"

"爸爸！你做什么？"我重复地问。

"雪琴逃走了，"爸爸慢吞吞地说，用手抹了抹脸，看来极度地疲倦和绝望，"她带着尔杰一起逃走了。"

"或者可以把她找回来。"我笨拙地说，注视着爸爸手里的刀子。

"找回来？"爸爸摇摇头，又蹙蹙眉说，"她是有计划的，我不相信能找得到她，如果找到了她，我非杀掉她不可！"他举起那把刀子看了看，好像在研究那刀口够不够锋利似的。

我咽了一口口水，试着说："爸爸，刀子给阿兰吧，雪姨不在，拿刀也没用。"

爸爸看看我，又看看刀，一语不发地把刀递给了阿兰。看样子，他已经渐渐地恢复了平静。可是，平静的后面，却隐藏着过多的疲乏和无能为力的愤怒。他凝视着我，眼光悲哀而无助，一字一字地说："依萍，她太狠了！她卷走了我所有的钱！"

"什么？"我吓了一跳。

"有人帮助她，他们撬开了铁柜，锯断了窗子的防盗铁栅，取走了所有的现款、首饰和金子。你来看！"

爸爸推开雪姨的房门，我站在门口看了看，房里是一片凌乱，所有的箱子都打开了，衣物散了一地，抽屉橱柜也都翻得一塌糊涂，像是经过了一次盗匪的洗劫。看情形，那个姓魏的一定获得了雪姨被拘禁的情报，来了个一不做二不休，干脆偷得干干净净。是谁给了他情报？尔豪吗？不可能！尔豪根本不知道魏光雄其人，而且他也不会这样做的。看完了雪姨的房间，我跟着爸爸走进爸爸房内。爸爸房里一切都整齐，只是，那个铁柜的门已被撬开，里面各层都已空空如也。我站着，凝视着那个铁柜，一时，竟有种哭笑不得的感觉。就在昨天，爸爸还曾指着那铁柜，告诉我那里面的钱都将属于我，现在，这儿只有一个空的铁柜了。人生的事情多么滑稽！爸爸，他的钱是用什么方式得来的，现在又以同样的方式失去了。这就是佛家所谓的因果报应吗？但是，如果真有因果报应，对雪姨未免就太客气了。

我走到铁柜旁边，蹲下去看了看撬坏的锁，这一切，显然是有人带了工具来做的。站起身子，我靠在铁柜上，沉思了一会儿，问："爸爸，你要不要报警？"

"报警？"爸爸呆了呆，"警察会把她抓回来吗？"

"我不知道，"我摇摇头说，"可能抓得回来，也可能抓不回来，不过，无论如何，警察的力量总比我们大，如果想追回那笔钱，还是报警比不报警好些。就是……报了警，恐怕对爸爸的名誉有损，爸爸考虑一下吧。"

爸爸锁着眉深思了一会儿，毅然地点了一下头："报警吧！我不能让这一对狗男女逍遥法外。"

于是，我叫阿兰到派出所去报了案。

爸爸沉坐在他的安乐椅里，默默地发着呆。他那凌厉的眼睛现在已黯然无光，闭得紧紧的嘴虽然仍可看出他坚毅的个性，但微微下垂的嘴角上却挂着过多的无奈和苍凉。我凝视着他，不敢承认心中所想的，爸爸已不再是叱咤风云的大人物了，他只是一个孤独、无助而寂寞的老人。在这人生的长途上，他混了那么久，打遍了天下，而今，他却一无所有！卷逃而去的雪姨，被逐出门的尔豪……再包括我这个背叛着他的女儿！爸爸，他实在是个最贫乏、最孤独的人。

"唉！"爸爸突然地叹了口气，使冥想着的我吓了一跳。他望着我，用手指揉揉额角，近乎凄凉地说："我一直预备给你们母女一笔钱，我把所有存款提出，想给你作结婚礼物。现在，"他又叹了口气，"什么都完了。我一生打了那么多硬仗，跑过那么多地方，从来没有失败过。今天，居然栽在王雪琴这个女人手里！"我没有说话，爸爸又说："你现在拿什么来结婚呢？"

"爸爸，"我忍不住说，"何书桓要的是我的人，不是我的钱，他们不会在乎我的嫁妆的。"

"年轻人都不重视金钱，"爸爸冷冷地说，"但是，没有钱，你吃什么呢？"这句话才让我面临真正的问题，假如雪姨真是一扫而空，一毛钱都不留下来，这家庭马上就有断炊的危险。那么，爸爸和如萍的生活怎么办？还有躺在医院里，因大出血而一直无法复原的梦萍，又怎么办？我和妈妈，也要马上发生困难。这些问题都不简单，尽管许多人轻视金钱，认为钱是身外之物，但如果缺少了它，就会立即发生问题不可！我皱了皱眉，问："爸爸，你别的地方还有钱吗？银行里呢？"

"没有，"爸爸摇摇头，"只有一笔十万元的款子，以三分利放给别人，但不是我经手的，借据也在雪琴那儿，每次利息也都是雪琴去取。"这显然是不易取回来的，放高利本来就靠不住！我倚在铁柜上，真的伤起脑筋来，怎么办呢？雪姨是跑了，留下的这个烂摊子，如何去善后呢？雪姨，这个狠心而薄情的女人，她做得可真决绝！

　　警察来了，开始了一份详细的询问和勘察，他们在室内各处查看，又检查了被锯断的防盗铁栅，询问了雪姨和爸爸的关系，再仔细地盘问阿兰。然后，他们望着我说："你是——"

　　"陆依萍，"我说，"陆振华是我父亲。"

　　"哦，"那问话的警员看了看爸爸，又看看我说："王雪琴是你母亲？"

　　"不！"我猛烈地摇了摇头，"不是我的母亲，是如萍的！"我指着如萍说。

　　"那么，你们是同父异母的姐妹？"警员指着我和如萍问。

　　"不错。"我说。

　　"那么，陆小姐，"警员问我，"你昨天夜里听到什么动静没有？"

　　"哦，我不住在这里，"我说，"我今天早上才知道这儿失窃的。"

　　"那么，"那警员皱着眉说，"你住在哪里？"

　　我报出了我的住址。

　　"你已经结婚了？"那警员问。

　　"谁结婚了？"我没好气地说。

　　"那么，你为什么不住在这里？你和谁住？"

　　"我和我母亲住！"

　　"哦，"那警员点点头，"你还有个母亲。"

　　我有点啼笑皆非，没有母亲我从哪里来的？

　　那警员显然很有耐心，又继续问："你母亲叫什么名字？"

我不耐烦地说：“这些与失窃案毫无关系，你们该找寻雪姨的下落，拼命问我的事有什么用？”

“不！”那警员说，“我们办案子，不能放过任何一条线索。”

“我告诉你，”我说，“我母亲决不会半夜三更来撬开铁栏杆，偷走雪姨母子和钱的！”

“哦？”那警员抓住了我的话，“你怎么知道是有人来撬开铁栅，而不是王雪琴自己撬的呢？”

“雪姨不会有这么大力气，也不会有工具！”我说。

“那么，你断定有个外来的共谋犯。”

“我猜是这样。”

“你能供给我们一点线索吗？”那警员锐利地望着我，到这时，我才觉得他十分厉害。

我看了爸爸一眼，爸爸正紧锁着眉，深沉地注视着我。我心中紊乱得厉害，我要不要把我知道的事说出来？真说出来，会不会对爸爸太难堪？可是，如果我不说，难道就让雪姨挟着巨款和情人逍遥法外吗？我正在犹豫中，爸爸冷冷地开口了：“依萍，你还想为那个贱人保密吗？”

我甩了甩头，决心说出来：“是的，我知道一点点，有个名叫魏光雄的男人，住在中和乡竹林路×巷×号，如果能找到他，我想，就不难找到雪姨了。”

那警员用一本小册子把资料记了下来，很满意地看看我，微笑着说：“我想，有你提供的这一点线索，破案是不会太困难的。至于这个魏光雄和王雪琴的关系，你知道吗？”

“哦，”我咬咬嘴唇，“不清楚，反正是那么回事。不过，如果在那儿找不到雪姨，另外有个地方，也可以查查，中山北路×× 医院，我有个名叫梦萍的妹妹，正卧病在医院里，或者雪姨会去看她。"那警员记了下来，然后又盘诘了许多问题，才带着十分满意的神情走了。

爸爸在调查的时候始终很沉默，警察走了之后，他说："雪琴不会去看梦萍！"

"你怎么知道？"我说。

"她也没有要如萍，又怎么会要梦萍呢！"

爸爸回房之后，我望着如萍，她坐在沙发椅里流泪。近来，也真够她受了，从失恋到雪姨出走，她大概一直在紧张和悲惨的境界里。我真不想再问她什么了，但，有些疑问，我还非问她不可。"如萍，"我说，"这两天你有没有帮雪姨传过信？"

不出我所料，如萍点了点头。

"传给谁？"

"在成都路一条巷子里——"如萍怯兮兮地，低声说，"一家咖啡馆。"

"给一个瘦瘦的男人，是不是？"我问。

"是的。"

"你怎么知道传给他不会传错呢？"

"妈妈先让我看了一张照片，认清楚了人。"

"那张照片你还有吗？"

如萍迅速地抬起头来，瞪大了眼睛望着我，她的脸上布满了惊疑，然后，她口吃地问："你……你……要把……把这张照片……交给警察吗？"

"可能要。"我说。

她抓住了我的手，她的手指是冰冷而汗湿的，她哀求地望着我说："依萍，不要！你讲得已经够多了！"

"我要帮助警方破案！"我说。

"如果……如果妈妈被捕，会……判刑吗？"

"大概会。"

"依萍，"她摇着我的手，"你放了妈妈吧，请你！"

"如萍，"我站起身来，皱着眉说，"你不要傻！你母亲卷款逃逸，连你和梦萍的生活都置之不顾，她根本不配做一个母亲，她连人性都没有！"

"可是——"如萍急急地说，"她不能在这里再待下去了嘛，爸爸随时会杀掉她！她怕爸爸，你不知道，依萍，她真的怕爸爸！"

"如萍，你母亲临走，居然没有对你做一个安排吗？"

"她走的时候，我根本不知道，今天早上还是阿兰第一个发现的！"她擦着眼泪说。

"如萍，你还帮你母亲说话吗？你真是个可怜虫！"

她用手蒙住脸，呜呜咽咽地哭了起来，越哭越伤心，越哭越止不住，一面哭，一面抽噎着说："她……她……恨我，我……我……没用，给她……丢……丢脸，因……因……为……为……书桓……"

这名字一说出口，她就越发泣不可仰，扑倒在沙发椅中，她力竭声嘶地痛哭了起来。我坐在一边，望着她那耸动的背脊，望着她那单薄瘦弱的身子，一句话也说不出来了。如萍，她并不是一个很坏的女孩子，她那么怯弱，那样与世无争，像个缩在壳里过生活的蜗牛。可是，现在，她的世界已经完全毁灭了，她的壳已经破碎了。不可讳言，如萍今日悲惨的情况，我是有责任的。但是，这一切能怪我吗？如果雪姨不那么可恶，爸爸不鞭打我，两边现实生活的对比不那么刺激我，甚至何书桓不那么能真正打动我……一切可能都不会像现在这样了。可是，任何事实的造成，原因都不单纯。而今，雪姨倒反而舒服了，卷走了巨款，又和奸夫团聚，我做的事情，倒成全了她。

就在如萍痛哭、我默默发呆的时候，门铃响了。我没有动，阿兰去开了门，透过玻璃门，我看到何书桓急急地跑了进来。我迎到客厅门口，何书桓说："怎么了？有什么事情？我刚刚到你那儿去，你母亲说这边出了事，我就赶来了。出了什么事情？"

"没什么了不起，"我说，"雪姨卷款逃走了。"

"是吗？"何书桓蹙蹙眉，"卷走多少钱？"

"全部财产！"我苦笑了一下说。

何书桓已经走进了客厅，如萍从沙发里抬起了她泪痕狼藉的脸来，用一对水汪汪的眸子怔怔地望着何书桓。我站在一边，心脏不由自主地加速了跳动，自从何书桓重回我身边，他们还没有见过面。我带着自己都不解的妒意，冷眼望着他们，想看看何书桓如何处置这次见面。在一眼见到如萍时何书桓就呆住了，他的眼睛在如萍脸上和身上来回逡巡，他脸上的肌肉抽动了，一层痛楚的神色浮上了他的眼睛，如萍的憔悴震撼他了。他向她面前移动了两三步，勉强地叫了一声："如萍！"

如萍战栗了一下，继续用那对水汪汪的眼睛看何书桓，依旧一语不发。何书桓咬咬下嘴唇，停了半天，喑哑地说："如萍，请原谅我，我……我对你很抱歉，希望以后我能为你做一些事情，以弥补我的过失。"

他说得十分恳切，十分真诚，如萍继续凝视着他，然后她的眉头紧蹙了起来，发出一声模糊的低喊，她忽然从椅子上跳起身，转身就向走廊里跑。何书桓追了上去，我也向前走了几步，如萍冲进了自己的卧室里，砰然一声关上了门。接着，立即从门里爆发出一阵不可压抑的、沉痛的哭泣声。

何书桓站在她的门外，用手敲了敲房门，不安地喊："如萍!"

"你不要管我!"如萍的声音从门里飘出来，"请你走开!请不要管我!不要管我!"接着，又是一阵气塞喉堵的哭声。

"如萍!"何书桓再喊，显得更加地不安。

"你走开!"如萍哭着喊，"请你走开!请你!"

何书桓还想说话，我走上前去，把我的手压在何书桓扶着门的手上。何书桓望着我，我对他默默地摇摇头，低声说："让她静一静吧!"

何书桓眯起眼睛来看我，然后，他用手抓住我的头发，把我的头向后仰，说："依萍，你使我成为一个罪人!"

难道他也怪我?我摆脱掉他，一语不发地向爸爸房里走。何书桓追了上来，用手在我身后圈住了我，我回头来，他托住我的头，给我一个仓促而带着歉意的吻，喃喃地说："依萍，让我们一起下地狱吧。"

我苦笑了一下说："去看看爸爸，好吗?"

我们走进爸爸房里，爸爸从安乐椅里抬起头来，注视着何书桓点点头说："嗯，我听到了你的声音!"

何书桓走过去，恳切地说："老伯，有没有需要我效力的地方？"

"有，"爸爸静静地说，"去把雪琴那个贱女人捉住，然后砍下她的头拿来！"

"恐怕我做不到。"何书桓无奈地笑笑，"老伯，放掉她吧！像她这样的女人，得失又有何关？"

"她把依萍的嫁妆全偷走了，你要娶一个一文不名的穷丫头做老婆了！"爸爸说。

"老伯，"何书桓摇了摇头，"钱是身外之物，年轻人要靠努力，不靠家财！"

"好，算你有种！"爸爸咬咬牙说，"你就喜欢说大话！看你将来拿什么成绩来见我！何书桓，我告诉你，我把依萍交给你，你会说大话，将来如果让她吃了苦，你看我会不会收拾你！"

"爸爸，我并不怕吃苦！"我说。

爸爸望望我，又望望何书桓，点点头说："好吧！我看你们的！"他把一只颤抖的手放在我的肩膀上，说："依萍，你们年轻，世界是你们的，好好干吧！现在，你们走吧，我要一个人休息一下。"

我望着爸爸，他看来衰弱而憔悴，我想对他再说几句话，但我不知道说些什么好。爸爸，他从不肯服老，现在，他好像认为自己老了。看看他的苍苍白发，我几乎无法设想年轻时代的他，驰骋于疆场上的他，是一副什么样子。在这一刻，在他的皱纹和他的沮丧中，我实在看不出一丁点往日的雄姿和英武的痕迹了。爸爸对我们挥了挥手，于是，我和何书桓退了出去。我到厨房里去找到了阿兰，给了她四十块钱，叫她照常买菜做饭给爸爸和如萍吃。我知道假如我不安排一下，在这种局面，是没有人会安排的。和何书桓走出了大门，我望着那扇红漆的门在我们面前合拢，心中感触万端。何书桓在我身边沉默地走着，好一会儿之后，他说："你父亲好像很衰弱！"

"近来的事对他打击太大。"我说。

"你们这个家，"何书桓摇了摇头，"好像乌云密布，不知道以后会怎么样？"

我下意识地回头看看，真的，乌云正堆在天边，带着雨意的风对我们扫了过来，看样子，一场夏日的暴风雨正在酝酿着。我很不安，心头仿佛压着几千斤的重担，使我呼吸困难而心情沉重。我把手插进何书桓的手腕中，一时间，强烈地渴望他能分担或解除我心头的困扰。

"书桓，"我幽幽地说，"我不了解我自己。"

"世界上没有人能很清楚地了解自己。"

"你说过，我很狠心，很残忍，很坏，我是吗？"

他站住了，凝视我的眼睛，然后他挽紧了我，说："你不是的，依萍，你善良、忠厚而热情。"

"我是吗？"我困惑地问。

"你是的。"

我们继续向前走，乌云堆得很快，天暗了下来，我们加快了脚步，远处有闪电，隐隐的雷声在天际低鸣。我望着自己的步子在柏油路面踏过去，突然有一种奇异的感觉，仿佛我已被分裂成两个，一个正向前疾行，另一个却遗留在后面。我回视，茫然地望着伸展的道路，不知后面的是善良的我，还是前面的是善良的我。

　　一阵雷雨之后，下午的天气变得清凉多了。我在室内烦躁不安地踱着步子，不时停下来，倚着窗子凝视小院里的阳光。围墙边上，美人蕉正绚烂地怒放着，一株黄色、一株大红，花儿浴在阳光中，明艳照人。我把前额抵在纱窗上，想使自己冷静下来，但我胸中燥热难堪，许多纷杂的念头在脑中起伏不已。雪姨，卷款而去的雪姨！现在在何方？丢下一个老人和一个空无所有的家！雪姨，我所深恶痛绝的雪姨！如今有钱有自由，正中下怀地过着逍遥生活！……我无法忍受！凝视着窗子，忽然间，一个念头如闪电般在我脑中掠过。我冲到玄关，穿上鞋子，匆匆忙忙地喊了声："妈，我出去一下！"

　　"依萍，你又要出去？"妈追到大门口来，但我已跑得很远了。我急急地向前走，烈日晒得我头发昏，雨后的街道热气蒸腾。我一直走到"那边"附近的第×分局，毫不考虑地推门而入。我知道这就是早上阿兰报案的地方。很顺利，我找到了那个早上问我话的警官，他很记得我，立即招呼我坐，我问："你们找到雪姨了吗？"

　　"没有，"那警官摇摇头，"竹林路的住址已经查过了，姓魏的三天前就已经搬走。现在正在继续追查。"

　　"哦。"我颇为失望，接着说，"我忘记告诉你们，姓魏的有一辆黑色小汽车，车号是——"我把号码写在一张纸上递给他，"同时，姓魏的是靠走私为生的。"

　　"什么？"我的话引起了另一个警官的注意，他们好几个人包围了我："陆小姐，你能不能说清楚一点？"

我咽了口口水，开始把在咖啡馆中所偷听到的一幕，一五一十地说了出来，他们听得很细心，又仔细地问了魏光雄和另一个人的面貌。然后，他们向我保证："陆小姐，你放心，这件案子会破的！"

我不关心案子会不会破，我只是希望能捉住雪姨——那个没有人性的女人！第二天早上，我打开报纸，看到了一段大字的标题：

过气将军风流债　如夫人卷巨款逃逸

旁边还有两行中号字的注脚：

曾经三妻四妾左拥右抱，
而今人去财空徒呼奈何！

我深吸了口气，"曾经三妻四妾左拥右抱，而今人去财空徒呼奈何！"真的，这是爸爸，一度纵横半个中国的爸爸，娇妻美妾数不胜数，金银珠宝堆积如山。可是，现在呢？我眼前又浮起昨天持刀狂砍的爸爸，萧萧白发和空屋一间！当年的如花美眷，以前的富贵荣华，现在都已成为幻梦一场了！

坐在床沿上，我开始看它的报道内容，幸好里面并没有提到爸爸的真名，只用陆××代替，记者先生总算留了点情面。报道也还不算失实，只是多了一段关于爸爸过去历史的简单描写。

看完之后，我默默地把报纸递给妈妈。妈妈看完，长长地叹了口气，低声自语地说："陆振华，怎么会有今天？"

"从雪姨进门那一天，他就应该考虑到会有今天的！"我说。

"你爸爸一生做的错事太多，或者这是上天对你爸爸的惩罚！"妈妈又搬出了她的佛家思想，神色十分凄凉。

"不要提上天吧，"我轻蔑地说，"上天对雪姨未免太便宜了！"

吃过了早饭，何书桓来了。我们计划一起去"那边"看看爸爸，正要走，有人敲门。何书桓去开了门，我看到门口有一辆板车，三四个工人正在和何书桓指手画脚地说着什么，我就站在榻榻米上问："有什么事，书桓？"

何书桓走到玄关来，皱着眉问我："你爸爸提起过一架钢琴吗？"

"钢琴？"我思索着说，"好像爸爸说过要送我一样东西，难道会是一架钢琴吗？"正说着，那些工人已七手八脚地抬进一架大钢琴来，我急急地问那些人："喂！谁是钢琴店的？"

一个穿白香港衫的办事员模样的人走过来，问："是不是陆依萍小姐？"

"是的。"我说。

"那就对了。"那办事员对工人们一挥手，工人又吆喝着把钢琴往门里抬。我想起爸爸现在已一文不名了，如果这钢琴只付了订金，那岂不要了我的命！于是，我又急急地问："请问这钢琴的钱付清了没有？"

"付清了，一星期前就付清了，因为再校了一次音，又刻了字，所以送晚了！"那办事员说。

工人们已把那个庞然巨物抬进了玄关，我想到目前"那边"和"这边"的生活问题，都比钢琴更重要。以前，一两万在爸爸看来不算个大数字，现在却是个大数目了。望着那办事员，我问："这钢琴是多少钱买的？"

"两万二千！"工人们正吆喝着要把琴抬上榻榻米，我叫："慢着！"

工人们又放下琴，我对办事员说："假如我把这琴退回给你们，行吗？我愿意只收回两万块！"

"哦，"那人大摇其头，"不可以！"说着，他打开了琴盖，指着琴上刻的两行字说："已经刻了字，不能再退了，而且我们是货物出门，就不能退换的！"

我望着那雕刻的两行字，是：

给爱女依萍

父陆振华赠 × 年 × 月 × 日

字刻得十分漂亮，钢琴上的漆发着光，这是一件太可爱的东西！我发着呆退后，让工人们把琴抬了上来。到了屋里，工人们问："放在哪里？"我一惊，这才发现我们的屋子是这样简陋窄小，这庞然巨物竟无处可以安放。我指示着工人把它抬进我的屋里，又把我屋里的书桌抬到妈妈屋里，这才勉强地塞下了这件豪华的礼物。工人们走了之后，我和何书桓，还有妈妈，都围着这钢琴发呆，在"那边"出事之后，我再收到这件礼物，真有点令人啼笑皆非。然后，妈妈走过去，轻轻地用手抚摸着琴上所雕刻的那几个字。一刹那间，我看到妈妈眼中溢满着泪水，我吃惊地问："妈妈，你怎么了？"

妈妈用手擦擦眼睛，笑笑说："没有什么。"说着，她搬了张凳子，放在琴前面，坐下去，抚弄着琴键，一连串音符流水似的从她手指下流了出来。

我惊喜地叫："妈妈！原来你会弹钢琴！"

"你是忘了，"妈妈对我笑笑说，"你不记得，以前我常和心萍弹双人奏。"是的，我忘了！那时我太小，妈妈确实常弹琴的。

妈妈凝视着琴，然后，她弹起一支老歌 *Long Long Ago*，她抬起头，手指熟练地在琴键上滑行，眼睛却凝视着前面一个虚无缥缈的地方，她的神情忧伤而落寞。这曲子是我所熟悉的，听着妈妈弹奏，我不由自主地用中文轻轻唱了起来：

> 对我重提旧年事，最甜蜜。往事难忘，往事难忘！
>
> 对我重唱旧时歌，最欢喜。往事难忘，不能忘！
>
> 待你归来，我就不再忧伤，
>
> 我愿忘怀，你背我久流浪，
>
> 我深信你爱我仍然一样，往事难忘，不能忘！
>
> 你可记得，三月暮，初相遇，往事难忘，往事难忘！
>
> 两相偎处，微风动，落花香。往事难忘，不能忘！
>
> 情意绵绵，我微笑，你神往。
>
> 细诉衷情，每字句，寸柔肠。
>
> 旧日誓言，心深处，永珍藏。往事难忘，不能忘！
>
> 我的心湖永远为你而荡漾，往事难忘，往事难忘！

你的情感却常四处飘荡，往事难忘，不能忘！

现经久别，将试出，你的衷肠。

我将欣喜，你回到，我的身旁。

但愿未来岁月幸福如往常，往事难忘，不能忘！

歌唱完了，妈妈的琴声也低微了下去，她调回眼光来，迷迷蒙蒙地看了看我和何书桓，我们都神往地靠在钢琴上看着她。她对我们勉强地笑了笑，似乎有点不好意思地说："看到了钢琴，使人兴奋。"

"妈，这曲子真好。"我说，"你再弹一个！"

妈妈摇了摇头，站起身来，无限怜爱地抚摸那架钢琴的琴身。然后，她抬起头来对我说："依萍，你的意见对，这架钢琴对我们是太奢侈了，你又不会弹琴，而且，你爸爸刚刚经过变动，事事都需要钱，我们还是把它卖掉吧！"

"我现在不准备卖了！"我伏在琴上说，"妈妈，你喜欢它，我们就留着它吧。钱，我们再想别的办法！"

"对了，"何书桓说，"钢琴留下来，我知道依萍也很喜欢学琴的。钱，总是很容易解决的！"

"你别以为我肯用你的钱！"我说。

"你做了我的妻子，也不用我的钱吗？"何书桓问。

"你有什么钱？你的钱还不是你爸爸的！"

"别忘了，我已经有了工作，自己赚钱了。"

"你留学的事办得如何？奖学金的事怎么样了？"我想起来问。

"已经申请到了一份全年的奖学金。"何书桓轻描淡写地说。

"真的？"我叫了起来，"你怎么不早说？"

"正巧碰到你们家发生这些事，我也懒得说了，而且，我正申请延迟到明年再去，这样，结婚之后我们还可以有一年相聚！"

妈妈靠在琴上，不知冥想些什么。我敲了敲琴键，望着那雕刻着的两行字，又想起爸爸来。于是，和妈妈说了再见，我们出了家门，向"那边"走。

何书桓说："奇怪，你的家庭给我一种奇异的感觉，我觉得每个人都很复杂，例如你母亲，我猜她一定有过一段不太平凡的恋爱！"

"哦，是吗？"我想了一下，忽然说，"对了，有一天，妈妈好像说过她爱过一个什么人。"

我沉思地向前走，两个人都不再说话。我想着妈妈，在她婚前，是不是已有爱人，而被爸爸活活拆散了？我又想着爸爸，一生发狂似的玩弄女人，到最后却一个也没有了。我又想到雪姨的出走，生活的问题，躺在医院里的梦萍，下落不明的尔豪……一时脑中堆满了问题。直到何书桓拉了我一把，我才惊醒过来，何书桓望着前面说："依萍，你看，好像出了什么事！"

我抬起头，于是，我看到"那边"的门大开着，警察正在门里门外穿进穿出。我说："可能是雪姨有了消息！"就拉着何书桓向前面跑过去，跑到了大门口，一个警员拦住了我，问："你是什么人？"我抬头一看，这是个新的警员，不是昨天来过的。

我说："我是陆依萍，陆振华是我父亲！"

"哦？"那警员怀疑地问，"你什么时候出去的？"

"我不住在这里！"

“你住在哪里？”

天哪！难道我又要解释一次！我向门里面望过去，什么都看不出来，我皱着眉说：“能不能请你告诉我，这里发生了什么事？”

“陆如萍是你的什么人？”

“是我同父异母的姐姐！”

“今天早上八点钟，她用一支手枪，打穿了自己的脑袋！”那警员平平静静地说。

我回头望着何书桓，一刹那间，只觉得脑子中一阵刺痛，然后剩下来的是一片空白。

第十二章

我站在如萍的房门口，战栗地望着门里的景象，如萍的身子伸展地躺在床前的地上，衣服是整齐的，穿着一件绿纱白点的洋装，脚上还穿着白色的高跟鞋。她向来不长于打扮，但这次却装饰得十分雅致自然。手枪掉在她的身边，子弹大概从她的右太阳穴穿进去，头顶穿出来，她的头侧着，伤口流出的血并不太多，一绺头发被血浸透，贴在伤口上。我望着她的脸，这张脸——在昨天，还那样活生生的，那张紧闭的嘴和我说过话，那对眼睛曾含泪凝视过我和书桓。而今，她不害羞地躺在那儿，任人参观，任人审视，脸色是惨白的，染着血污，眼睛半睁着……据说，死的人若有不甘心的事，就不会瞑目的。那么，她是不甘心的了？想想看，她才二十四岁，二十四，多好的年龄，但她竟放弃了她的生命！她为什么这样做？我知道原因，我知道得太清楚，清楚得使我不敢面对这原因——她并不是自杀，应该说是我杀了她！望着那张脸，我依稀看到她昨天的泪眼，那样无助，那样凄惶，那样充满了无尽的哀伤和绝望……我闭上眼睛，转过身子，踉跄地离开这房门口，我撞到何书桓的身上，他站在那儿像一尊石膏像，我从他身边经过，摇晃地走进客厅里，倒进沙发椅子中。我头脑昏沉，四肢乏力，如萍血污的脸使我五脏翻腾欲呕。

一个人拿了杯开水给我，我抬起头，是昨天问过我话的警员，他对我安静地笑笑说："许多人都不能见到死尸。"

我颤抖着接过那杯水，一仰而尽。那警员仍然平静地望着我说："真没想到，你家里竟接二连三地出事。"

"我实在没想到，"我困难地说，"昨天她还好好的！"

"我们已经调查过了，证明是自杀，只是我们有几个疑点，你爸爸的手枪怎么会到她手里去？"警员问。

"我……"我蹙紧眉头，我知道得太清楚了，那是我交给她的，为了避免爸爸用它行凶，我怎能料到，如萍竟用它来结束了她的生命！只要我预先料得到这种可能性的百分之一，我也不会把枪交给她的。我摇摇头，艰涩地说："我不知道。"

"你知道你父亲平日放枪的地方吗？"

"我不知道。"

"你能不能提供一点你姐姐自杀的原因？"

"我……"我嗫嚅着，又摇了摇头，"我不知道！"然后我鼓着勇气问："她没有留下遗书？"

"只有这一张纸，在桌上发现的。"

那警员打开记事本，拿出一张字条给我看，字条确实是如萍的笔迹，潦草地写着：

我厌倦了生命，所以我结束我自己，我的死，与任何人无关！

陆如萍 × 月 × 日

我把字条还给警员，警员又问："据下女说，今天早上，令姐还出了一趟门，回来之后就自杀了，你知道她到哪里去了吗？"

"我不知道！"警员点点头走开了。于是，我才看到爸爸像泥塑木雕一样坐在一张沙发里，咬着他的烟斗，而烟斗中星火俱无。我站起来，跟跄地冲到他身边，和他并坐在一起，我用手抓住他的手，他的手是冰冷而抖索的，我说："爸爸！哦，爸爸！"

爸爸不响也不动，依然挺直地坐在那里。我感到身上一阵发冷，爸爸的神情更加惊吓了我。他目光呆滞，嘴角上，有一条白色的口涎流了下来，沾在他花白的胡子上。我摇摇他，又喊："爸爸！"他依然不动，我拼命摇他，他才回过头来，望了我一眼，低低地说："死了——就这样死了——只有一枪！她放枪的技术和我一样好！"他摇着他的头，好像他的头是个拨浪鼓。同时，他把他的手伸开，枯瘦的手指平放在他的膝上，他凝视着自己的手，喃喃地说："陆家的枪打别人！不打自己！"他的烟斗落到地上去了，他没有去管它，继续说："这手枪跟了我几十年，我用它杀过数不清的生命！"他把手颤抖地伸到我的眼前来，使我恐惧，他压低声音说："我手上的血污太多了，你不知道有多少生命丧失在这双手底下……所以，如萍也该死在这枪下，她带着我的血污去死！"

我颤抖，恐怖感震慑了我，爸爸是顶强的，他不是个宿命论者，他从不相信天、上帝和命运，他只相信他自己，我也一样。但，他竟被命运折服了吗？他也认为他自己是个罪人了吗？门口有一阵骚动，来了一个高大的人，提着个医生用的手提箱，我知道这是法医。我坐在客厅中等待着，爸爸又闭着嘴不说话了。一会儿，法医走了。先前那个警官走过来，对我说："一切没问题了，你们可以为她安排下葬了。"

　　警员们和法医都走了之后，室内突然变得可怕的空旷和寂寞起来。阿兰不知道跑到哪里去了。四周寂静如死。我和爸爸都呆愣愣地坐着，谁也无法开口。好半天，何书桓从走廊里不稳地走了进来，他径直走到茶几旁边，在烟盒里取出一支烟，我知道他是不抽烟的，这只是他想镇定自己而已，他坐进沙发里，燃着了烟，猛抽了一口，他并没有呛咳，只是脸色苍白得很。就这样，我们三人坐在客厅中，各人想着各人的，沉默得一如空气都凝住了。而后面屋里，一具尸体正横陈着。何书桓的那支烟抽完了，烟蒂烧了他的手，他抛下烟蒂，突然站起身来说："我去打电话给殡仪馆！"

　　爸爸看了他一眼，没有说话，我也一语不发。于是何书桓走出了大门。没一会儿，他打完电话回来了，又落座在原来的位子上，伸出手再取了一支烟。我望着那一缕青烟，在室内袅袅升腾，再缓缓扩散，心中空虚得如一无所有。咬紧了嘴唇，我希望我能痛哭一场，可是我的喉咙口堵塞着，什么声音都发不出来。殡仪馆的人来了，一切仰仗何书桓照应，我和爸爸都瘫痪在沙发中，一动也不动。没多久，他们把如萍用担架抬了出来，尸体上蒙了一块白布。我战栗了一下，不由自主地站起身来，跟着担架冲到大门口。

何书桓扶着门站在那儿，望着担架被抬上车子，他低低地、自言自语地说："一个善良而无辜的女孩。"他摇摇头，喉咙哽塞地吐出四个字，"死得冤枉！"我靠着门，心中惶无所据，一种不情愿相信这是事实的情绪抓住了我，或者我会在下一分钟醒过来，发现自己正躺在床上，这一切不过是个荒诞无稽的噩梦。这一定不会是事实，一定不会！

何书桓看了我一眼，说："殡仪馆的事交给我吧，你去照顾你父亲。"他望着那辆殡仪馆的黑车子，脸上浮起一个比哭还难看的惨笑，眼睛里涌上一股泪水，幽幽地说："我昨天才对她说过，希望能为她做一点事情——没想到，今天竟由我来护送她到殡仪馆，我为她做的事，居然是她在人生所该做的最后一件。"

何书桓上了殡仪馆的车子，跟着车子走了。我望着那车子所卷起的尘土，好半天，都不知身之所在，模模糊糊的，我竟莫名其妙地想起基督徒葬礼时用的祷辞："尘归尘，土归土，灰归灰。"

是的，"尘归尘，土归土，灰归灰"。这就是生命，来自虚无，又返回虚无。二十四年，她给这世界留下了些什么？现在，就这样一语不发地去了，像尘、像土、像灰！她再也不会悲哀了，再也不会为获得和失去而伤心难过了。如萍，她到底做了件厉害的事，她用她的死对我和书桓做了最后的无声的抗议。在她活着的时候，她从不敢对我正面说什么……而今，她去了！死者已矣，生者何堪？

车子完全看不见了，我回过身子来，这才看到阿兰正提着个小包袱，站在我身后，看到我回头。她扭着身子，露出一口金牙，咧着嘴皱着眉说："小姐，我不做啦，我要回家啦！"

我的思想还在如萍身上，瞪着她，我根本不明白她的意思，她又扭了一下身子说："我不做啦！小姐，这个月的工钱还没有给我！"

我听明白了，她想辞工不干，但是，这里只剩下爸爸一个老人，他是离不开下人服侍的，于是，我振作了一下说："阿兰，你现在不能走！"

"我不做啦！"阿兰恐惧地望了望那幢房子，"大小姐死得好怕人，我不做啦！"

"阿兰，你一定要做，现在只有老爷一个人了，工作很简单，你好好做，我加你工钱！"

好不容易，我总算又把阿兰安抚住了。看着她提着小包袱走回下房里，我松了一口气。沿着院子里的水泥路，我拖着滞重的脚步，走向客厅。当我推开客厅的玻璃门，迎面而来的，是一种又空又冷的沉寂，大厅里寂寂无声，爸爸依然像个塑像一样坐在那儿。我停住，巡视着这幢房子，这里面曾经挤满了人，曾经充满了笑语喧哗，我似乎还能听到梦萍在这儿听热门音乐，尔杰在按着车铃，如萍弯着腰抚弄小蓓蓓，还有雪姨在那儿笑……短短的半年之间，这里的人走的走了，死的死了，只留下一个孤单的老爸爸。我呆立着，脑中昏昏蒙蒙，眼前迷迷茫茫，四周的白墙都在我眼前旋转，似乎有几百个庞大的声音在我身边震荡，我甩甩头，想清楚耳边的声音，于是，那冲击回荡的各种杂声汇合成为一个，一个森冷而阴沉的响声："是你！陆依萍！是你造成的！"

顿时间，我觉得背脊发麻，额上冷汗涔涔了。

一阵低沉哀伤的"呜呜"声从我脚下响起，同时，一个冰冷的东西碰着了我的脚，我吃了一惊，低下头，我看到如萍那只心爱的小哈巴狗——蓓蓓，正在我脚下无主地乱绕着，难道它也知道失去了它的女主人？

我镇定了自己，走到爸爸身边，轻轻地在他旁边坐了下来。我无法和爸爸说话，我也无法把自己从那森冷的指责声中解脱出来。室内，蓓蓓到处嗅着，哀鸣不已，更增加了几分阴森沉重的气氛。爸爸动了一下，我立刻转过头去求助似的对他说："爸爸！"

爸爸凝视着我，他的眼光凌厉而哀伤，他低沉地问："她为什么要死？"我不能回答。爸爸冷冷地说了："依萍，你该负责任，你抢走了书桓！"

"我是不得已！"我挣扎地说。

"后来是不得已，一开始不是！"爸爸说，"你第一次见书桓，就抢足了如萍的风头，你是有意的！我看你看得很清楚，就像看我自己！"他把手压在我肩膀上，他的手颤抖得那么厉害，使我的身子也跟着颤动不已。他的眼睛紧紧地凝视着我，喑哑而肯定地说："你像我，依萍，你和我一样坏！"他捏紧了我的肩膀，喘了一口气，"可是，我喜欢你，只有你一个，十足是我的女儿！但是，你不用解释，我知道得很清楚，你恨我！你一直恨我！无论我怎么待你，你还是恨我！你恨我这边所有的人！"

我张开嘴，想加以辩白，但爸爸抓住我肩膀的手突然失去了力量，然后，他的身子就像一个泄了气的球一样瘫软了下去。我惊跳起来，爸爸已经倒在沙发里了，他的上半身挂在沙发的扶手上，下半身拖在地上，脸向下匍匐着。我抓住他的手，摇着，叫着："爸爸！爸爸！爸爸！"

可是！爸爸毫无知觉。我大声叫阿兰，阿兰来了，我让她守住爸爸，我冲出大门，跑到路口的公共电话亭里，翻开电话簿，随便找到一个私人医院的电话号码，打了一个十万火急的电话，再冲回房里，爸爸依旧匍匐着，我和阿兰用了好大的力气，又拖又拉又抱地让爸爸躺在沙发上，爸爸的个子太高大，两只脚都悬在扶手外面。就这样，我们等着医生到来。医生来了，给爸爸打了两针强心针，诊断是心脏衰弱和血压高。爸爸终于苏醒了过来，我们合力把爸爸搀进了卧室，让他躺在床上。

爸爸挣扎着说："我没有病！除非受伤和睡觉，我从不躺在床上！"

"你现在已经受伤了！"医生说。

爸爸身不由己地躺了下去。医生又给他打了一针，示意我退出去。我先到了客厅里，一会儿，医生也提着药包出来了。他对我严肃地说："最好你把令尊送到医院去，老年人是禁不起生病的！医院里照顾比较周到！"

"你是说，我父亲的病很严重？"

"是的，心脏衰弱，血压高，很可能会半身不遂。"

对爸爸，半身不遂比死更可怕！我默然不响，医生做着要走的准备，我才想起没有付诊金，问了诊金的数目，我打开了手提包，刚好是我身边全部的财产！送走了医生，我到爸爸房门口张望了一下，爸爸已经很安静地睡了，大概医生给他注射了镇静剂。退回到客厅里，我突然失去了力量，双腿一软，就躺进了沙发里，这一早上的事情，使我支持不住，听着蓓蓓不断地哀鸣，我崩溃地用手蒙住了耳朵，把头埋进裙子里。中午，阿兰做了一餐简单的饭给我吃。我要她给爸爸煮了一点猪肝汤，下了一点挂面。下午一点钟，爸爸醒了一会儿，因为医生说不能让他多动，所以我只得坐在床边，把面喂进他的嘴里，他一面吃，一面为自己失去的力量发脾气，好不容易，一碗面喂完了，我也浑身大汗。爸爸望望我，似乎想对我说什么，终于什么都没说，不一会儿，又昏昏地睡去了。我想离开这儿，但又觉得放心不下，靠在爸爸书桌前的安乐椅里，我迷迷茫茫地思索着。爸爸沉重的呼吸声使我心乱，这以后的局面将如何处置？我总不能把爸爸一个老年的病人交给阿兰，夜里要茶要水又怎么办呢？我也不甘愿和妈妈搬回来住，别人不了解，还以为我贪图这儿的房子和享受呢！把爸爸送医院，钱又从哪儿来？还有一个躺在医院里的梦萍，还不知道家中的种种变故，我要不要管她呢？许许多多的问题包围住了我，我心中紊乱而惶惑。望着爸爸苍老的脸，我想起他说的话："你恨我！无论我怎么待你，你还是恨我！"

我恨他吗？是的，我一直恨他！但是，现在，当这无助的老人躺在床上，事事需人帮忙的时候，我分不清我对他到底是恨，是爱，还是怜悯了！

蓓蓓又哀鸣着跑了进来，惶惶然地在我脚下乱绕，我用手拍拍它，试图让它静下去。但它仍然低鸣不已，在室内到处嗅着、跑着。一会儿，我听到"丁零"一声轻响，回过头去，我看到蓓蓓不知从哪儿衔来了一串钥匙。我走过去，把钥匙从它嘴里拿了下来，无聊地拨弄着。这是如萍的钥匙吗？如萍，这名字像一把利刃，在我心底一划而过，留下一阵尖锐的刺痛。如萍，正像何书桓说的，她那么善良温柔，"死得冤枉"！为了把如萍的影子从我脑中驱散，我试着做了一个无聊的举动，我用那串钥匙去开爸爸的书桌抽屉。可是，很意外的，中间那口抽屉竟应手而开。那么，这串钥匙是爸爸的了？我拉开了那个抽屉，下意识地想看看里面会不会有雪姨遗漏了没偷走的钱，可是，抽屉中除了一个小小的红色锦盒之外，一无所有。这锦盒是红漆的，上面有金色的百子图，十分考究，十分精致。我想打开这盒子，发现也上了锁，我在那一串钥匙里找了一个最小的，一试之下，非常幸运，居然也开了。

盒子里都是一些单据，我一张张地翻着，似乎全没有价值，我非常失望。忽然，我看到一张房契，再一看，就是这幢房子的，我想了想，觉得如果要把爸爸送医院，除非把这房子卖掉，于是，我把这房契收了起来。

盒子里没有别的了，我正要把它关起来，却发现这盒子还有一个底层，我乱弄了半天，才把那个底层打开。一瞬间，我愣了愣。首先，我看到一件女人用的饰物，是一个翡翠珠子的项圈。每个珠子大约有小孩玩的玻璃弹珠那么大，玉色翠绿晶莹，我数了数，总共二十四粒珠子。我奇怪，这显然是件值钱的东西，爸爸怎么没想起他还有这么一件值钱的饰物？放下这串项链，我再去看别的东西，却只有一张颜色已发黄的古旧的照片。我拿起那照片，照片里是一个倚着一扇中式圆窗的少女，手里拿着一把琵琶。我凝视这照片中的少女，一时之间，觉得说不出的迷惑和困扰。这少女很美很美，但，困扰我的并不是她的美，而是另一种似曾相识的感觉。尤其那对脉脉含愁的大眼睛，好像就在什么地方看到过。猛然间，我大大地震动了一下，因为我想起来了，这是妈妈的眼睛！最起码，活像妈妈的眼睛！但是，这绝不是妈妈的照片，从这张照片的古旧程度上看，起码有四五十年的历史，而这照片上的少女还穿着对襟绣花小袄，梳着高高的发髻，大概还是清末的装束，这是谁？我惶惑不解，乍看这张照片，倒有点像我死去的姐姐心萍。我把照片翻过来，却发现照片背面有娟秀的字迹，题着一阕晏几道的词：

坠雨已辞云，流水难归浦！
遗恨几时休？心抵秋莲苦。
忍泪不能歌，试托哀弦语，
弦语愿相逢，知有相逢否？

我望着这阕词，心里似乎有点明白，又不很明白。不过，我能确定，那串绿玉珠链和这照片中的少女一定有密切的关系。而这少女和爸爸一定也有关系，说不定曾是爸爸的宠姬，从爸爸收藏她的照片和饰物来看，对她似乎并未忘情，难道，爸爸也会对人有持久的感情吗？

我的思想杂乱而迷糊，无法也无心再去分析这件事，我把这两样东西依照原来的样子放好，把锦盒再锁上，抽屉也锁好。然后轻轻地站起来，把钥匙放到爸爸的枕头下面。爸爸依然昏睡着，我走出爸爸的房间，带上房门。

叫来了阿兰，我叮嘱她照顾爸爸，就离开了"那边"。经过如萍的房间时，我轻轻地把那敞开的房门拉上了，不敢对那空房子再投以任何的注视，匆匆地走出了大门。

我颠踬地、疲倦地回到了家里。家里却有个意外的客人在迎着我——方瑜。我无暇和她寒暄，走上榻榻米，我先为自己倒了一大杯开水，一气喝完。

妈妈说："依萍，你大概中暑了，你脸色不对！"

我跌坐在床前的榻榻米上，把头仰靠在床上。一整天，我接受着纷至沓来的变故，无论情绪上多么激动，我都一直撑持住，可是，现在，我却想哭。哭一场的冲动，强烈地在我胸中蠢动，我的眼睛模糊了。

"依萍，怎么回事？"方瑜跪在我的身边，用手摸摸我的面颊问，"在哪里受了委屈了？"

"你又和书桓吵架了吗？"妈妈担心地问。

我默默地摇了摇头，停了一会儿，才轻轻说："如萍死了！"

"什么？"妈妈抓住了我，摇着我说，"你在说什么？你生病了吗？"

"没有，我很好。"我说，"如萍真的死了！她开枪打死了自己，她自杀了！"

"天哪！"妈妈喊了一声，脚软地坐在床沿上，喃喃地说，"这不会是真的，这不会是真的！"

"这是真的！"

"为什么？"妈妈问。

我"哇"的一声哭了起来，憋了一整天的眼泪像开了闸的水，一涌而不可止。我把身子翻过来，脸伏在床上，痛哭不已。

方瑜用手绕住我的肩，拍着我说："别哭了，死生有命！"

"命？"我哭着叫，"她的命在我手里，你不懂，方瑜！我觉得是我杀了她！"

"既然已经成了事实，哭又有何益？"方瑜说，"眼泪能换回你内心的平安吗？这世界原本就是莫名其妙的！依萍，如萍是有福了。"

"你是什么意思？"我抬起头来问。

"人生的两面，生与死，你能证明哪一面更幸福吗？她已经解脱了，她只把痛苦留给活着的人！我们都把死看成一件很悲惨的事，那是对我们活着的人而言，对死者来讲，双脚一伸，他就无所谓快乐悲哀和痛苦欲望了！"

"你的话不像个教徒。"我说。

"我是在痛苦中想透了。"她说。

我呆呆地坐着，对于生和死，一时间想得十分的虚渺和遥远。方瑜不知是什么时候走的，我一直那样呆坐着，坐到夕阳西下，坐到天际昏茫，坐到夜色来临。妈妈对我说了些话，我一句也没听清楚，直到何书桓来了。他站在我面前，疲倦、苍白而伤感，妈妈推了张椅子给他，他坐进去，用手支着头说："我决定用土葬。"

"为什么？"我说。

"留一个让人凭吊的地方。"何书桓轻轻地说。

"可是——"我的思想恢复了，慢吞吞地说，"你知道，那边一点钱都没有了……"

"这件事让我来办吧！"何书桓说，语气中带着几分不耐和烦躁。他的眼睛瞪着我的床单，始终没有投到我的脸上来。说完了这句话，他就咬着嘴唇，默默地发愣。我凝视着他，忽然间，觉得他已经距离我非常遥远了。一层隔阂在我们之间莫名其妙地升了起来，我虽看不到它，却清楚地感觉到了。我无法捉摸他的思想，也无法让他注意我，他看来那样沮丧而若有所思，仿佛完全陷在另一个我不解的思想领域里。我开始模糊地感到一种惊恐，一种要失去他的惶然情绪，为了打破这使人心慌意乱的沉寂，我用近乎紧张的声音说："爸爸也病了。"

"怎么？"何书桓皱皱眉，听不懂似的问，他还没有从他的思想领域里走出来。

"爸爸病了，医生说要送医院。"

"哦？"他的眼光在我脸上一掠而过，声调平淡而冷漠，仿佛还没有完全弄清楚我的意思。

"医生说是中风，可能半身不遂。"我仓促地解释，声音是战栗的，我想哭。

"哦。"他又"哦"了一声，再看看我，就从口袋里取出一沓钞票，放在床边的小柜子上，说，"你先拿这个去办吧，明天我再送点钱来。"

我涨红了脸，心中焦灼而委屈，我说这些，难道是为了想问他要钱？可是，他的神情那样萧索落拓和淡漠，他甚至没有正眼看一看我。我的心脏抽紧而痛楚起来。"别离开我，书桓！"我心底在叫着，"别鄙弃我，书桓！我需要你，请帮助我，我那样孤独！"我心中反复地喊着，向他祈求地喊。但是，他听不见，也感不到。

他站起身来了，好像一切事都已交代完了似的，向门口走去说："我要回去了，一整天都没有回家。如萍的墓地，我买了六张犁山上的一块地，天气太热，不宜停棺太久，后天就下葬！"

"你要走了吗？"我心乱如麻地问。

"是的，明天早上，我会再送钱来。"

钱，钱，难道我们之间，就只有钱的关系了吗？我跟着他到大门口，心如刀绞。"书桓，不要走，不要离开我！"我心里哀求地叫着，但他却那样漠然，那样无动于衷！

站在大门口，他不经意似的望着我说："再见！"

我靠在门上，目送他的影子消失在暮色里，顿时感到五内俱焚，我觉得，他这一走，是真的走了，从我的生命中走出去了，再也不会回来了。我就这样呆呆地靠着门，凝视着虚无的前方，站了不知道有多久，直到妈妈大声喊我，我才发现天已黑了。我和妈妈吃了一顿食不知味的晚餐。饭后，我回到屋里，一眼看到那架钢琴，我走过去，坐在琴前面的椅子里，把前额靠在冰冷的琴盖上。

妈妈走了过来，扶着我的肩膀问："依萍，你爸爸病了？"

"是的。"

"什么病？"

"心脏衰弱和高血压。"

"严重吗？"

"是的。"

妈妈不说话了，在我床上坐下来。我们沉默极了，我可以听到自己的心跳声。过了一会儿，我抬起头来，打开琴盖，胡乱地按了几个琴键，单调的"叮咚"声听起来那么落寞、无奈和凄凉。我又想哭了。有人敲门，这么晚了，是谁？我到大门口去开了门，出乎我意料，竟然是何书桓！他刚走怎么又来了？我既惊且喜。"书桓，你回来了，你到底又回来了！"我想着，他却一语不发，我把门开大，让他走进来。当他走上了榻榻米，我才发现他面如死灰，神情惨沮。他坐在我给他的椅子里，用手支住头，默然不语。我坐在他对面，心慌意乱地望着他。终于，他抬起头来，脸上眼泪纵横，我喊："书桓！"

"依萍，"他蹙眉凝视着我说，"你知道如萍自杀之前是到哪里去了？"

我摇摇头。

"她到我家去找我，我正好到这儿来了。她留下一封信走了，回去大概就立刻自杀了。"

"一封信？"我问。

"是的。"何书桓从口袋里拿出一个已揉皱了的信封，抽出里面的信纸递给我，我接了过来。何书桓站起身，走到窗前，把前额抵着窗槛，注视着外面的夜色。我打开了信纸看下去：

书桓：

提起笔来，我不知道该对你说些什么。现在正是深夜，窗外的月光很好，你还记得不久前，我们漫步在新生南路上赏月吗？那天晚上，你曾问我愿不愿意嫁给你……可是，现在，书桓，你在哪里？你心里还有我一丝丝、一点点的位置吗?

我不怪你,我也不恨你,和依萍相比,我是太渺小、太平凡了!你一定会选上她的!只是,当你第一次从我身边转向她,我认了命,因为我明白她样样比我强!但,在我已经对你死了心,而将要从这次打击里恢复的时候,你又来找我了!你知道我是多么的惊喜交集!我以为我每天深夜的祈祷终于得到了上帝的怜悯,我感恩,我狂喜。书桓,我爱你,我可以为你发狂,如果你要我吻你的脚,我一定会匍匐在你的脚下去做的!书桓,你不知道我爱你有多么厉害,当你说要和我订婚的时候,我差点要高兴得昏倒,我背着你咬手指,为着想证明我不是在做梦……然后,依萍来了,用不着对你说任何一句话,你的心又从我这边飞走了,你再度离我而去,连一丝丝的留恋都没有,我还来不及从得到你的狂喜中苏醒,就被糊里糊涂地打回到失去你的地狱里了!

真的,书桓,我不是怪你,我也不是恨你,我只是不甘心,你为什么要玩弄我、欺骗我?你既然爱了依萍,为什么又回过头来哄我?你那么好,那么伟大,你明知道我是弱小而无用的,你为什么要拿我去寻开心?

你使我失去了妈妈的爱,她认为我放走了你是莫大的耻辱。她卷款出走了,对我一点也不管了!老天哪!老天!短短的数日之内,我失去了你,又失去了母亲,做人还有什么意思呢?

我从不敢想和依萍夺爱，真的，我喜欢依萍，她坚强勇敢，爸爸要用鞭子打她，她都可以面不改色，她太强了！我绝不敢夺她的爱！可是，你为什么要回到我身边来让我狂喜一次呢？为什么？

我不恨你，书桓，我只是不甘心，不甘心！妈妈走了，你也走了，我在这世界上已一无所有了！书桓，我是多怯弱呀！我真愿意我能有依萍百分之一的勇敢，那么，你或者也会多爱我一点点，是吗？

书桓，我还是不甘心！你该告诉我，你为什么要哄我？只要你告诉我原因，我就不怪你！只要你告诉我原因！

月亮没有了，外面好黑呀！我不写了，书桓，但愿我从来没有认识过你。

祝幸福

如萍 ×月×日深夜

我看完了信，抬起头来，何书桓仍然凝视着窗外，双手插在口袋里。我走过去，把信纸交还给他。他没有回头，只收起信纸说："依萍，你的报复，加上我的报复，我们把如萍送入了绝境，我们两个！依萍，你有什么感想？"

我扶着窗子的栏杆，说不出话来。

"依萍，我们是天底下最自私的两个人！"

"书桓——"我勉强地叫。

"依萍，看看窗外。"何书桓说，他的声音低而严肃，有股不容人抗拒的力量，眼睛直视着外面说，"我觉得，如萍正在那窗子外面看着我们！她血污的脸正对着我们！你看到了吗？"

我望着窗子，除了街灯和别人家的房顶外，什么都没看见。但，何书桓的话使我毛骨悚然。

"她在那儿，"何书桓静静地说，"她将永远看着我们！"

他紧紧地盯着窗外，于是，我也觉得窗外那黑暗的夜色里，到处都飘浮着如萍那对哀伤无助的眼睛。

第十三章

这天，我们埋葬了如萍。

早上，太阳还很好，但是，我们到坟场的时候，天又阴了。夏日习惯性的风雨从四面八方吹拂而来，墓地上几棵疏疏落落的相思树在风中摇摆叹息。参加葬礼的人非常简单，只有妈妈、我、何书桓和小蓓蓓。爸爸卧病在床，没有参加，蓓蓓是我用皮带牵着它去的。前一天，我曾在报纸上登了一个寻人启事，找寻尔豪，但是没有消息。我们没有为如萍登讣闻，我相信，讣闻对她是毫无用处的。她生时不为任何人重视，她死了，就让她静静地安息吧！就我们这几个人，也不知道该算是她的友人、亲人，还是敌人？望着她的棺木被落入掘好的坑中，是妈妈撒下那第一把土，然后，工人们的铁锹迅速地把泥土掀到棺木上去。听着泥土落在棺木上的声音，我才体会出阴阳永隔的惨痛。我木然地站在那儿，一任狂风卷着我的裙角，一任蓓蓓不安地在我脚下徘徊低鸣。我的心像铅块般沉重，像红麻般凌乱，一种麻木的痛楚正在咬噬着我，我想哭，但眼睛却又干又涩，流不出一滴眼泪。眼泪，我还是不流的好，如萍不需要我的眼泪，她不需要任何人的眼泪了！躺在那黑暗狭窄的洞穴里，寂寞也好，孤独也好，她一无所知！对这个世界，她有恨也好，有爱也好，都已经随风而逝了。我咬紧了嘴唇，握住蓓蓓的皮带，皮带上的铁扣刺痛了我的手心。我茫然地瞪着如萍的坟穴，如萍，她是逃避还是报复？无论如何，她是已无所知，亦无所求了。

"走吧！"不知是谁说了一句，我震了震，是的，该走了！如萍不再需要我们来陪伴了，在她活着的时候，我没有给过她友谊，何书桓也没有给过她爱情。现在，她已经死了，我们还站在这儿干什么？于是，我再望了如萍的坟一眼，默默地转过了身子，妈妈在流泪，我走上前去，用手挽住妈妈。妈妈瘦弱的手抓着我的手臂，她的眼睛哀伤而凄苦。我不敢接触她的眼光，那里面不只有对如萍的哀悼，还有对我的哀悼。我们一脚高一脚低地下了山，没有一个人开口说话，空气沉重而凝肃。山下，车子还在等着我们，上了车，车子一直把我们送到家门口。走下车后，妈妈先牵着蓓蓓走了进去。何书桓付了车钱，望着车子开走了。

我说："进去吧！"何书桓没有动，他凝视着我，眼光奇异而特别。一阵不祥的感觉抓住了我，使我浑身僵直而紧张起来，我回望着他，勉强地再吐出几个字："不进去吗？"

他用手支在门上，定定地注视我，好久都没有说话。风大了，雨意正逐渐加重，天边是暗沉沉的。他深吸了口气，终于开口了："依萍，我有几句话要和你说。"

"嗯？"我近乎呻吟地哼了一声，仰首望着乌云正迅速合拢的天边。我已经预感到他会说什么，而紧张地在内心做着准备工作。

"依萍，"他的声音低而沉重，"我们两个做了一件多么可怕的事！"

我咬咬嘴唇，没有说话。

"依萍，"他带着几分战栗，困难地说，"我希望你能了解我的心情，我从没有遭遇过比这更可怕的事，葬送了一条生命！依萍，说实话，如果你不存心接近我，我也会不顾一切地来追求你。我们为什么要糊里糊涂地赔掉如萍一条命？这事使我觉得自己像个刽子手，是我杀了如萍。我想，我这一生，再也没有办法从这个痛苦的记忆中解脱出来了。所以，我必须逃避，必须设法去忘记这件事，我希望我能够重新获得平静。"他凝视我，把一只手压在我扶着墙的手上，"依萍，你了解吗？"

"是的。"我用舌头润了润干燥的嘴唇，轻声地说。

我们有一段时间的沉默，然后，他低低地、不胜凄楚地说："依萍，我真爱你。"

他的话敲进了我的内心深处，我的眼眶立即湿润了，但我勇敢地挺了背脊，苦笑了一下说："你的计划是——"

"我想年底去美国，如果手续来得及，办好手续就走。我告诉过你，我已经申请到一份全年的奖学金。"

"是的。"

"依萍，你不会怪我？"

"怪你？当然不。"我近乎麻木地说。

"你知道，依萍，我没有办法面对你，"他痛苦地摇摇头，

"你的脸总和如萍的脸一起出现，我无法把你们分开来，望着你就如同望着如萍，我受不了。你懂吗，依萍？在经过这样一件可怕的事情之后，我们怎能再一起走入结婚礼堂？如萍会永远站在我们中间，使我不能呼吸，不能欢笑。所以，依萍，我只好逃避。"

"嗯。"我哼了一声。

"这样做，我是不得已……"

"我了解。"

"我很抱歉，请原谅我，依萍。"

多生疏的话！我把眼光从天边的乌云上调回来，停在他的脸上，一张又亲切又陌生的脸！眼睛里燃烧着痛苦的热情，嘴角上有着无助的悲哀。这就是何书桓？我热恋了那么久的何书桓？一度几乎失去，而现在终于失去的何书桓？我闭上眼睛，吸了口气。"你不需要请求原谅，我了解得很清楚。"我艰涩地说，"那么，你的意思是，我们从现在起就分手，是吗？"

他悲苦不胜地望着我。

"也好，"我虚弱地笑笑，"天下没有不散的筵席。"

他低下头，望着地面，半晌，他重新抬起眼睛来，湿润的眼珠黑而模糊，朦朦胧胧地凝注在我的脸上。"依萍，"他试着对我笑，但没有成功，"你勇敢得真可爱。"

勇敢？我痉挛了一下，天知道我是多么软弱！我盯着他。"书桓，别离开我。"我心中在无声地喊着，"别离开我，我孤独，寂寞，而且恐惧。书桓，别离开我！"我咬紧牙关，不让心中的呼号迸出口来。

"我这一去，"何书桓垂下眼睛说，"大概一两年之内不会回来了，你——"他咽了一口口水，"我猜想，将来一定会有个很好的归宿……"

"等你回来的时候，我会招待你到我的家里来玩。"我说，声调出乎我意料地平静，"那时候，我可能已经是'绿叶成荫子满枝'了。"

他微笑了，牵动的嘴角像毕加索的画，扭曲而僵硬："我会很高兴地接受你的招待，见你的孩子——和家人。"

我也微笑了。我们在说些什么傻话？多滑稽！多无聊！我尝试着振作起来，严肃地望了望他。

"你大约什么时候走？"

"九月，或者十月。"

"换言之，是下个月，或再下一个月。"

"是的。"

"我想，我不会去送你了，"我说，"我预祝你旅途顺利。"

他望着我，一瞬间，他看来激动而惨痛，他握紧我的手，想说什么，却终于没有说。掉开了头，他松掉我的手，轻声地说了句："你还有什么事需要我帮忙吗？"

"好吧，"我挺了挺肩膀，"我没有什么再要你帮忙的地方了，谢谢你已经帮过的许多忙，谢谢你给过我的那份真情，并祝福你以后幸福！"我的语气像个演员在念台词。

"我不会忘记你的！"他说，眼眶红了，"我永不会忘记你！"他眨动着充满泪的眼睛，"假如世界上没有仇恨，没有雪姨和如萍，我们再重新认识，重新恋爱多好！"

"会有那一天吗？"我祈望地问。

"或者。"他说。

"有时候，时间会冲淡不快的记忆，会愈合一些伤口，是吗？"

"或者。"他说。

我凝视他，凄苦地笑了。他从口袋里拿出一沓不太少的钞票，递给我说："你们会需要用钱……"

"不！"我说，"我们之间没有感情的负欠，也没有金钱的负欠，我们好好地分手，我不能再接受你的钱！"

"你马上要用钱，你父亲一定要送医院……"

"这些，我自己会安排的！"

"依萍，别固执！这是我最后的一点心意……"

"请你成全我剩余的自尊心！"我说。

"好吧！"他收回了钱，"假如你有所需要，请给我一个信，我会尽力帮忙，我走之后，你有事也可以到我家里去找我母亲。"

"你知道我不会，"我说，"既然分手了，我不会再给你任何麻烦了！"

"你还是那么骄傲！"

我笑笑，眼睛里凝着泪，他的脸在我的泪光中摇晃，像一个潭水里的影子。他的手从我的手上落下去了，我们又对视片刻，他勉强地笑了一下说："那么，再见！依萍！"

"再见了！"我轻声说。

"好好珍重——"

"你也一样！"

再看了我一眼，他转过身子走了，我靠在门上目送他。他走了两三步，又回过头来看我，我对他挥挥手，于是，他毅然地甩了一下头，挺着胸，大踏步地走出了巷子。

当他的身子完全看不见了，我才回身走进大门，把门关上，我用背靠在门上，泪水立即不受控制地倾泻了下来，点点滴滴，我胸前的衣服湿了一大片。天上，隐隐的雷声传了过来，阴霾更重了，大雨即将来临。

我走上榻榻米，妈妈问我："书桓呢？"

"走了！"我轻声地说。

"怎么不留他吃饭？"

"他以后再也不会在我们家吃饭了。"

"怎么回事？你们又吵架了？"妈妈盯着我问。

"没有，一点都没有吵！"我走过去，在妈妈面前的榻榻米上坐下来，把头靠在妈妈的膝上。窗外掠过一阵电光，雷声立刻响了。"要下雨了，妈妈。"我静静地说。

"到底是怎么回事？"妈妈更加不安了。

"这就是人生，不是吗，妈妈？有聚有散，有合有分，有开始就有结束，一切都是合理的。妈妈，别再问了。"

"你们这两个孩子都有点神经病！叫人操透了心，好好的，又闹别扭了，是不是？"

我笑了笑，把头更深地倚在妈妈的衣服里，泪水慢慢地滑下了我的面庞。窗外一声霹雳，暴风雨终于来临了。我眼泪模糊地望着窗外的风雨，脑中恍恍惚惚地想着书桓、如萍、梦萍、尔豪、尔杰、雪姨、爸爸、妈妈……像五彩的万花筒，变幻莫定，最后却成为一片混沌。

在风雨中昏睡半日一夜，当黎明在我窗前炫耀时，我真想就这样长睡不醒。但是，太多的事需要处理，我勉强地爬起身来，换掉睡衣，机械地梳洗和吃早饭。蓓蓓在我脚下绕着，我拍拍它，要妈妈好好喂它。这只失去主人的小狗，在无人照料之下，我只得收养了。回想半年前，我还曾渴望有这样一只小狗，而现在，它真的成了我的，却是以这种方式成了我的，望着它那掩映在长毛之下的黑眼珠，我叹息了。出了家门，太阳很好，湿漉漉的地面迎着阳光闪烁，隔夜的风雨已没有一点痕迹了。

我到了"那边"，阿兰开了门就唠叨："小姐，我不做了哇！我不会喂老爷吃饭，老爷一直发脾气，好怕人啊！我要回家去了哇！"

"好，别吵，晚上我就给你算工钱！"我不耐地说。

到了爸爸房里，爸爸正躺在床上，睁着一对虎视眈眈的眼睛瞪着门口，一看到我，就咆哮地大叫了起来："好呀！依萍！你想谋杀我吗？"

"怎么了，爸爸？"我问，走过去摸摸他枯干的手。

"我不要那个臭丫头服侍，她笨手笨脚什么都弄不好！"爸爸叫着，挥舞着他的双手。

"好的，爸爸，我马上叫她走！"我说，把手按在爸爸的腿上说，"爸爸，你的腿能动吗？"

"昨天还可以，今天就不行了！"爸爸说，瞪着我的脸，"依萍，我是什么病？"

"我也弄不清楚。"我不敢说出半身不遂的话。

"爸爸，今天我送你到医院！"

"我不去医院!"爸爸大叫,"我陆振华从来没有住过医院,我决不去!"

"爸爸,"我忍耐地说,"如果不住院,你可能要在床上躺一辈子,医院里随时可以打针吃药,而且你行动不方便,在家里连大小便都成问题!你又不要阿兰服侍,我两边跑要跑得累死!"

"为什么不住进来,连你妈一起?"

我眯着眼睛看着爸爸,抬抬眉毛说:"当你有人服侍的时候,当你面前围满了人的时候,你把我们母女赶出去!现在,你需要我们了,我们就该搬进来了吗?"

爸爸气得直瞪眼睛,眉毛凶恶地缠在一起。但是,他终于克制了自己,放开眉头说:"好吧!依萍,算你强!"

"我去打电话给医院,让他们开车来接你!"我说。

到巷口连打了好几个电话,所有公立医院都有人满之患,这年头,好像连生病都是热门,一连几个"没病床"使我泄气到极点。最后,还是一家教会医院说可以派车来接。回到"那边",我叫来阿兰,帮爸爸整理出一个小包袱来,因为我对爸爸的东西根本不熟悉。

车子来了,他们抬来担架,把爸爸用担架抬到车子上,我提着小包袱,跟在后面。当担架从客厅中抬出去,我忽然一愣,脑中浮起那天如萍被抬出去的情形,一阵不祥的预感使我浑身抽搐了一下。爸爸上了车,我吩咐阿兰好好看着屋子,就跟着车子到了医院。在医院里,医生诊断了之后,我付了住院费,爸爸被送进三等病房。我身上的钱还是何书桓前几天留下的,只付得起三等病房的费用。我照护爸爸躺好,爸爸对于和那么多人共住一个房间十分不惯，又咆哮着说他睡不来弹簧床，要医院里的人给他换木板的——这是他向来的习惯。交涉失败后，他就一直在生气。当护士小姐又不识相地来干涉他抽烟斗时，他差点挥拳把那护士小姐的鼻子打扁。好不容易，总算让爸爸平静了下来，我一直等到爸爸在过度疲倦下入睡之后，才悄悄地离开了医院。没有回家，而是直接到了"那边"。

现在已经用不着阿兰了，因为医生告诉我，爸爸在短期内决不能出院。我结清了阿兰的工钱，看着阿兰提着她的小包袱走了出去。我在客厅里坐了下来，立即，四周死样的寂静像蛇一样对我爬行过来，把我层层地卷裹住了。

我环视着室内，落地收音机上积了一层淡淡的灰尘，看来阿兰一定有两三天没有做洒扫工作了。室内的沙发、茶几、落地台灯……似乎都和以前不同了，带着种被摒弃的、冷清清的味道。我试着找寻这屋子里原有的欢乐气氛，试着回忆往日灯烛辉煌的情况，试着去想那人影幢幢笑语喧哗的时刻……一切的一切，都已渺不可寻，我被这冷清孤寂压迫着，半天都无法动弹。终于我站起身来，向走廊里走去。我自己的高跟鞋声音，使我吓了一大跳，这咯咯声单调而空洞地在整幢房子里传播开来，使我感到一阵毛骨悚然的阴森和恐怖。

我不敢到如萍房里去，而直接进了爸爸的房间，坐在爸爸的安乐椅上，我开始强迫自己去面对目前的种种问题。爸爸病卧医院，尔豪和雪姨皆下落不明，梦萍也被遗弃在医院中无人过问，现实的生活和爸爸住院的费用将如何解决？我回顾这空旷得像座死城的房子，知道只有一个办法：卖掉这幢房子！可是，要卖房子的话，这房中的家具、物品、衣饰、书籍等又如何解决呢？唯一的办法，是把衣物箱笼等东西运到家里去，而家具，只好随房子一起卖了。这么一想，我就觉得必须赶快着手整理这房中的东西。但，当我站起身来，茫然失措地打量着各处，又不知该从何下手了。

最后，我振作了一下，决定先从爸爸的东西整理起，于是，我立即采取了行动，先找出了爸爸的钥匙，打开了爸爸的衣箱，把散放在外面的衣物都堆进了箱子里。东西复杂而零乱，整理起来竟比预料的更加困难，一口口笨重的箱子被我从壁橱里拖出来，每一声发出的重物响声都会使我自己惊跳。箱子既行打开，满屋都散放着淡淡的樟脑味，给我一种清理遗物似的感觉。因此，我一面整理，一面又不时地停下来默默出神。而每当我停止工作，那份寂静、空虚，就会立即抓住我，使我惶惑紧张而窒息。于是，我不得不赶快把自己再埋进忙碌的清理工作中。

就在我忙得不可开交的时候，我依稀听到一声门响，我停了下来，侧耳倾听，在院子里，仿佛有脚步声正沿着水泥路向房子走来，接着，脚步声沉重而缓慢地敲击在磨石子地上，一步步地跨入了走廊。一刹那间，我觉得四肢发冷，虽然这是大白天，我却感到四周阴气森森，鬼魅重重，如萍血污的脸像特写镜头般突然跃进了我的脑海。我迅速地站起身来，把一件爸爸的衣服拥在胸前，眼睛直瞪着门口，看有什么怪物出现。于是，一个高大的人影推门而入，一对锐利而诧异的眼光冷冷地射向了我，我心中一松，吐了口长气，怔怔地说：“是你？”

“这是怎么回事？”进来的是失踪多日的尔豪，他蹙蹙眉头，望着地上散乱堆积的衣物箱笼。

"你不知道发生过的事吗？"我问。

"我在报上看到妈出走的事。"他说，狐疑地望着我，"爸爸呢？"

"病了，"我说，"今天我把他送进了医院。"

"什么病？"他的眉头蹙得更紧了，我望着他，他的眉毛和眼睛多像爸爸！陆家的浓眉大眼！

"医生说是心脏病再带上血压高。"

"很严重吗？"

"我想——是的。"

他的眼帘垂下了几秒钟，然后又迅速地抬了起来，继续望着我问："这屋子里别的人呢？如萍呢？阿兰呢？"

我痉挛了一下，停了片刻，才说："阿兰走了。"

"如萍呢？"

"如萍——"我凝视着他，咽了一口口水，困难地说，"死了。"

"你说什么？"他不信任地瞪大了眼睛。

"她死了，"我重复而机械地说，"她用爸爸的手枪打死了自己，我和书桓把她葬在六张犁。"

他呆住了，半晌，他嘴唇扭曲，眼光狰恶，低低地从喉咙里爆出了三个字："你撒谎！"

"我没有，"我摇摇头，紧张使我的背脊发凉，"那是真的，她自杀了，用爸爸的枪自杀了。"

他紧紧地盯着我，那眼光使人联想到电影中吃人部落发现了闯入者的神情。我背脊上的凉意加深了，下意识地抓紧了爸爸的衣服，好像那件衣服是我的一面盾牌。尔豪盯了我起码有一世纪那么长久，我知道，他开始明白我说的是事实了。他的眉毛纠结，眼光灼灼逼人，凶恶而狰狞，这神情我似乎看过——对了，这就是爸爸鞭打我时的样子——尔豪竟那样像爸爸！终于，他从齿缝中迸出了几句话，语气森冷阴沉："依萍，你到底把如萍逼死了，她连杀一只小蚂蚁都不敢，却杀了她自己！依萍，她对你做过什么坏事，你一定要置她于死地？！"

他向我迫近了两步，我也本能地退后了两步，他的手握紧了拳，对我咬牙切齿地说："你太过分了，依萍，你使人忍无可忍，如萍泉下有知，应该帮我杀了你！我杀掉你给如萍还了债吧！"

我站着不动了，静静地望着他，如果他要杀我，我是没有反抗能力的，事后他也可以逍遥法外，因为这房子里没有第二个人可以做见证。我只有等着他动手，不做逃命的企图，由于他正堵在房门口，我是不可能从他手中逃出去的。他对我冲过来了，我努力维持身体平衡，屹立不动，他的眼睛发红，里面喷着火——野人部落吃人时的表情。他的手攥住了我胸前的衣服，其实，是爸爸的衣服，那衣服一直像盾牌似的被我拥在胸口。他的另一只手摸索着我的脖子，似乎企图勒死我。我的嘴唇干燥，喉咙枯涩，求生的本能使我心头战栗，天生的傲骨却令我屹立如故。他的眼睛盯着我的，我们相对注视，好长一段时间，他的手始终没有加重压力，然后，他突然放开了我的脖子，痛苦地转开了头，喃喃地说："天哪，一对爸爸的眼睛！"

我战栗了，真的战栗了。我也有一对爸爸的眼睛吗？和尔豪的一样？他又转回头来望着我，我看到他脸上表情的变化，由狂怒转为痛苦，由痛苦又转为不安，由不安再转为疲倦和虚弱。他那绷紧着的肌肉逐渐放松了，他的头慢慢地垂了下去，他看到了握在他另一只手里的爸爸的衣服——那件爸爸常穿的府绸长衫——他的脸扭曲了，眼睛里浮起一阵悲哀痛楚之色，捞起那件衣服，他默默注视了一会儿，突然放下衣服，长叹了一声，低低地问："他没有多久可活了，是不是？……我是说爸爸。"

我的喉咙哽塞，说不出话来。他似乎也并不需要我答复，他看来沮丧而落寞。停了半天，他望望地上的箱子，问："你在做什么？"

"整理这屋子里的东西，"我润润干燥的嘴唇，轻声说，"准备把这房子卖掉。"

"卖掉？必须要卖吗？"

"是的。要给爸爸缴住院费。"

他抬起头来注视我，我们之间那种剑拔弩张的情势已成过去，而在我们的互相注视中，一种奇异的感情和了解竟穿越了我们，那是神奇而不可解的，我觉得我们彼此已经谅解了。从他的眼睛里，我看出仇恨的化解和友谊的滋生，我胸中发胀而情绪激动了。尔豪，和我有同样的眼睛，有同一个的父亲，有二分之一相同的血统！尔豪，在我现在这样面对他的时候，我确确实实地知道，他不再是我的仇人。他转开身子，低喟了一声："卖掉也好，以后不会有人来住了，一幢大而无当的房子，装满了仇恨、污秽和隐私！"

我默然。片刻之后，他掉转头，想走出去，我叫住了他："尔豪，你不去看看爸爸？他在医院里。"

他站住了，回头望着我，痛楚又升进了他的眼睛里，他皱皱眉，摇了摇头："我不能去看他，那天，我是迫不得已，如果我不救妈妈，他会要她的命。我伤了爸爸的自尊，你了解爸爸，这比什么都让他难堪。我无法去看他，他恨我，也不会原谅我。"

我知道这是实情。尔豪望着窗外，又叹息了一声。

"半年内，家破人亡！"他看看我，"你有权做你愿意做的一切，命运是自己造成的，怪不着你！如萍——她是个无害的小生物，想不到她会出此下策！死得冤枉！"

这句话何书桓也说过，我心中隐痛，闭口不言。

尔豪也沉默着，好一会儿，他轻轻说了句："爸爸是个英雄，这世界对末路的英雄都是很苛刻的。"

这话增加了我对尔豪的了解，他是爸爸的儿子，不是雪姨的，他爱爸爸。他也是有思想有深度的，往日我小看了他。停了一下，我问："你现在住在哪里？"

"一个同学家里。我已经找到一份工作，暑假之后，可以自己缴学费了。也该学着独立了。"

"你——"我犹豫了一下，"最好给我留一个地址，这样，房子卖了之后，我可以送一半的钱到你那里去。再者，梦萍那儿也应该去看看，我想雪姨不会去看她的。她那儿的医药费大概也欠得不少了，现在我身上一点钱都没有，只有等房子卖了再说！"他点了点头，写了一个地址给我。然后，他到他的房里，收拾了一批衣物和书籍。我又收拾了一箱子梦萍的东西给他，说："梦萍出院之后，恐怕只好住到你那里去。"

挟着东西，提着箱子，他向门口走，走到门口，他说："你收拾东西的时候，最好把大门关上，刚才我来的时候，大门是虚掩着的。"

我点了点头。他走了一步，又回头说："书桓怎样？"

"我和他已经分手了！"我强掩着痛楚说。

"为什么？"

"如萍。"我轻轻地说。

他望望我，没有说话，然后，他抬头看了看天，转过身子，大踏步地走了。我目送他的影子消失，反身关上房门，把背靠在门上，对着满园花香树影，一阵凄凉的感觉袭上心头，我鼻中酸楚而泪眼盈盈了。

整理东西的工作整整持续了三天，总算就绪了，一部分东西，像落地电唱收音机等就都以贱价卖给了电料行。第四天，我把箱子运往了我那狭窄的家中，锁上了那两扇红漆大门，取下了"陆寓"的金色牌子，贴上一张"吉屋廉售"的红纸条，纸条上标明了接洽处。站在门口，我对着这两扇红门，怅然伫立，心底迷惘而空洞。一个家，这么快就四分五裂了，这简直是令人不可思议的。这一切，怎么会发生，又如何发生的呢？是由于我吗？我茫然了。

爸爸的病越来越沉重了，我很清楚他将不久于人世。在医院里，他脾气暴躁易怒，所有的护士医生都被他骂遍了，连同房的病人都讨厌他。他的麻痹从腿上延到腰上，由腰而及胸，由胸而及手，现在已经完全瘫痪了。于是，他只能动嘴，日日责骂医生是"废物"，是"浑虫"！

房子终于以十万元的低价脱了手。事实上，这房子起码可以卖二十万，因为我急需钱，没有时间讲价钱，而买主知道这房子发生过血案，拼命杀价，我是能早一日脱手就好一日，只得勉勉强强地卖了。我遵守前言，送了五万元到尔豪那里去，尔豪住在他一个朋友家中，一栋破破烂烂的违章建筑里，他正在帮忙起火，带着满手的煤烟出来，我把钱交给他，他没有推托，立即接受了。我知道他也迫切地需要钱。他告诉我，去看过梦萍了，梦萍已经可以出院了，但他没钱结算医药费，现在有这笔钱了，正好接梦萍出来。我看着那矮小狭窄而简陋的住宅，梦萍，出院后的她，将接受怎样的一份生活？

这天，我提着妈妈给爸爸煮的汤到医院去看爸爸，他显得更加委顿了。我把汤喂给他吃，因为他不能吃肉食，这只是一些冬菇煮的素汤。吃完之后，他很沉默，好多天听不到他发脾气骂人，我心中不祥的感觉加重了。好半天，我才听到他叫我："依萍！"

"嗯？"我应了一声。

"坐过来一点。"我坐到他的床沿上，他紧紧地盯着我看，看了许久许久，使我不安。然后他说："依萍，我没有什么东西留给你，只有新生南路那幢房子，就给你和书桓作结婚礼物吧！"

我把头转开，掩饰我涌到眼眶的泪水。书桓！新生南路的房子！婚礼！这是几百年前的事了？而今，书桓正在何方？那个和书桓携手追寻着欢乐的女孩又在何方？这些事皆如春梦，再也找不到痕迹了。爸爸！他既不知我和书桓已经分了手，更不知道他那幢房子也早已换了主人！我勉强地说："结婚的事别谈了吧，等爸爸病好了再说！"

"依萍！"爸爸责备地望着我，"你也学会说些应酬话来欺骗我了吗？我知道我不会活着走出这家医院了！"

爸爸的坦白让我既难堪又难受，我默然不语，因为我知道对爸爸而言，安慰和劝解都等于零。爸爸长叹了一声，慨然地说："死又有什么关系？谁没有一死？只是死在床上，未免太窝囊！"爸爸的豪放洒脱使我心折。一会儿，爸爸又说："让我不甘心的，是没有亲手杀掉雪琴！"

我仍然不语，爸爸沉思了好久，说："我的房契在我书桌的中间抽屉里，你拿去！那儿有一个锦盒，里面还有……"爸爸停住了，眼睛眯了起来，朦胧地凝视着窗子。好长一段时间，他就定定地望着窗子出神，直到我忍不住咳了一声，他才收回眼光来，上上下下地看看我，低声地说："里面还有一串翡翠珠子，也给你！你留起来，无论在怎么穷困的情况之下，永不许变卖，知道吗？"

"好的，爸爸。"我柔声说。

"除了珠子之外，还有一张照片……当我……之后，你把它安放在我贴身的口袋里，让它跟我一同埋葬，知道吗？"

我不语，我十分害怕听到爸爸提身后的事。

爸爸又沉默了，他的眼光再度调向窗外，似乎不想再说什么了，然后，他闭起了眼睛，好久好久，都没有动静。我以为他已经睡着了，我站起身，想给他盖上夹被，可是，我才拉开被，他就又轻声地吐出了两句话："遗恨几时休？心抵秋莲苦！"

我一愣，这两句话太熟了，在哪儿看见过？立即，我想起这是那张照片后面题诗中的两句，但，我故意不明白地问："爸，你在说些什么？谁的照片？"

"一个女孩子的照片……"爸爸张开了眼睛，目光如炬地射向了我，"许许多多年以前，当我还是个孩子的时候，我是她父亲的马童！她也常骑马，每次都是我帮她拉马，扶她上马下马……她和我同年龄，十分娇嫩。日子久了，我们都逐渐长大，她偷偷地教我念书，我偷偷地亲吻她……她的父亲发现了，把我鞭打一顿，赶我走！叫我'打下了天下'再来娶她……十五年之后，我带着军队回去，她已经嫁给别人了！"

一个很动人的故事，我有些神往了，不信任地、呆呆地望着爸爸，我从没想到爸爸会有这样一个旖旎的恋爱故事！爸爸看看我，又说了下去："那串珠子是我离开她去打天下时她送我的，照片是后来托人带给我的。我以为她会等我，但她没有等我，我带着军队回去，把她搜了出来，她含泪说，她敌不过她的父母，只有嫁了！就在我搜她出来的那天晚上，她投了井。我在一怒之下，杀了她的全家，这是我滥杀的开始。以后，我用枪弹对付这个世界，我闯我的天下，南北东西，我的势力纵横数千里，可是，枪林弹雨里也好，舞台歌榭中也好，我还是忘不了她。有了权势之后，我收集长得稍微有一点像她的女人，就像收集邮票一样：眉毛、眼睛、鼻子、脸庞，只要有一分像她，我就娶进来。我有了成群的姬妾，可是没有一个是完完全全的她！"

我听呆了！顿时明白那张照片的眼睛何以那么像妈妈，大概妈妈就靠这对眼睛，能够得宠那么多年！雪姨呢？对了，爸爸说过她的眉毛和脸庞像一个人！哎，爸爸！滥于用情的爸爸！拥有数不清的女人的爸爸！我一直以为他是天下最无情的人，可是，谁知道，最无情的人也可能是最痴情的人！人生的是是非非，矛盾复杂，我能了解几分？而我窃以为自己懂得一切！窃以为我能分辨是非善恶，评定好坏曲直！望着爸爸干枯的脸，疲倦的神态，苍白的须发。如果他不说，我一辈子也不会知道他也有一个荡气回肠的故事！他也饱受情感的折磨和煎熬！

"爸爸，"好半天，我才能说话，他的神情看来已很疲倦了，"你睡睡吧！"

"依萍，"爸爸仍然瞪着我，"不要以为只有你懂得感情，我也懂！依萍，不要放过爱情！当它在你门前的时候，抓住它！依萍！记住我的话，时机一纵即逝，不要事后懊悔！"

"爸爸！"我喊，眼泪冲进了我的眼眶，我的心一阵剧烈的绞痛，我只能转开头以掩饰我即将流出的泪水。时机一纵即逝，我的时机是再也不会回来了！

"弦语愿相逢，知有相逢否？"爸爸又在念那首诗中的句子了，我悄悄地拭去了泪，回过头来，他的眼睛已慢慢地合拢。他是非常疲倦了，冗长的谈话和过度的兴奋透支了他的精力。我望着他，于是，他又张开眼睛来看看我，低低地说了一句："她姓邓，名字叫萍萍，心萍长得很像她！"

说完了这一句，他逐渐地睡着了。我站起身来，轻轻地拉开夹被盖住了他。我就坐在他的身边，托住下巴望着他。我明白了，为什么我们姐妹取名字都是什么萍，爸爸，他真是用心良苦！我凝视着他，一直凝视着，带着从来没有过的孺慕之情，静静地望着他。

爸爸的病拖了下去，到十月上旬，他说话已经很困难了。我几乎从早到晚地陪伴着他，忙碌可以使我忘记书桓。虽然，不眠的夜把我折磨得瘦损不堪，妈妈疑问而凄凉的眼睛使我心痛，往事的回忆令我日夜惶然无据。多少的深夜，我把头埋在枕头中，一次又一次地呼叫书桓，又有多少次，我倚门远眺，疯狂地期盼奇迹出现，但，我总算撑持了下去。有时，爸爸会用探索的目光望着我，一次，他疑惑地说："书桓怎么不来看我？"

"哦，他……他……"仓促间我竟找不出借口，半天后才支吾地说："他有事到南部去了！"

爸爸瞪着眼睛望着我，我想，他已经知道了一切。我茫然地站着，爸爸的这句话又把我拖进了痛苦里，书桓，他现在可能已经远在美国了！他和我之间，已隔得太远了！这名字仿佛已经是我在另一个久已逝去的时代中所知道的、所亲近的了。

一天，我像往常一样到医院看爸爸，才走进爸爸的病房，就看到有好几个警员围在爸爸的病床前面问话。我赶了过去，听到爸爸在兴奋地、喘息地、用他那已不灵活的舌头在说："你们……抓到她，就……就……枪毙掉她……懂不懂？枪毙……"

我诧异地看着爸爸和那些警员，怎么回事？又发生了什么事？我望着警员们问："有什么事情？"

"你是谁？"他们反过来回我。

"我是他女儿！"我指指爸爸。

"王雪琴是你的什么人？"

雪姨！到底是怎么回事？我不解地说："不是我的什么人，只是我父亲的一个姨太太。她怎样？你们在调查什么？"

"雪琴！"爸爸兴奋地插了进来说，"已经……抓……抓到了。"

"哦，"我恍然地说，"你们已经找到雪姨了吗？"

"你没有看报纸？"一个警员问，"我们破获了一个走私案，王雪琴也是其中一份子，现在正在调查，她身边还有个男孩子，是你的弟弟吗？"

走私案！难道魏光雄也被捕了？我吸了口气，天网恢恢，疏而不漏！看样子，冥冥中的神灵并非完全不存在！我怔了好半天，才想起要回答警员的问题："不，那个男孩并不是我弟弟，只是雪姨的儿子！"

"怎么说？"警员盯着我问。

"那是姓魏的那个人的儿子！你们也捉住了姓魏的吗？"我问。

"报上都有！你去看报纸吧！"警员们不耐地说，结束了他们的调查。

警员们才走，我就迫不及待地去翻出了这两天的报纸。近来，被接二连三的变故弄得头昏脑涨，我是什么都顾不得了，哪里还有心情看报纸！我先翻开昨天的报纸，在第三版上，一条头号新闻立即跳进了我的眼帘：

基港破获大走私案　衣料、化妆品、毒品俱全

我再看旁边中号字的小标题是：

初步估计约值百万余元

主犯魏光雄、李天明已落网

早获情报追踪多日破晓时分一网成擒

我握着报纸，一个字一个字地看了下去，正式的报道并不长，显然消息还不十分完全。只略谓：因为早就获得魏光雄有走私嫌疑，所以一直注意着他的行动，在昨日凌晨时分，终于当他们偷运走私货时人赃俱获。报纸中没有提起雪姨，也没有提到情报来源。可是，显然这是那一天晚上我供给他们的消息所收到的效果。看完这张报纸，我又找出今天的报纸，果然，一条消息触目地占着第三版头条的位置：

> 港台走私案案外有案　已查出庞大资金来源
> 陆某人之妻王雪琴今被捕　卷款出走案至此水落石出

我放下报纸，心里忽然涌起一股难言的情绪，困惑而迷惘。雪姨被捕了！法律会制裁她，如萍死了，"那边"破碎了。到现在为止，我雨夜里站在"那边"的大门前所做过的诅咒和誓言已一一应验了……现在，我该满足了！我呆呆地坐在爸爸的床前，愣愣地望着爸爸那张枯干憔悴的和放射着异样光彩的眼睛，竟然满腹怆恻之情！

"依萍。"爸爸忽然叫了我一声。我看过去，爸爸的眼珠定定地瞪着天花板，幽幽地说："雪琴被捕，我死亦瞑目了！"

我震动了一下，爸爸的眼睛闭起来了，当他合上眼睛，失去了脸上那最后的、代表生命的两道寒光，他看来就真像一具死尸！我转开头，不愿再看也不忍再看了。

第十四章

　　雪姨和魏光雄的走私案终于宣判了，魏光雄判了十五年徒刑，雪姨七年，走私品充了公。案子判决时，已经是十一月中旬了。我不知道尔杰的下落如何，报上既没有提及，我也没有去打听。至于雪姨卷逃的案子，既然财产已不可能追回，我就不再去追究了。事实上，也没有时间再去管这些事了，我全心都在爸爸的身上。爸爸在十一月初，就已经丧失了说话的能力，但是，我知道他的神志依旧是清楚的。有时，他竭力想跟我说话，而徒劳地去嚅动他的嘴唇，喉咙里没有声音，舌头无法转动，瞪着的眼睛里冒着火，我可以感受他内心是何等的焦灼、不耐和愤怒。每当这种时候，我就恨不得代他说话，恨不得有超人的本领，能知道他想说些什么。接着，他连嚅动嘴唇的能力都没有了，只能转转眼珠、睁眼及闭眼。我日日伴在爸爸的病床前面，看着生命缓慢地、一点一滴地从他体内逐渐消失，这是痛苦而不忍卒睹的。有时，望着他瞪大眼睛想表示意思，我会无法忍耐地转开头，而在心中祈求地喊："干脆让他死吧，干脆让这一切结束吧！这种情形太残忍、太可怕了！"十一月底，爸爸已瘦得只剩下一层皮，紧绷在骨头上，他的浓眉凸出来，眼睛深陷，颧骨耸立。乍然一看，像极了一具骷髅。"黑豹陆振华"，历史上有名的人物，曾叱咤风云，打遍天下，而今，却成了个标准的活尸，无能为力地躺在这儿等死！这就是生命的尽头？未免太可悲了！意识和神志已经成为爸爸最大的敌人，僵硬地躺在那儿，而不能禁止思想，我可以想象他那份痛苦，整日整夜，他瞪着眼睛，脑子里在想些什么？童年的坎坷？中年的跋扈？老年的悲哀？这些思想显然在折磨他，而一直要折磨到死，生命，到此竟成了负担！一天，我倚在爸爸病床前面，看一本杰克·伦敦的《海狼》，看到后面，我放下书来，瞪着爸爸发呆。杰克·伦敦笔下的"海狼"是一个何等顽强的人物，爸爸也是，不是吗？可是，再顽强的生命也斗不过一死！一时间，我对生命充满了疑惑和玄想，怔怔地落进了沉思里。

爸爸的眼珠转动得很厉害，显然他又在想着表示什么了，我俯近他，他立即定定地望着我，眼睛是热烈而渴切的。我端起了小茶几上的茶杯，这是每次他望着我时唯一可表示的要求，用小匙盛了开水，我想喂给他喝。但，他愤愤地闭上了眼睛，我弄错他的意思了。

放下杯子，我笨拙而无奈地问："你要什么，爸爸？"

他徒劳地瞪着我，眼珠瞪得那么大，有多少无法表达的意思在他心中汹涌？我努力想去了解他。但，失去了语言做人与人之间的桥梁，彼此的思想竟然如此难以沟通！我呆呆地瞪着他，毫无办法了解他。

"你有痛苦吗，爸爸？你哪儿不舒服吗？"

他的眼睛喷着火，狂怒地乱转一阵，他已经生气了。

我皱皱眉，紧接着问："你想知道什么事吗？我一件件告诉你，好不好？"

于是，我坐在他的床边，把我所知道的各人情况，一一告诉他：雪姨被判刑，梦萍已出院，尔豪在半工半读……种种种种。当然，我掩饰了坏消息。像房子已卖掉，尔豪住在贫民窟里，梦萍，据说身体一直很坏，以及书桓的离我而去。但，当我说完之后，爸爸依然徒劳地转着眼珠，接着，他失望地闭上了眼睛，我知道，我始终没有弄清楚他的意思。

我倚床而立，默然地凝视着他。他希望告诉我什么，还是希望我告诉他什么？但愿我能了解他！过了一会儿，我看到有水分从他的眼角渗了出来，沿着眼尾四散的皱纹流下去。我大吃一惊，这比任何事都震动我！陆振华！不，他是不能哭的，不能流泪的！他是一只豹子，顽强的豹子，他不能流泪！我激动地喊："爸爸！"他重新睁开眼睛，那湿润的眼睛清亮如故，年轻时，这一定是一对漂亮的眼睛！是了，尔豪曾说我有一对爸爸的眼睛，事实上，尔豪也有一对爸爸的眼睛！现在，当我面对着爸爸，如同对着尔豪和我自己的眼睛。我心绪激荡，而满腹凄情，这一刻，我觉得我是那样和爸爸接近。

爸爸潮湿的眼珠悲哀地凝注在我的脸上，我倚着床，也悲哀地望着他。那一整天，他都用那对潮湿的眼睛默默地跟踪着我。

晚上，我疲倦地回到家里，听到一阵钢琴声，弹奏得并不纯熟，不像是妈妈弹的。我敲敲门，琴声停了。给我开门的是方瑜！我惊异地说："好久没看到你！"

方瑜笑笑，没说话，我们上了榻榻米，方瑜倚着钢琴站着，微笑地说："依萍，你一定会吓一跳，我要去做修女了！"

"什么？"我不相信我的耳朵。

"下星期天，我正式做修女，在新生南路天主堂行礼，希望你来观礼。"

"你疯了。"我说。

"一点都不疯！"

"大学呢？"

"不念了！"

"为什么要这样？"

"活在这世界上，你必须找一条路走，是不是？这就是我找的路！此后，我内心只有平静。只有神的意志，再也没有冲突、矛盾、欲望和苦闷！"

"你不是为信教而信教！你是在逃避！"我大声说，"你想逃避自己，逃避这个世界，逃避你的感情！"

"或者是的！"她轻轻说。

我抓住她的手，恳切地说："方瑜，这不是解决问题的办法！"

"什么是解决问题的办法呢？"她问。

我茫然了。感到人生的彷徨，生命的空虚，这不是我的力量所能解决的了。"我不知道。"我低声说。

"你用你的方法解决你的问题。"方瑜说，"我要请问你一句，你解决了吗？"我不语。方瑜说："你只是制造了更多的问题。"

"说不定你也会和我一样。"我说。

她笑了笑。我说:"不要!方瑜,你应该读完大学……"

"大学里没有我要的东西!"

"修道院里就有吗?"我有些生气地说,"据我所知,你要的是爱情!"

"那是以前,现在,我要找出人生的一些道理来……"

"我保证你在修道院里……"

"依萍!"她叫。我望着她,于是,我知道,我是不可能改变她了。

沉默了一阵,我握住她的手,轻轻地说:"希望你快乐!"

"我也同样希望你。"她说。

我们对望着,彼此凄苦地笑了笑。我明白,我们都不会再快乐了!我们是同样的那种人,给自己织了茧,就再也钻不出来。

第二天早晨,我和平常一样到医院里去。一路上,我想着方瑜,想着她放弃大学而做修女,想着我自己,也想着爸爸,心里迷迷茫茫的。走进爸爸的病室,我笔直地向爸爸的病床走去,心里还在想着那纷纷杂杂的各种问题。直到我已经走到了病床前面,我才猛然收住了脚步,呆呆地面对着床,不信任地睁大了眼睛,那张爸爸睡了将近四个月的病床,现在已经空空如也了。

"陆小姐!"一位护士小姐走了过来,把手同情地压在我的肩膀上,四个月来,我和她们已经混熟了。我依然动也不动地站着,脑子里糊涂得厉害,也空洞得厉害,凝视着那张床,我竟然无法思想,我不能把爸爸和空床联想在一起。我努力想集中我乱纷纷的思绪,可是,脑子是完全麻木的。"陆小姐,看开一点吧,这一天迟早会来的。"

护士小姐的话从我身边轻飘飘地掠过去，迟早会来的，什么东西迟早会来的？爸爸？空床？于是，我脑中一震，清醒了，也明白了。我深吸了口气，紧紧地盯着那张床，这一天终于来了，不是吗？爸爸，他走完这条路了，他去了。

我仍旧站着不动，护士小姐拍拍我的肩膀，忍不住地再叫了一声："陆小姐！"

我甩甩头，真的清醒了。咬了咬嘴唇，我听到我自己的声音在低低地、酸涩地问："什么时候的事？"

"昨天夜里三点钟，他去得很平静。"

是吗？谁知道他是不是真的很平静？有谁能明白他在临死的一刹那有些什么思想？我呆立着，眼泪慢慢地涌进了我的眼眶，迷糊了我的视线，又沿着面颊流下来，滴在我的衣襟上面。我缓缓地走上前去，低头望着那张爸爸睡过的床，现在，这床上已经换上了干净的被单和枕头套，我却依稀觉得爸爸仍然躺在上面。我在床沿上坐下来，轻轻地用手抚摸着那个枕头，新换的枕头套浆得硬而挺，被单是冷冰冰的。

我垂下头，用只有我自己听得见的声音，凄然地轻唤了两声："爸爸！爸爸！"

就在这两声甫叫出口，我觉得心中一阵翻搅，一恸而不可止。我紧紧地抓住那枕头，再也控制不住自己，痛哭失声。在我自己的痛哭里，我第一次衡量出我对爸爸的爱，我始终不肯承认的那份爱，竟那么深，那么切，而又那么强烈！我哭着，在奔流的泪水中，在我翻腾的愁苦里，许多我强迫自己忘记，我禁止自己思索的事也都同时勾了出来，离我而去的书桓，因我而死的如萍……一时间，我心碎神伤，五内俱焚。

我哭了很久，仿佛再也止不住了。在这一刻，我竟渴望能对爸爸再讲几句话，只要几句！我将告诉他，我爱他，我是他的女儿，我从不恨他！是吗？我恨过他吗？我诅咒过他吗？我把他当仇人看过吗？是的，一直是如此，不是吗？直到他死，他何尝知道我爱他？我自己又何尝知道？我只热衷于报复他。爸爸，终于去了。他一生没有得到过什么，甚至得不到一个女儿！

"陆小姐，人已经死了，哭也没有用了！别太伤心吧！"护士小姐在一边劝着我。没有用了！我知道！一切的懊悔也都没有用了！我并不是哭爸爸的死，我哭我自己的糊涂，哭我曾经拥有而又被我抛掷掉的许许多多东西！于是，我想起昨天，爸爸和我说话的尝试，他已经预知他要死了？他希望我告诉他什么？我永不能明白他的意思了！

"我能再见爸爸一面吗？"我收住了眼泪问。

护士小姐点点头，当我跟着护士向太平间走时，我听到病房里有一个病人叹着气说："好孝顺的一个女儿！"

好孝顺的一个女儿？我是吗？我对爸爸做过些什么？好孝顺的一个女儿！我是吗？这世界是太荒谬、太滑稽了！

爸爸静静地躺在太平间里，我望着他那一无表情的脸，昨天，他还能对我转转眼珠，睁眼闭眼，而今，他什么都不会了。这就是死亡，一切静止，一切消灭。苦恼的事，快乐的事，都没有了。过去的困顿，过去的繁华，也都消失了。这就是死亡，躺在那儿，任人凝视，任人伤感，他一切无知！谁能明白这个冰冷的身子曾有一个怎样的世界？谁能明白这人的思想和意志也曾影响过许多人？现在，野心没有了，欲望没有了，爱和恨都没有了！只能等着化灰，化尘，化土！

我大概站得太久了，护士小姐用白布蒙起了爸爸的脸，过来牵着我出去。我已经收束了泪痕，变得十分平静了。走到楼下账房，我以惊人的镇定结算了爸爸的医药费。

付了爸爸的医药费，我只有一万多块钱了，大概刚刚可以够办爸爸的丧事。妈妈听到爸爸的噩耗之后，一直十分沉默，她的一生，全受爸爸的控制和戕害，我相信她对爸爸的死自不会像我感到的那样惨痛。因而，在她面前，我约束自己的情绪。夜里，我却对着黑暗的窗子啜泣，一次又一次地喊："爸爸！爸爸！爸爸！"

在那不眠的夜里，我哭不尽心头的悲哀，也喊不完衷心的忏悔。我决心把爸爸葬在如萍的墓边。下葬的前一天，我在报上登了一则小小的讣闻，爸爸的一生，仇人多过友人，我猜除了我之外，没有人会真正凭吊他。因此，我自作主张，废掉了开吊的仪式，只登载了安葬的日期、地点及时间。另外我寄了一个短简给尔豪。这是十一月末梢，寒意已经渐渐重了。站在墓地，我四面环顾，果然，我登的讣闻并没有使任何一个人愿意在这秋风瑟瑟的气候里到这墓地来站上一两个小时。人活着的时候，尽管繁华满眼，死了也只是黄土一堆了。人类，是最现实的动物。尔豪和梦萍来了，好久以来，我没有见到梦萍了，一身素服使她显得十分沉静。她和尔豪都没有穿麻衣，我成了爸爸唯一的孝女了。

尔豪向我走来，低声说："我接到消息太晚，我应该披麻穿孝！"

"算了，何必那么注重形式？如此冷清，又没有人观礼！"我说，眼睛湿了。爸爸，他死得真寂寞。

我看看梦萍，她苍白得很厉害，眼圈是青的。我试着要和她讲话，但她立刻把眼睛转向一边，冷漠地望着如萍的坟，如今，这坟上已是墓草青青了。我明白她在恨我，根本不愿理我，于是，我也只有掉转头不说话了。

又是妈妈撒下那第一把土，四个月前，我们葬了如萍，四个月后，我们又葬了爸爸。泥土迅速地填满了墓穴，我站着，寂然不动。妈妈站在我身边，当一滴泪水滴在泥地上时，我分不清楚是我的还是妈妈的，但我确知，妈妈在无声地低泣着。墓穴填平了，一个土堆在地上隆了起来，这就是一条生命最后所留下的。我挽住妈妈向回走，走了几步，我猛地一震，就像触电般地呆住了，怔怔地望着前面。

在一棵小小的榕树下面，一个身穿黑色西服的青年正木然伫立着。这突然的见面使我双腿发软，浑身战栗，终于，我离开了妈妈，向那榕树走了两步，然后，我停住，和那青年彼此凝视。我的手已冷得像冰，所有血液都仿佛离开了我的身体，我猜我的脸色一定和面前这个人同样苍白。

"书桓，"终于，还是我先开口，我的声音是颤动的，"没想到你会来。"

"我看到了报纸。"他轻声而简短地说，声音和我的一样不稳定。

"我以为你已经走了。"我说，勉强镇定着自己，我语气客气而陌生，像在说应酬话。

"手续办晚了！"他说，同样的疏远和冷淡。

"行期定了吗？"

"下个月十五日。"

"飞机？"

"是的。"

我咬咬嘴唇，没有什么话好说了。半天，我才想出一句话："现在去不是不能马上入学吗？"

"是的，准备先做半年事，把学费赚出来，明年暑假之后再入学。"

我点点头，无话可说了。妈妈不知道什么时候到了我身边，面对着书桓，她显得比我更激动。这时，她渴切地说话了："书桓，走以前，到我们家来玩玩，让我们给你饯行，好吗？"

"不了，谢谢您，伯母。"何书桓十分客气地说，"我想用不着了。"

"答应我来玩一次。"妈妈说，声音里带着点恳求味。

"我很抱歉……"何书桓犹豫地说，眼光缥缈而凝肃地落在如萍的墓碑上，那碑上是当初何书桓亲笔写了去刻的几个简单的字："陆如萍小姐之墓"。

我很知道，妈妈在做徒劳的尝试，一切去了的都去了，再也不会回来了。现在，我和书桓之间又已成陌路，旧时往日，早已灰飞烟灭，我们永不可能再找回以前的时光了。如萍的影子没有放松我们，她将一直站在那儿——站在我与他之间。我凄苦地伫立着，惨切地望着他，在他憔悴与落寞的神态里，我可以看到自己的惶然无告。我们手携手地高歌絮语，肩并肩地郊原踏青，仿佛已是几百年前的事了！看到妈妈还想再说话，我不由自主地打断了妈妈，用几乎是匆遽的语气说："那么，书桓，再见了。你走的那天，我大概不能去送行了，我在这里预祝你旅途愉快。"

"谢谢你，依萍。"

"希望将来，"我顿了一下，鼻子里涌上一阵酸楚，声音就有些哽咽了，"我们还有再见面的一天。"

"我相信——"他也顿了顿，嘴唇在颤抖着，"总会有那一天的。"

是吗？总会有那一天吗？那时候，他将携儿带女地越海归来。我呢？真的会已是"绿叶成荫子满枝"吗？我的喉咙收紧了，眼光模糊了，我无法再继续面对着他。匆匆地，我说了一句："再见了，书桓。"

"再见。"

他的声音那么轻，我几乎听不见。挽住了妈妈，我像逃走似的向下冲去。我看到尔豪去和何书桓打招呼，这一对旧日的同学，竟牵缠了这么复杂的一段故事，他们还能维持友谊吗？我不想再去研究他们了。拉住妈妈，我们很快地向下走去，秋风迎面扑来，我的麻衣随风飞舞，落叶在我面前飘坠，我从落叶上踏过去，从无数的荒坟中踏过去。爸爸，他将留在这荒山之上了！尽管他曾妻妾满堂、儿女成群，但他活得寂寞，死得更寂寞。

山下停着我们的车子，我让妈妈先上了车。旁边有两辆计程车，大概分别是尔豪和书桓坐来的。我倚着车门，没有立即跨进去，抬头凝视着六张犁那荒烟弥漫的山头，我怅然久之。然后，尔豪和梦萍从山上下来了，何书桓没有一起下来，他还希望在山上找寻什么？还是凭吊些什么？尔豪向我走了过来，家庭的变故使他改变了很多，他好像在一夜间成熟持重了。往日那飞扬浮躁的公子哥儿习气已一扫而空。站在我面前，他轻声说："很抱歉我没有帮到忙。"

我知道他指的是爸爸的丧事，就黯然地说："没有开吊，一切都用最简单的办法，人死了一切也都完了，我没有力量也不必要去注意排场。"

"是的。"他说。

停了一会儿，我问："雪姨怎样？"

"在监狱里。"他说，"我把尔杰送进了孤儿院，我实在没力量来照顾他。"我点点头，他也点点头说："再见吧！"

他刚转过身子，梦萍就对我走了过来，她的面色依然惨白，眼睛里却冒着火，紧紧地盯着我，有一副凶狠的样子。站在我的面前，她突然爆发地恶狠狠地对我嚷了起来："依萍，你得意了吧？你高兴了吧？你一手拆散了我们的家，你逼死了如萍，逼走了妈妈，又促使爸爸提早结束了他的生命，你胜利了！你报复成功了！你应该放一串鞭炮庆祝庆祝！你不要以为我不知道是谁供给警察局的情报，你把我母亲送进了监狱，把我的弟弟送进了孤儿院！你伟大！你的毒辣简直是人间少有！一年之间，你颠覆了我们整个的家庭！使我和哥哥无家可归！我告诉你，依萍！我不像哥哥那样认命，怨有头，债有主，我不会饶你！我告诉你！我化成灰也要报今天的仇！我永不会原谅你！记住你给了我们些什么，将来我会全部报复给你！你记住！你记住！你记住！我要让你死无葬身之地！我们之间的债还没有完，我会慢慢地找你来算……"

"走吧！梦萍！"尔豪把梦萍向汽车里拉，梦萍一面退后，一面还在狂喊："你是条毒蛇，是个恶魔，是个刽子手！我不会饶你！如萍的阴魂也不会饶你！你去得意，去高兴吧！我总有一天要让你明白我陆梦萍也不是好欺侮的，你等着看吧……"

尔豪已经把她拖进了车子，同时，那辆车子立即开动了。但，梦萍把头从车窗里伸了出来，在车子扬起的尘雾和马达声中，又高声地对我抛下了几句话："依萍！记住我们之间的债还没有完，你看看你手上有多少洗不干净的血污！"

他们的车子去远了。我上了车，叫司机开车。一路上，我和妈妈都默默无言。梦萍那一段话，妈妈当然也听得很清楚，但她什么都没有表示。我愣愣地望着车窗，望着那尘土飞扬的道路，心底像压着几千几万的石块，沉重、迷惘得无法透气。"我们之间的债还没有完"，是吗？还没有完？到哪一天，哪一月，哪一年，这笔债才能算清楚？"你看看你手上有多少洗不干净的血污！"是吗？我的手上染着血吗？我做了些什么？我到底做了些什么？妈妈把她的手压在我的手背上了，我转过头来望着她，她正静静地凝视着我。她的眼睛那样宁静安详！她怎能做到心中没有仇恨、怨怼与爱憎？我把头靠过去，一时间，觉得软弱得像个孩子，我低低地说："哦，妈妈，但愿我能像心萍。"

妈妈揽住了我，什么话都没说。

回到了家里，我走进房内，蓓蓓正躺在钢琴前面，用一对懒洋洋的眸子望着我，如萍的狗！我在钢琴前的凳子上坐了下来，如萍，梦萍，依萍……我们的名字里都有一个共同的字，血管里都有二分之一相同的血液！可是，"我们的债还没有完"！我打了一个寒噤，梦萍，和我有二分之一相同血液的人！钢琴上那几个雕刻的字又跃入了我的眼帘：

给爱女依萍

父陆振华赠×年×月×日

我用手指轻轻地抚摸着那几个字，"爱女依萍"！我把头扑在琴上，琴盖冷而硬，我闭上眼睛，轻轻地喊："爸爸，哦，爸爸！"

但是，他再也听不到我叫他了。

第十五章

坐在那庄严肃穆的教堂里，我望着方瑜正式成为一个修女。那身白色的袍子裹着她，使她看来那样缥缈如仙，仿佛已远隔尘寰。在神父的祈祷念经里，在小修生的唱颂里，仪式庄严地进行着。方瑜的脸上毫无表情，自始至终，她没有对旁观席上看过一眼。直到礼成，她和另外三个同时皈依的修女鱼贯地进入了教堂后面的房间。目送她白色的影子从教堂里消失，我感到眼眶湿润了。

我看到她的母亲坐在前面的位子上低泣，她的父亲沉默严肃地坐在一旁。方瑜，她彷徨过一段时间，在情感、理智和许多问题中探索，而今，她终于选择了这一条路，她真找对了路吗？我茫然。可是，无论如何，她可以不再彷徨了，而我仍然在彷徨中。我知道，我决不会走方瑜的路，我也不同意她的路，可是，假若她能获得心之所安，她就走对了！那我又为什么要为她流泪？如果以宗教家的眼光来看，她还是"得救"了呢！人散了，我走出了教堂，站在阴沉沉的街道旁边。心中迷惘惆怅，若有所失，望着街车一辆辆地滑过去，望着行人匆匆忙忙地奔走，我心中是越来越沉重，也越来越困惑了。人生为什么充满了这么多的矛盾、苦闷和困扰？在许多解不开的纠结和牵缠之中，人到底该走往哪一个方向？

有一个人轻轻地拉住了我的衣袖，我回过头来，是方伯母。她用一对哀伤的眼睛望着我说："依萍，你是小瑜的好朋友，你能告诉我她为什么要这样做吗？我是她的母亲，但是我却不能了解她！"

我不知该怎样回答，半天之后才说："或者，她在找寻宁静。"

"难道不做修女就不能得到宁静吗？"

"宁静在我们内心中。"方伯伯突然插进来说，口气严肃得像在给学生上课，他头发都已花白，手上牵着方瑜的小妹妹小琦，"不在乎任何形式，一袭道袍是不是可以使她超脱，还在于她自己！"

我听着，猛然间，觉得方伯伯这几句话十分值得回味，于是，我竟呆呆地沉思了起来。直到小琦拉拉我的手，和我说再见，我才醒悟过来。

小琦天真地仰着脸，对我挥挥手说："陆姐姐，什么时候你再和那个何哥哥到我们家来玩？"

我愣住了，什么时候？大概永远不会了！依稀恍惚，我又回到那一天，我、方瑜、何书桓，带着小琦徜徉于圆通寺，听着钟鼓木鱼，憧憬着未来岁月。我还记得何书桓曾怎样教小琦拍巴巴掌："巴巴掌，油馅饼，你卖胭脂我卖粉……"多滑稽的儿歌内容！"倒唱歌来顺唱歌，河里石头滚上坡……"谁知道，或者有一天，河里的石头真的会滚上坡，这世界上的事，有谁能肯定地说"会"或"不会"？

方伯母和小琦不知何时已走开了，我在街边仿佛已站了一个世纪。拉拢了外套的大襟，我向寒风瑟瑟的街头走去。天已经相当冷了，冰凉的风钻进了我的脖子里。我竖起外套的领子——"你从不记得戴围巾！"是谁说过的话？我摸摸脖子，似乎那条围巾的余温犹存。一阵风对我扑面卷来，我瑟缩了一下，脚底颠蹶而步履蹒跚了。

一年一度的雨季又开始了。十二月，台北市的上空整日整夜地飞着细雨，街道上是湿漉漉的，行人们在雨伞及雨衣的掩护下，像一只只水族动物般蠕行着。

雨，下不完的雨，每个晚上，我在雨声里迷失。又是夜，我倚着钢琴坐着，琴上放着一盏小台灯，黄昏的光线照着简陋的屋子。屋角上，正堆着由"那边"搬来的箱笼，陈旧的皮箱上还贴着爸爸的名条"陆氏行李第 × 件"，这大概是迁到台湾来时路上贴的。我凝视着那箱子，有种奇异的感觉缓缓地由心中升起，我觉得从那口箱子上，散发出一种阴沉沉的气氛，仿佛爸爸正站在箱子旁边，或室内某一个看不见的角落里。我用手托着头，定定地望着那箱子，陷入恍惚的沉思之中。

"依萍！"一声沉浊的呼唤使我吃了一惊，回过头去，我不禁大大地震动了！爸爸正站在窗子前面，默默地望着我。一时间，我感到脑子里非常的糊涂，爸爸，他不是已经死了吗？怎么又会出现在窗前呢？我仰视着他，他那样高大，他的眼睛深深地凝注在我的脸上，似乎有许多许多要说而说不出来的话。

"爸爸，"我嗫嚅着，"你……你……怎么来的？"

爸爸没有回答我，他的眼睛仍然固执地、专注地望着我，仿佛要看透我的身子和心。

"爸爸，你……有什么话说？"

爸爸的眼光变得十分惨切了，他盯着我，仍然不说话。但那哀伤的、沉痛的眼光使我心脏收缩。我试着从椅子里站起来，颤抖着嘴唇说："爸爸，你回来了！为什么你不坐下？爸爸……"

忽然间，我觉得我有满心的话要向爸爸诉说，是了，我明白了，爸爸是特地回来听我说的。我向他迈进了一步，扶着钢琴以支持自己发软的双腿。我有太多的话要说，我要告诉他我内心的一切一切……我张开嘴，却发不出声音，好半天，才挣扎地又叫出一声："爸爸！"

可是，爸爸不再看我了，他的眼光已从我身上调开，同时，他缓缓地转过了身子，面对着窗子，轻飘飘地向窗外走去。我一惊，他要走了吗？但是，我的话还没有说出来，他怎么能就这样走呢？他这一走，我如何再去找到他？如何再有机会向他诉说？不行！爸爸不能走！我绝不能让他这样走掉，我要把话说完才让他走！我追了上去，急切地喊："爸爸！"

爸爸似乎根本没有听到，他继续向窗外走去，我急了，扑了过去，我喊着说："爸爸！你不要走，你不能走！我要告诉你……我要告诉你……"我嘴唇发颤，底下的句子却无论怎样也吐不出来。心里又急又乱，越急就越说不出话来，而爸爸已快从窗外隐没了。"不！不！不！爸爸，你不要走！你等一等！"我狂叫着，"我有话要告诉你！"急切中，我不顾一切地扑了上去，一把抓住爸爸的衣服。好了，我已经抓牢了，爸爸走不掉了。我死命握紧了那衣服，哭着喊："爸爸，哦，爸爸！"我抓住的人回过头来了，一张惨白的脸面对着我，一对大而无神的眸子正对我凄厉地望着，我浑身一震，松了手，不由自主地向后退，这不是爸爸，是如萍！我退到钢琴旁边，倚着琴身，瑟缩地说："你……你……你……"

如萍向我走过来了，她的眼睛哀伤而无告地望着我，我紧靠着钢琴，如萍！她要做什么？我已经失去书桓了，你不用来向我讨回了，我早已失去了，我咬住嘴唇，浑身战栗。如萍走到我面前了，她站定，凝视着我。然后，她张开嘴，不胜凄然地说："依萍，你比我强，我不怪你，我只是不甘心！"

"如萍！"我轻轻地迸出了两个字。

"我不怪你，"她继续说，"我真的不怪你，你对我始终那么好，我们一直是好姐妹，是不是？"

我咬紧了嘴唇，咬得嘴唇发痛，哦，如萍！

"我只是不甘心，不甘心！你能告诉我为什么吗？你们为什么要玩弄我？为什么——"

她继续向我走过来了，走近了，我就能看到她脸上的血污，血正从她太阳穴上的伤口中流出来，鲜红的，汩汩的，对我的脸逼过来，我转开头，尖声地叫了起来。于是，一切幻景消失，我面前既无爸爸，也无如萍，却站着一个我再也想不到的人——何书桓。"哦，"我深深地吐了口气，浑身无力，额上在冒着冷汗。我揉揉眼睛，想把何书桓的幻影也揉掉，可是，张开眼睛来，何书桓仍然站在我面前，确确实实的。我挺了挺脊背，张大了眼睛，不信任地望着他，好半天，才吐出一句不完整的话："你……你……终于……来了。"

他望着我，突然咧开嘴，对我露出一个冷笑，仰仰头，他大笑着说："是的，我来了，我要看看你这张美丽的脸底下有一个多毒的头脑，你这美丽的身子里藏着一颗多狠的心！是的，我来了！我认清你了，邪恶，狠毒，没有人性！我认清你了，再也不会受你的骗了！"

我战栗，挣扎着说："不，不，书桓，不是这样，我不是！"

他仰天一阵大笑，笑得凄厉："哈哈，我何书桓，也会被美色迷惑！"

"不，书桓，不是！"我只能反复地说这几个字。

"我告诉你，依萍，你所给我的耻辱，我也一定要报复给你！"

"书桓！书桓！书桓！"我叫，心如刀绞，"书桓，书桓，书桓！"

在我的叫声里，我能衡量出自己那份被撕裂的、痛楚的、绝望的爱。我用手抓紧自己胸前的衣服，泪水在面颊上奔流，我窒息地、重复地喊："书桓，书桓，书桓，书桓……"

"依萍，你怎么了？依萍，你醒一醒！"

有人在猛烈地推我、叫我。我猛地醒了过来，睁开眼睛，室内一灯荧然，妈妈正披着衣服站在我面前。而我，却坐在钢琴前面，伏在钢琴上。我坐正身子，愣愣地望着妈妈，摇了摇头，我不知道是真的醒了过来，还是犹在梦中。妈妈握住了我的手，她的手是温暖的，我的却冷得像冰。

"依萍，你怎么这样子睡着了？冻得浑身冰冷，快到床上去睡吧！"

我头中依旧昏昏然，望着妈妈，我怔怔地说："没有书桓吗？"

"依萍！"妈妈喊了一声，把我的头紧揽在她的胸前，用手环抱住我。噢，妈妈的怀里真温暖！但，我推开了她，摇晃着站起身来，侧耳倾听。

"你做什么？"妈妈问。

"有人叫我。"我说。

"谁？"

"书桓。"

"依萍，"妈妈试着来拉我的手，"你太疲倦了，去睡吧，现在已经深夜一点钟了。"

可是，我没有去睡，相反的，我向窗口走去。窗外，雨滴在芭蕉叶上滑落，屋檐上淅沥的雨声敲碎了夜色，围墙外的街灯耸立在雨雾里，孤独地亮着昏茫的光线。我倚着窗子，静静地倾听，雨声，雨声，雨声！那样单调而落寞。远远的偶尔有一辆街车驶过，再远一点，有火车汽笛的声音，悠长遥远地破空传来，我几乎可以听到车轮驰过原野的响声。

"依萍，你怎么了？"妈妈走过来，担心地望着我。

我没有说话，夜色里有些什么使我心动，我倾听又倾听，一切并不单纯，除了那些声音之外还有一个声音，来自不知何处。我轻轻地推开了妈妈，向门口走去，妈妈追上来喊："你干什么？你要到哪里去？"

"书桓在外面。"我低低地说，仿佛有个无形的大力量把我牵引到门外去，使我无法自主。走到玄关，我机械地穿上鞋子，像个梦游患者般拉开了门。

妈妈不放心地跟了过来，焦急地说："深更半夜的，你怎么了？外面下着雨，又那么冷，你到底是怎么了？"是的，外面下着雨，又那么冷。我置身在细雨蒙蒙的夜色中了。穿过小院子，打开大门，我走了出去。冷雨扑面，寒风砭骨，我不胜其瑟缩。但，毫不犹豫地，我向那街灯的柱子下望去，然后，我就定定地站着，脑子里是麻痹的，我想哭，又想笑。

在街灯下，正像几个月前那个晚上一样，何书桓倚在柱子上，像被钉死在那儿一般，一动也不动地伫立着。他没有穿雨衣，只穿着件皮夹克，竖着衣领，双手插在口袋里。没有人能知道他已经站了多久，但，街灯照射的光芒下，可清晰地看到雨水正从他湿透的浓发里流了下来。他的睫毛上，鼻尖上，全是水。夹克也在雨水的淋洗下闪着光。灯光下，他的脸色苍白沉肃，黑眼睛里却闪烁着一抹狂热的、鸷猛的光。

我站在家门口，隔着约五步之遥，和他相对注视。雨雾在我们中间织成了一张网，透过这张网，他鸷猛的眼光却越来越强烈，锐利地盯在我的脸上。我不由自主地向他走过去，我一直走到他的面前，停在他的身边。有一滴雨水正从他挂在额前的一缕头发里流下来，穿过了鼻翼旁边的小沟，再穿过嘴角，悬在下巴上。我机械地抬起手来，从他下巴上拭掉那滴雨。于是，他的手一把就捉住了我的，我站不稳，倒向了他，他紧揽住我，眼光贪婪地、渴求地、痛楚地在我脸上来来回回地搜寻。接着，他的嘴唇就狂热地吻住了我的眼睛，又从眼睛上向下滑，吮吸着我脸上的雨和泪。他的呼吸急促而炙热。他没有碰我的唇，他的嘴唇滑向了我的耳边，一连串低声的、窒息的，使人灵魂震颤的呼唤在我耳边响了起来："依萍！依萍！依萍！"

我浑身抖颤得非常厉害，喉咙里堵塞着，一个字的声音都发不出来。他用两只手捧住了我的头，仔细地望着我，然后他闭了眼睛，吞咽了一口口水，困难地说："依萍，你为什么要出来？"

"你在叫我，不是吗？"我凝视着他说。

"是的，我叫了你，但是你怎么会听见？"

我不语，我怎么会听见？可是，他竟然在这儿，真的在这儿！他叫过我，而我听到了。哦！书桓，既然彼此爱得这么深，难道还一定要分开？我仰视他，却说不出心中要说的话。我们就这样彼此注视，不知道时间是停驻抑或飞逝，也不知道地球是静止抑或运转。好久好久之后，或者只是一刹那之后，他突然推开了我，转开头，痛苦地说："为什么我不能把她的影子摆脱开？"

我知道那个"她"是指谁，"她"又来了，"她"踏着雨雾而来，立即隔开了我和他。我的肌肉僵硬，雨水沿着我的脖子流进衣领里，背脊上一阵寒栗。

何书桓的手从我手上落下去，转过身子，他忽然匆匆地说了一句："依萍，祝福你。"说完，他毅然地甩了甩头，就大踏步地向巷口走去，我望着他挺直的背脊，带着那样坚定而勇敢的意味。我望着，牙齿紧咬着嘴唇。他走到巷口了，我不自禁地追了两步，他转一个弯，消失在巷子外面了。我的嘴唇被咬得发痛，心中在低低地、恳求地喊："书桓，书桓，别走！"

可是，他已经走了。妈妈带着满头发的雨珠走过来，轻轻地牵住我，把我带回家里。坐在玄关的地板上，我用手蒙住脸，好半天，才疲倦地抬起头来，玄关旁边的墙上挂着一份日历，十二月十四日。我望着，凄然地笑了。

"十四日，"我低低地说，"他是来告别的，明天的现在，他该乘着飞机，飞行在太平洋上了。"

明天，是的，十二月十五日。

我披上雨衣，戴上雨帽，走出了家门。天边是灰蒙蒙的，细雨在无边无际地飘飞。搭上了公共汽车，我到了松山。飞机场的候机室里竟挤满了人，到处都是闹嚷嚷的一片，雨伞雨衣东一件西一件地搭在长凳上，走到哪儿都会碰上一身的水。我把雨帽拉得低低的，用雨衣的领子遮住了下巴，杂在人潮之中，静静地、悄悄地凝视着站在大厅前方的何书桓。

他穿着一身浅灰色的西装，打了条银色和蓝色相间的领带。尽管是在一大群人的中间，尽管人人都是衣冠齐楚，他看来仍如鹤立鸡群。我定定地望着他，在我那么固定而长久的注视下，他的脸变得既遥远又模糊。他的身边围满了人，他的父亲、母亲、亲戚、朋友……有一个圆脸的年轻女孩子，买了一串红色的花环向他跑过去，她把那花环套在他的脖子上，对他大声笑，大声地说些祝福的话。他"仿佛"也笑了，最起码，他的嘴角曾经抽动了几下。那始终微锁的眉头就从没有放开过，眼珠——可惜我的距离太远了，我多么想看清他的眼珠！不知是不是还和以前一样清亮有神？

扩音器里在通知要上机的旅客到海关检查，他在一大堆人的拉拉扯扯下进入了验关室，许多人都拥到验关室的门口和窗口去，我看不到他了。我走到大厅的玻璃窗前，隔着玻璃，望着那停在细雨里的大客机，那飞机在雨地里伸展着它灰色的翅膀，像一个庞大的怪物，半小时之后，它将带着书桓远渡重洋，到遥远的美国去。以后山水远隔，他将距离我更远，更远了。

他走出了验关室，很多人都拥到外面的铁丝栏边，和上机的人招呼、叫喊，叮嘱着那些我相信事先已叮嘱过几百次的言语。我株守在大厅里，隔着这玻璃门，没有人会注意到我。上机的旅客向着飞机走去了，一面走，一面还回头和亲友招呼着。他夹在那一大群旅客之间，踽踽地向飞机走去，显得那么落寞和萧然，他只回头看过一次，就再也不回顾了。踏上了上机的梯子，在飞机门口，他又掉转身子来望了望，我看不清楚他的眉目，事实上，他的整个影子都在我的眼睛里变得模糊不清了。终于，他钻进了机舱，我再也看不到他了。

飞机起飞了，在细雨里，它越变越小，越变越遥远，终于消失在雨雾里。我茫然地站着，视线模糊，神志飘摇。人群从铁丝网边散开了，只剩下了凄迷的烟雨和空漠的广场。我泪眼迷离地瞪着那昏茫的天空，喃喃地念："明日隔山岳，世事两茫茫。"

事实上，在没有隔山岳的时候，我们已经是"两茫茫"了。大厅里的人已逐渐散去，我仍然面对着玻璃窗，许久许久，我才低低说了一句："书桓，我来送过你了。"

说完，我喉咙哽塞，热泪盈眶。慢慢地回过身子，我走出了松山机场，所有的计程车都已被刚才离去的送行者捷足先得。我把手插进雨衣的口袋里，冒着雨向前面走去。一阵风吹来，我的雨帽落到脑后去了，我没有费事去扶好它，迎着雨，我一步步地向前走。这情况，这心情，似乎以前也有过一次，对了，在"那边"看到对我"背叛"的书桓时，我不是也曾冒着雨走向碧潭吗？现在，书桓真的离我而去了，不可能再有一个奇迹，他会出现在我身边，扶我进入汽车。不可能了！这以后，重新见面，将是何年何月？

"假如世界上没有仇恨，没有雪姨和如萍，我们再重新认识，重新恋爱多好！"这是他说过的话，会有那一天吗？

颠踬地回到家门口，我听到一阵钢琴的声音，是妈妈在弹琴。我靠在门上，没有立即敲门。又是那支 *Long Long Ago*！很久很久以前，是的，很久很久以前！不知妈妈很久很久以前到底有些什么？而我呢？仅仅在不久以前……

> 你可记得，三月暮，初相遇。往事难忘，往事难忘！
> 两相偎处，微风动，落花香。往事难忘，不能忘！
> 情意绵绵，我微笑，你神往。
> 细诉衷情，每字句，寸柔肠。
> 旧日誓言，心深处，永珍藏。往事难忘，不能忘！

是的，往事难忘，不能忘！我怎能忘怀呢？碧潭上小舟一叶，舞厅里耳鬓厮磨，我还清楚地记得他爱唱的那首歌："最怕春归百卉零，风风雨雨劫残英。君记取，青春易逝，莫负良辰美景，蜜意幽情！"而现在，"良辰美景，蜜意幽情"都在何处？晚上，我坐在灯下凝思，望着窗外那绵绵密密的细雨。屋檐下垂着的电线，和一年前一样挂着水珠，像一条珍珠项链，街灯也照样漠然地亮着昏黄的光线。芭蕉叶子也自管自地滴着水……可是，现在再也没有"那边"了。我已经把"那边"抖散了。我也不会再需要到"那边"去了。

"依萍，睡吧！"妈妈说。

"我就睡了！"我不经心地回答。

四周那么静，静得让人寒心。妈妈在床上翻腾、叹气。我关掉了灯，靠在床上，用手枕着头，听着雨滴打着芭蕉的声音，那样潇潇的、飒飒的，由夜滴到明。我就在芭蕉声里，追忆着书桓在飞机场上落寞的神态，追忆着数不尽的往事。前尘如梦，而今夕何夕？雨声敲碎了长夜，也敲碎了我的记忆，那些往事是再也拼不完整了。我数着雨滴，这滋味真够苦涩！"窗外芭蕉窗里人，分明叶上心头滴！"我心如醉，我情如痴，在雨声里，我拼不起我碎了的梦。

日子一天天单调而无奈地滑过去。

又到了黄昏，雨中的黄昏尤其苍凉落寞。记得前人有词句曾说："细雨帘纤自掩门，生怕黄昏，又到黄昏！"我就在这种情绪中迎接着黄昏和细雨。重门深掩，一切都是无聊的。没有书桓的约会，也不必到医院看爸爸，没有方瑜来谈过去未来，更不必为"那边"再生气操心。剩下的，只有胶冻着的空间和时间，另外，就是那份"寻寻觅觅"的无奈情绪。

妈妈又在弹琴了，依然是那支"往事难忘"！带着浓厚的哀愁意味的琴音击破了沉闷的空气。往事难忘！往事难忘！我走到钢琴旁边，倚着琴，注视着妈妈。妈妈瘦骨嶙峋而遍布皱纹的手指在琴键上来来回回地移动。她花白的头发蓬松着，苍白的脸上嵌着那么大而黑的一对眼睛！一对美丽的眼睛！像那张照片里的女孩子——那张照片现在正和爸爸一齐埋葬在六张犁的墓穴里。年轻时的妈妈，一定是出奇的美！往事难忘！妈妈，她有多少难忘的往事？

妈妈的眼睛柔和地注视着我："想什么呢，依萍？"

"想你，妈妈。"我愣愣地说，"你为什么特别爱弹这一首歌？"

妈妈沉思了一会儿，手指依然在琴键上拂动，眼睛里有一抹飘忽的、凄凉的微笑。"不为什么，"她轻轻地说，"只是爱这首歌的歌词。"

"妈妈，你也恋爱过，是吗？我记得有一个晚上，你曾经提起过。"

"我提起过的吗？"妈妈仍然带着微笑，却逃避似的说，"我不记得我提了什么。"

"我还记得，你说你爱过一个人，妈妈，那是谁？你和他一定有一段很难忘的往事，是不是？"

"你小说看得太多了。"妈妈低下头，迅速地换了一首曲子，勃拉姆斯的《摇篮曲》。

"妈，告诉我。"我要求着。

"告诉你什么？"

"关于你的故事，关于你的恋爱。"

妈妈停止了弹琴，合上琴盖，默默地望着我。她的神色很特别，眼睛柔和而凄苦，好半天，她才轻轻地说："我没有任何故事，依萍。我一生单纯得不能再单纯，单纯得无法发生故事。我是爱过一个男人，那也是我生命中唯一的男人，你应该知道那是谁。"

"妈妈!"我叫,惊异地张大了眼睛。

"是的,"妈妈恻然地点点头,"是你父亲,陆振华!"她吸了口气,眯起眼睛,深思地说,"在你爸爸之前,我没有和任何一个男人接触过。"顿了顿,她又说,"我永远记得在哈尔滨教堂前第一次见面,他勒着马高高在上地俯视我,我瑟缩地躲在教堂的穹门底下。你父亲握着马鞭,穿着军装,神采飞扬,气度不凡……他年轻时是很漂亮的,那对炯炯有神的眼睛看得我浑身发抖……然后,他强娶了我!我被抬进他的房里时,一直哭泣不止,他温存劝慰,百般体贴……以后,是一段再也追不回来的欢乐日子,溜冰、划船、骑马……他宠我就像宠一个小孩子,夸赞我有世界上最美的一对眼睛……"妈妈叹了口长气,不胜低回地说,"那段日子太美太好了,我总觉得,那时的他,是真正的他,豪放、快乐、细腻、多情!以后那种暴躁易怒只是因为他内心不宁,他一直像缺少了一样东西,而我不知道他缺少的是什么。但我确定,他是一个好人!"

我听呆了,这可能是事实吗?妈妈!她竟爱着爸爸!我困惑地摇摇头,问:"你一直爱他?直到现在?"

"是的,直到现在!"

"但是,为什么?我不了解!"

"他是我生命里唯一的男人!"妈妈重复地说,好像这足以说明一切。

"可是,妈妈,我一直以为你恨他,他强娶了你,又遗弃你!"

"感情的事是难讲的,奇怪,我并不恨他,一点都不!他内心空虚,他需要人扶助,但他太好强,不肯承认。我曾尝试帮助他，却使他更生气！"

"妈妈！"我喊，心中酸甜苦辣，充满着说不出的一种情绪。

"这许多年来，"妈妈嘴边浮起一个虚弱的微笑，"我一直有个愿望，希望他有一天能明白过来，希望他能再把我们接回去，那么大家能重新团聚，一家人再和和气气地过日子。可是，唉！"她叹息了一声，自嘲地摇摇头，"他就那么固执……或者，他已经遗忘了，忘了我和我们曾有过的一段生活……本来也是，我不能对他希望太高，他是个执拗的老人。"

妈妈的话在我耳边激荡，我木然地坐着，一时间不能思想也不能移动。妈妈在说些什么？我的头昏了，脑筋麻木了，神志迷乱了。她希望和爸爸团聚？真的吗？这是事实吗？这是可能的吗？她爱着爸爸，那个我以为是她的仇人的爸爸？哦，人生的事怎么这样混淆不清？人类的感情怎么这样错综复杂？……但是，我做过些什么，当爸爸向我提议接妈妈回去的时候，我是多么武断！"我们生活得很平静快乐，妈妈也不会愿意搬回去的！"这是我说过的吗？我，陆依萍！我自以为懂得很多，自以为聪明，自以为有权代天行事！

"唉！"妈妈又在叹气，"假若有我在他身边，我不相信他会如此早逝！他是个生命力顽强的人！"

我茫然地站正了身子，像喝醉酒一般，摇摇晃晃地走到床边，跌坐在床沿上。我俯下头，用手蒙住了脸，静静地坐着。

妈妈走过来了，她的手扶在我的肩上，有些吃惊地问："你怎么了，依萍？"

"妈妈，"我的声音从手掌下飘出来，我努力在压制着自己沸腾着的情绪，"妈妈，'我'比我想象中更坏，当我把一切都做了之后，我又不能再重做一次！"我语无伦次地说，我不相信妈妈能听得懂我的意思，但是，我也没有想要她听懂。是的，我无法再重做了。做过的都已经做了，爸爸躲在那黑暗的墓穴里，再也不会爬起来，重给妈妈和我一个"家"。妈妈！她可能会获得的幸福已被埋葬了！我抬起头来，凝视着我自己的双手，梦萍狂叫的声音又荡在我耳边："你看看你手上有多少洗不干净的血污！"

我闭上眼睛，不敢看，也不能看了！冷气在我心头奔窜，我的四肢全冰冷了。

"依萍，你不舒服吗？"妈妈关怀地问。

"没有。"我站起身来，用一条发带束起了我的头发，不稳地走向了门口。

"依萍，你到哪里去？"妈妈追着问。

"我只是要出去换换空气。"我说，在玄关穿上了鞋子。

妈妈追出来喊："依萍，你没有拿雨衣！"

我接过雨衣，披在身上，在细雨中缓缓地走着。沿着和平东路，我走过了师范学校的大门，一直向六张犁走去。六张犁的山头，一片烟雨凄迷，几株零星散落的小树在风雨中摇摆。我踩着泥泞，向墓地的方向走，然后停在爸爸和如萍的墓边，静静地望着这两个一先一后成立的新冢。墓碑浴在雨水里，湿而冷，我用手抚摸着爸爸的墓碑，冷气由墓碑直传到我的心底。我闭上眼睛，凄然伫立。

我仿佛听到妈妈在唱：

待你归来，我就不再忧伤，

我愿忘怀，你背我久流浪！

眼泪从我闭着的眼睛里涌出来，和冷冰冰的雨丝混在一起，流下了我的面颊，滴落在墓碑上面。

暮色浓而重地堆积起来，寒风扬起了我的雨衣。我那件黑色的毛衣上，缀满了细粉似的小水珠。四周空旷无人，寂静如死。我默默地站着，忘了空间，也忘了时间，在这蒙蒙烟雨中，我找不到那个失落的自己。雨慢慢大了，暮色向我身上压了过来，远处的山、树木，都已朦胧地隐进了暮色和雨雾里。我站得太长久了，雨滴已湿透了我的头发，并且滴落进我的脖子里。

"你从不记得戴围巾！"

谁说话？我四面寻找，空空的山上，除了烟雨和暮色之外，一无所有。天黑了，我拉了拉雨衣的大襟，开始向山下走去。泥泞的山路使我颠踬，昏暗中我分不清楚路径，我不愿迷失在这夜雾里，我已经迷失得太久了。

远处有一点灯光，我向着这灯光走去，走近了，我认出是那个熟悉的刻墓碑的小店。越过这小店，六张犁小市镇的灯光在望了。我已从死人的世界又回到活人的天地中来了。在灯光明亮的街道上，在熙攘的人群中，我模糊地想起了"明天"。明天，应该是现实的日子了，我不能再在心境恍惚及神志迷乱中挨过每一个日子。明天，我又该去谋事了。一年前握着剪报，挨户求职的情况如在目前。而今，我已没有"那边"可以倚赖。如果找不到工作，就算压制自尊，也没有一个富有的父亲可供给我生活了。

明天，明天，明天，这个"明天"就是我所希望的一天吗？

在雨中回到家里，一个蓝色的航空邮件正躺在我的书桌上，何书桓！我颤抖地拾起信笺，拆开封口，迫不及待地吞咽着那每一个字。通篇报道着美国的情形，物质生活的繁华，只在最后一段，他用歪斜的笔迹，零乱地写着：

　　到纽约已整整一个月，置身于世界第一大城，看到的是高楼大厦和车水马龙的街道，心底却依然惶惑空虚！依萍，我们都有着人类最基本的劣根性，或者，我们并不是犯了大过失，只是命运弄人，一念之差却可造成大错。你说得对，时间或可治愈一些伤口，若干年后，我们可能都会从这不快的记忆里解脱出来，那时候，希望老天再有所安排——使一切都能合理而公平……

信纸从我手上落下去，我抬起泪雾朦胧的眼睛，呆呆地凝视着窗子。是吗？会有那一天吗？老天又会做怎样的安排？

窗外，蒙蒙的烟雨仍然无边无际地洒着。

（全书完）

（京权）图字：01-2025-0195

图书在版编目（CIP）数据

烟雨蒙蒙／琼瑶著．-- 北京：作家出版社，2025.1.
（琼瑶作品大全集）．-- ISBN 978-7-5212-3236-3

Ⅰ．I247.5

中国国家版本馆 CIP 数据核字第 2025DA8084 号

烟雨蒙蒙（琼瑶作品大全集）

作　　者：琼　瑶
责任编辑：邢宝丹
装帧设计：棱角视觉　纸方程·于文妍
责任印制：李大庆　金志宏
出版发行：作家出版社有限公司
社　　址：北京农展馆南里 10 号　　　　邮　　编：100125
电话传真：86-10-65067186（发行中心）
　　　　　86-10-65004079（总编室）
E-mail: zuojia@zuojia.net.cn
http://www.zuojiachubanshe.com
印　　刷：中煤（北京）印务有限公司
成品尺寸：142×210
字　　数：203 千
印　　张：9.125
版　　次：2025 年 1 月第 1 版
印　　次：2025 年 1 月第 1 次印刷
ISBN　978-7-5212-3236-3
定　　价：2754.00 元（全 71 册）

品　琼　瑶　经　典

忆　匆　匆　那　年

琼瑶作品大全集